刘亚荣 著

與鳥為鄰

YU NIAO WEI LIN

中国文史出版社

春芳历历新

王祥夫

说是给这本书写序，其实在我心里感觉是在给这本书做一次编辑，当老师出身的人，看别人的作品总像还在学校里批改学生的作业，外面刮着风，像是要下雨了。通常是，我会一边看稿子一边改一下，如果有什么错字病句都会一一给改过来，而看刘亚荣的这本集子，我却没得改，很长时间以来，她一直在叫我师傅，这个称呼好像是要比老师更亲切一点。师傅是要教徒弟学一些事的，但我却没得教她，写文章向来是没办法教的，她若喜欢会自己摸索，其实我们每个人都是自己摸索过来摸索过去，如果说有经验，也都是摸索出来的。读她的许多文章，我倒是学到了一些东西。

宽博，刘亚荣的散文富有宽博之气，读她的散文，像是行走在小说与散文之间，所以其气宽博，我在心里想，她如果认真写起小说来会是什么样，这其实是不可想象的，但读她的散文让人想到她如果写小说什么样，起码可以说明她的散文有小说的东西在里边。相对时下的文化散文而言，我还是喜欢看刘亚荣这种有着浓厚生活气息的散文，不妨就把它叫作是生活散文吧，如果可以这么说的话。写文章其实跟角儿们在台上唱戏一样，你一张口，人家就会明白你有没有。刘亚荣散文的宽博之气就在于她有，就在于她的生活特别厚实，我们每个人生活在这个世上，其实谁都不会缺乏生活，有人说过这样一句话：世界上不缺少美，而是缺少发现美的眼睛。便也就是这么个意思。从这一点来说，刘亚荣的散文之所以耐看就在于她善于发现生活中往往被人们忽略掉的那些东西。加之她的散文很少做文化探讨的姿态，所以，读她的散文就总觉得特别亲切，她文字里边那种质朴的生活气息总是扑面而来，读她的散文会发现，她笔下的一事一物往往都离我们不远，但我们却往往又没注意到，或者是被我们忽略了，而一个好的作家往往善于在寻常的生活里发现别人看不到的东西，好作家的使命其实就是要把那些往往容易被人们忽略掉的美呈现给人们，我以为亚荣在这方面是做到了。还有，她的散文里有许多本该属于小说的东西，比如《村里的川妹子》，你把它当作小说来读也可以。我们知道，小说的间架结构总是要比散文大那么一些。所以说，她的散文读起来像是要比别人的散文更加厚实一些，分量重那么一些。

情趣，亚荣的散文读起来让人感到有趣，为文之轻松、为文之有趣的前提是需要作者的写作状态极为放松，而能做到这一点不是一件容易事。有些作者写东西就是放不松，总是紧着。但有时候，一个作者的心情与状态总是很紧张也不能说是一件坏事，尤其是对小说写作而言，气愤着或激动着对写作有时候倒是一件好事，写小说最怕的就是麻木，一个作家任凭你外边怎样的天翻地覆或地动山摇他都无动于衷，这实在是一件可怕的事。而写散文，却往往又不容许你激动过头大喜大怒，我个人认为散文写作最好的状态应该是放松。在这一点上，亚荣的文章读起来让人觉得轻松有趣，首先是与她的人分不开，文章的好与坏，有趣或无趣，其实都取决于一个作家怎样看待这个世界？怎样看待她周围的事事物物。即如她笔下的《石榴 石榴》和《鸣虫三章》，从小小的事物一路写下去，似乎整个时代都在里边了，对童年的短暂回忆其实给我们重现了一个时代。而那篇关于小虫子的文字，真是有奇趣，从小虫竟然写到了父亲，写到了吃饭，再从热汤面写到了虫子。正面是写这个，而反面敷粉的效果是把那个时代的艰难困顿呈现给了我们。在亚荣的散文里，即使是单纯只写小虫的那篇《驴驹及驴驹葫芦》，也可以看出作者兴趣之广泛与生活场景可以随手拈来皆成妙趣的好来。如果说这是一篇记写小虫的小文章，但其景深特别深广也特别宽阔，已远远超出了小文章的范畴。我以为这是亚荣散文写作的一个特点。从这篇散文可以看出作者澹荡如波横无际涯的文心。而其情感的倾诉又一如“素心一片如淡月，感人只在朦胧间”。

是为序。

目录

第三辑　鱼事杂记

第四辑　花落之院

第一辑　与鸟为邻

家乡的鸟由多变少，河由桅杆风帆林立的航道，到干涸，成为高产作物麻山药的主产地。从爹记忆里的大树林子和数不清的鸟，到我眼前寥寥可数的几种鸟。新村旧村变迁，老堤新堤交替。庞大的鸟家族，在新农村里日渐稀疏。

石榴　石榴

黄　石　榴

我写下两个石榴，一个给黄石榴，一个给红石榴。

黄石榴，黄中带一点绿，阳光透过没有窗户纸的窗棂照过来，它的表皮泛着光，样子没有红石榴漂亮。但揭开皮，多棱的籽粒像一粒粒晶莹的水晶。籽粒间那一层薄薄的膜，像一小块儿一小块儿的淡黄色绸布。没有哪种果实比石榴更精致，它的外形呈圆形，果实的顶部，别出心裁地长出一个小王冠，让石榴在水果王国里别具一格。难怪旧时，绸缎上多绣上丰满的石榴，当然，能入画的以红石榴居多。最著名的石榴画是徐渭的《榴实图》，配诗云“山深熟石榴，向日便开口。深山少人收，颗颗明珠走”。

我是吃着黄石榴长大的。姥爷家屋门左侧，也就是办喜事时放天地桌的前面，长着一棵黄石榴，几根树干被姥爷拧做麻花状，灰白色的枝头披着卵形的翠绿叶子。枣花开过，小石榴就冒出头来，娇嫩的花瓣仿佛盛在花瓶里，蜜蜂悄悄地来去，大土蜂飞机一样轰鸣，耀武扬威地唯恐人们不知道石榴开花结子。小石榴和我就在大土蜂的嗡嗡声中慢慢长大。

这棵石榴有年头，我出生的时候就有它。那时候就觉得姥爷对石榴最好。

姥爷每天从生产队下地收工，还要放羊，有时候是三只，有时候是一只，这是我十来岁的时候。每次，那三只羊拖着缰绳不约而同地跑到石榴树旁，姥爷总是黑着脸用柳条吓唬那本来就老实的羊。要知道，羊对石榴可不感兴趣。唯有我天天数着手指头盯着石榴过日子，从过年开始就盼着八月十五。秋风凉了，月儿变胖了，这时候的黄石榴，沉甸甸的像一个个大元宝。这天，除了月饼，姥爷家压轴的供品当然是石榴。

从此，这半年我的日子离不开石榴。这样的日子好像很漫长，又很短暂。那个美人一样俏立的油灯下，姥爷读油印的竖排版线装《三国演义》，他读第二册的时候，我开始读第一册。泛黄的书，“哗哗”地被翻过一页又一页，石榴的个数少了一个又一个。姥爷读得快，我读得慢，那些古古怪怪的繁体字，我不敢问姥爷。只是姥爷读几页，会看看我，眼里有喜悦，也有疑问。姥爷有学问，曾经在保定、北京工作，最后的公职是邯郸粮局。也许是响应国家号召，减轻国家负担回乡务农，也许是体弱多病的姥姥实在没法生活。姥爷从一名会计回到农村侍弄庄稼，精心呵护石榴和我。

更多的冬夜，窗户纸被风刮得鼓嗒嗒乱响。姥爷披着羊皮大氅坐在炕沿上，两个座柜之间有个半高的杌子，瑞大爹穿着厚厚的棉大衣坐在那，和姥爷你一言我一语，什么“人五劳五”，什么“返销粮”，什么哪个队加上山药瓜瓜菜菜的能吃饱。哪块地翻了沙，能长好庄稼。油灯油少了加油，灯花冒出来，剪掉。我在被窝里听着我不大懂的事，吃着我的石榴。

屋内的石榴籽被我咬得直响，屋外的石榴树也在被窝睡觉呢。入冬时，姥爷用镐头刨开硬硬的地，挖开一条宽敞的沟，把树叶稀疏的石榴推倒在沟里，一铁锨土，再一铁锨土，将石榴树埋在沟里。姥爷穿着两片瓦式的老头鞋，一脚挨一脚地踩上去，大土坷垃变成小土块儿，细细的尘土飘扬着，沟的上面浮起一个凸轮，它的形状有点怪异，一头大，一头小，大的那头还宽，像具抽象了的棺材。姥爷踩过两遍后，上面就印满了我的小脚印。三十年后，姥爷屈身在一个小小的盒子里，连一具棺材都没有。

这个种石榴的老人，倔强，寡言。风里来雨里去陪伴他的是几只羊和一顶南方来的竹编斗笠。他没当过洪军，当过几天的八路军。听姥姥说，姥爷那时候没有枪，抱着一根棍子跟着队伍走了。行军行军再行军，在一次战斗中姥爷和部队失散了。

姥爷负了伤，被安平县的一个老太太救下来，藏到山药窖里。姥爷捡了一条命，没找到部队，回到了村里。姥姥说，那批当兵的就剩半路回来了的姥爷和姥爷的堂弟昆山姥爷，昆山姥爷命大，成了一名干部留在了北京。一个连的人都牺牲了，“牺牲”是我的话，姥姥说都没了。

每年八月十五，姥爷都要骑着老水管自行车，车兜子里带几个大石榴，数十里地去看望他的救命干娘。

我那时候很不理解姥爷，当兵成了“逃兵”，当工人也好啊，我生下来就可以吃商品粮，长大就可以有工作。在城里干点啥都比种庄稼强，一年到头累死累活，还吃不饱。姥姥笑眯眯地说，那还有你吗？傻丫头。

这个寡言的倔老头不让舅舅们参加武斗，不让他们参加任何帮派。人缘却出奇地好。姥爷嘴里没有闲话，他和瑞大爹交往多年，我居然不知道大爹曾经在北京当大老板，曾经提着保险箱带着侍卫坐着飞机去上海玩钱。姥爷一辈子保守着自己的秘密，也帮别人保守着秘密。

石榴固守着自己的生存密码，姥爷遵循着人的生存法则，在彼此的对望中，完成各自的使命。是的，你看石榴好像没啥脾气，该发芽就发芽，该长叶子，该开花，该长石榴，或者“冬眠”，有条不紊。石榴有时候真像个人，顺应着环境、时代活，就像姥爷的一辈子。这棵石榴很奇怪，姥爷家盖了新房子，搬走了，旧房子卖给了东邻。那个春天，施足了肥，也浇透了水的石榴树，却再也没醒来。

红 石 榴

说红石榴其实有点牵强，这种石榴的颜色介于红粉之间。最奇怪的是，黄石榴都是甜的，而红石榴却有酸甜两种味道。它的酸超乎你的想象。

红石榴远看像盛开的牡丹花，这是我乘车路过临潼的感觉。那个秋天，晨曦微露，列车从临潼忽悠悠驶过，我看到了整块的田地里铺陈着耀眼的绿，一大朵一大朵的粉艳艳的“牡丹”嵌在上面。我是多么激动，可是这分明不是牡丹花开的季节。第二天来到骊山脚下，我才知道那粉艳艳的是石榴。它也是临潼的特产。

石榴原产境外，是张骞出使西域带回来的物种，也被称为安石榴。它在中国开花结果差不多有两千年了。我一直以为石榴的根系伸到了大江南北，不料生活在西北的强的家乡没有石榴，他工作的包头也没有。大东北有石榴，却是盆栽的，我不知道这种石榴什么味道，也许只是观赏，已经丧失了食用的意义。

我偷吃过红石榴。娘让我去二婶的娘家要几个石榴，我一阵儿风跑到二婶娘家。姥姥二话没问，就从小瓮里掏出几个红艳艳的石榴。我抱着石榴，一路都是石榴隔着包袱皮散发出来的诱人气息。娘眼睁睁地看着我和妹妹眼馋的神情，居然笑了笑，破例没让我和妹妹吃，把几个石榴宝贝一样放进洋灰抹的柜子里，盖上沉重的柜盖，还把最后的缝隙合严，这可不是娘的做派。

趁娘下地，我和妹妹插上屋门，合力打开了洋灰柜，挑出一个大个的石榴。忍着怦怦的心跳，急慌慌地剥开石榴皮，里面的石榴籽好看极了，比玻璃球美十倍。我先给了妹妹几粒，我还没放到自己嘴里，就看到几粒刚刚咬开的石榴籽被妹妹吐了出来，她的大眼睛紧紧闭起来，嘴巴夸张地大张着。我大声呵斥她，别糟践好东西。我迫不及待地咬开石榴籽，瞬间，我的嘴巴融入了奇怪的酸味，这种酸、涩，令人打激灵。

几个月后，娘给我们生了个小弟弟。我后来也才明白老人说的“酸儿辣女”，那时候吃饱都是件很困难的事情，酸石榴是那个年代可怜的女人们怀孕解馋嘴儿的好东西。当年，二婶娘家的酸石榴树立下了汗马功劳。许多孩子在娘的肚子里就“吃”到了石榴。

日子好过了，国家根据需要实行了计划生育。孩子生得少了，吃酸石榴的人也少了。种石榴的老人们也都故去了，石榴记录的一段历史也逐渐模糊。

旧时候，石榴是老百姓心中很吉祥的东西。有石榴百子之说，传统的国人信仰多子多福；女人都爱石榴裙，一说古时妇女的红裙子为红石榴花所染，故名石榴裙；也有拜倒在石榴裙下的说法，指男人为美丽智慧的女人所折服。我读过林海音的《金鲤鱼的百裥裙》，虽然它和石榴裙没有关系。一个身份卑微的女人，生前的梦想是穿一次石榴红绣喜鹊梅花百裥裙，却在封建等级观念干涉下破灭。百裥裙是金鲤鱼借儿子大婚的日子摆脱卑微地位的期望，却被大太太婚礼全体穿旗袍击碎。一条裙子决定着一个女人的命运，结局令人唏嘘。我没见过实物的百裥裙，可是梦里常常有金鲤鱼穿上百裥裙，窸窸窣窣地走路的样子。金鲤鱼的一生多像这酸溜溜的红石榴。

与黄石榴相比，红石榴更美。它的花朵更艳丽。如今我居住的城市街头正盛开着石榴花，从初夏到秋，它娇艳的色调、重叠的花瓣、繁复的花朵很是让人心动。我走在路上，常常被石榴花打动。当然，这是花石榴，观赏用的。可它总是让我忆起枝头宝石一样的石榴，阳光下，秋风催开了石榴皮，露出红红的玛瑙一样的石榴籽……

石榴可入诗入画，也可入药。最喜皮日休的《石榴歌》："蝉噪秋枝槐叶黄，石榴香老愁寒霜。流霞包染紫鹦粟，黄蜡纸裹红瓠房。玉刻冰壶含露湿，斑斓似带湘娥泣。萧娘初嫁嗜甘酸，嚼破水晶千万粒。"

石榴的根茎花都是药材，我在医院里工作，能在药橱子上众多的药名里一眼寻到它。石榴皮的颜色不再靓丽，变成深褐色。酸，涩，温，归大肠胃经。用于久泻、久痢、虫积腹痛等。

如今的水果品种繁多，石榴在人们生活中可有可无。爱吃石榴的人也许与我一样，有个石榴情结。

河边有群石头变的羊

太阳走了，不平静的天空依旧沉浸在潴龙河里，渡船映在水面，落寂成一条长长的暗影。河水牵动着落日的余晖，缓缓流向白洋淀，满是波纹的沙滩印满了羊蹄印。

姥爷和他的羊成为暮色中最生动的剪影——四只羊像四朵白云，按下光亮的蹄靴，低下头在河边饮水，不时会抬起头看看它们的主人。而此时的姥爷却忘了一切似的，手拄着装满青草的筐，手拿一把镰刀，背影留给了落山的太阳，像极了一幅生动的印象派画作。这个场景无数次在脑海翻腾，不知道这是不是我前世的宿命。下意识里，总觉得自己就是姥爷放牧的一只小羊羔。

姥爷家在一条只有四户人家东西向的小胡同里。进大梢门，是一堵砖垒的影壁，下面为实垛，一人高处留了几个城墙垛一样的花眼，一幢不足四间房子宽的院子。转过影壁，就能看到一扇带关门的屋门，左首紧贴窗户是一个敞口的羊圈，右首是一棵每到冬季就“失踪”的黄石榴。院子靠西邻院墙边还有两棵孪生兄弟一样的大桑树，靠东头还有一棵苹果树。这般有生机的小院子，在我们村可以说独一份儿。我甚至记得院子里栽种过一棵松树和秦椒枣树（我们这地方，辣椒不叫辣椒叫秦椒），它们都来自西面的太行山中，这棵枣树结着秦椒一样的枣，但都没活多久，也许是水土不服吧。这个小院子，是姥爷多年来燕子衔泥一样垒就的，虽然没有什么建筑美学的意义，但却是我的“安乐窝”，更是我生命血脉的发端。

灰砖房，墙缝里露着黄泥。虽然是灰色，但我们都叫它青砖房。这批青砖房几乎都建于一九五六年，村庄的变迁离不开天灾人祸，西孟尝村移址不是首次，潴龙河像一个调皮的孩子，一贪玩就能毁掉村子。我的祖上明时由山西迁来，与河相依为命数百年。这次洪水又冲掉了村子，政府安排依着中孟尝村建村。东中西三个孟尝村原来就是一个村，也正合古人所说“分久必合，合久必分”之意。一条河左右着村庄和人的命运。一九七六年唐山地震后，村里有了红砖房，但都很矮，这可以理解，当时多是土坯里子砖包个外衣，防震虽然是第一要务，也是经济所限。大多数人家的院墙是黄土夯成的，有的人家是秋后用秫秸（高粱秸子）夹起一个很短命的篱笆。姥爷家虽然不是砖院墙，但是由青砖做基，一尺长的甃坯（我不知道正确写法，很多东西有音无形或者消失了，甃坯也是。）垒就，有序的几何图形，看着就舒服。春天院子里有粉嘟嘟的苹果花，精灵一样来来去去的小蜜蜂，秋天有小王冠一样精致的黄石榴，还有嗡嗡嗡嗡的黑色大土蜂，尤其两只刚出生的、穿着卷毛外衣的小羊羔，圆嘟嘟的大脑袋顶着两个旋，一边“咩咩”叫着，一边瞪着明亮亮的大眼睛伸出小舌头舔你的手，所有这些都是我少儿时的童话。

姥爷的羊圈却是青砖垒的，羊棚的高度正齐小舅屋子的窗台。夏天，羊粪的味道浓烈，整个院子都有股很不好闻的味道。姥爷说，“庄稼一枝花，全凭肥当家”，每天都把羊粪蛋宝贝一样收集起来。每年桑葚变紫的时候，亲戚家的孩子们好像能闻到桑葚散发出来的甜味儿，常呼朋唤友过来，大桑树可遭了殃，弄得桑树叶子啪啦啪啦掉下来，这倒有了羊的“菜”。有一次姥爷去河西干活，斜眼的三儿居然捏起一粒儿羊粪蛋，吃到嘴里。在我的哈哈大笑中，他呸呸呸不住嘴儿地吐着唾液，接过姥姥手里的水瓢漱了好一会儿。他一只眼睛看着我，一只眼睛盯着桑葚，对我姥姥说，舅爷在家就吃不到羊粪蛋了。嗯，孩子们来了，姥爷会把桑葚放在燕窝（葶秆穿的可盛放饽饽之类的东西）里给他们吃。好像这棵树是专门为亲戚们解馋栽的。

姥爷的桑树变不来钱，这几只羊也不是姥爷的摇钱树。更多的时候姥爷是在夹缝中活。集体时代，一切财产都归公有，姥爷是一家之主，也是生产队的好劳力，凭力气吃口粮菜各半的饭。虽然那时候我们村人多地少，沿河的地也贫瘠，且旱涝不保，编簸箕不知道从哪辈儿起就成了人们的副业。在一定意义上说，簸箕是孟尝人活命的铁杆儿庄稼。由是，村里有一家大队办的柳编厂，很多人家也偷偷摸摸在家编几个簸箕换粮食吃，或者卖几个称盐打灯油的零花钱。

我没见过姥爷编簸箕，姥爷除了跟随生产队下地干活，养着三四只羊，姥爷还有一辆长梁的虎实实的“老爷车”。进腊月，姥爷就在集上收几十个簸箕，用绳子上下左右包粽子一样捆结实，冒着严寒，赶往外地。我知道，如果姥爷收的是青条簸箕，这一准就是到山里去，山里人喜欢青条的，说比白条的耐磨。于是，我就可以扳着手指头数姥爷走了几天了。有一次突然下起了大雪，而且一直呼呼地下个不停，姥姥担心得不得了。半夜的时候，听到了敲门声，羊们咩咩地叫唤起来。姥爷变成了一个白胡子白眼眉的老神仙，白羊肚头巾顶着一层雪，带着一身寒气，冰凉冰凉的手里居然还捧着几个红艳艳的山里红。

姥爷养羊，干活时将羊钉在河滩上，羊拖着哗啦啦响的铁链子啃茅草吃。有时候羊跑丢了，一家人不顾黑灯瞎火四处去寻找。如今，我常常听几句朱强的京剧《苏武牧羊》，“屡闻战报传边外，国家大事常萦怀。高堂老母夫妻们多恩爱，但愿得干戈平息免祸灾。到如今被困在沙漠苦海，腹内儿又无食饥饿难挨。苏子卿持节旄把忠心不改，望苍天保佑我就再等时来……”沧桑的况味，苏武的忠心，光秃秃的汉节，总让我想起姥爷。姥爷的牧羊鞭和苏武的汉节差不多吧。只是苏武是为了民族气节，姥爷是为了一家老小的生存。但他们面对的都是羊。

如果不是姥姥身体不好，姥爷也是握着钢笔挣工资过日子的人。不用风里来雨里去，过得如此艰辛。姥爷倒卖簸箕，从不亏乡亲。他在集上收货，人家会自动找到家来请他代卖。寡言的姥爷一边喝秫米饭，一边对小舅说，人啊要本分，走到哪也不能让人说闲话。

别人家的筷子笼是葶秆穿的，姥爷家的是竹筒的，是姥爷晚上就着煤油灯一刀一刀削出来的。我的一双筷子用底子绳（纳鞋底的棉绳）拴在一起，筷子小巧精致正合我用，这也是姥爷亲手做的。在礓礤儿上吃饭，我的坐物是一个带靠背的棕色小椅子，我们这群表姐弟里只有我和大表妹才有。我上学带着它，整个学校的孩子都眼红。

“二八月出巧云”，秋天的时候，天上的云美得锦一样，花样千变万化，我猜这云就是天上的仙女织就的。一会儿是鱼鳞状的排序，一会儿蓬蓬松松的像供销社里的棉花堆，有时像元代的玉饰品海东青啄大雁，有时简直和姥爷的羊一样可爱。彩云满天的时候，学校经常组织学生给生产队帮忙，积肥、收庄稼啊。有一次学校安排给队里割豆子，我从影壁里拔出闪着寒光的镰，心里乐成了一朵花，姥爷的镰刀宝剑一样锋利。没想到半路上被姥爷抢了回去，我委屈得半天不理姥爷。姥爷的长把镰是桑树枝做的，姥爷用火烤，让桑树枝弯成镰把的弯度，再小心地一点一点去掉桑树皮，桑树枝在阳光下闪着光，弧度的曲线正合适。姥爷眯着眼瞧过来瞧过去，自言自语道：“会是个顺手的好伙计。”我看着姥爷磨镰，刺刺啦啦……水从石头上一条一条淌下来，那几只羊咩咩着也围在姥爷身边啃桑树皮。每次收割庄稼，姥爷都像一名将要上战场的战士，镰是他的武器。而每次归来，姥爷都将镰刀磨得飞快，再用破布擦得干干净净，虔诚地把镰插到影壁的缝隙里，像宝剑入鞘。姥爷心痛他的武器，就怕孩子们不小心给祸坏了。

桑树落叶很有意思，它不像杨树柳树等着风的呼唤，不情愿地今天落一点，明天掉一层，而是到霜降这天，仿佛接到了秘密旨意，决然的哗啦啦掉个一干二净。在这个草木凋零的时节，桑叶像黄色的蝴蝶一样围着桑树落了一圈，这几只羊瞪着几对羊眼看得愣怔。多年后姥爷去世，甚至没留下一把骨头，他居然不如一棵桑树。

姥爷将桑叶宝贝一样收起来，做羊的饲料。母羊产羊羔，姥爷姥姥是不让我们看的。恍恍惚惚总是在冬季，总在飘雪，也许是我的记忆过滤的结果。冷寂的天，长长的夜，昏黄的煤油灯，受惊吓似的羊叫，羊膻气夹杂着血腥气，然后传来小羊羔细弱的咩咩声。如果是两只小母羊，姥爷会格外高兴，如果是公羊，姥爷总是长叹一声“又是一道菜”。老人们都说“猪羊一道菜”，大抵是免不了挨刀被杀的命运。没办法，谁让它们托生成猪羊呢。姥姥总会跟着劝说一句。我现在养着一条小狗，理解了姥爷为啥不吃羊肉。

姥爷好像养了很多年的羊，姥爷的身份也很尴尬，农民、会计、农民、羊倌儿，从城里人变老农民，手中的笔换成放羊鞭子，并且长年带着羊膻味，头戴一顶北方少见的竹斗笠，身着老粗布的对襟上衣和大腰裤子，冬夏就两种颜色——非黑即白。我没见过姥爷有什么怨言，一天三顿饭，顺时而过，就像村边那条波澜不惊的河。虽然姥爷养了很多年的羊，但是羊的数目就在二三四之间变换。我们这辈儿的“羊羔”倒增到了八个，姥爷有两个外孙女一个外孙三个孙女两个孙子。这对于重男轻女的姥爷来说，是天大的幸事。可是每次卖了小羊羔姥爷都难受。我就想，如果姥爷的羊像加法一样多好，是不是会和石头一样多呢？

我听说，有个羊倌能把石头变成羊，所以他的羊多得数不过来。他和哥哥都变成了神仙。他们不食人间烟火，每日只吃一些松子茯苓，关键是他们喝一声“起”！满山的石头就动起来吃草，变成了绵绵不绝的羊群，这比姥爷说过的《山海经》还厉害，太传奇，这对小小的我绝对构成无限极的吸引力。茯苓、松子……让我无比感兴趣，以至于学医后，一有闲暇我就到药房对着红抽斗铜拉手的药橱子端详不已，那里面藏着我小时候的秘密。姥爷脾气不好，在家总爱撅着胡子瞪着眼睛训斥小舅，大舅没有要紧事不在姥爷跟前凑，几个表姐弟都怕他，唯独我和他亲近。我问姥爷石头能不能变羊，咱家的羊是不是石头变的。姥爷很惊奇地看着我问，你知道石头变羊的事儿？眼里竟闪动着笑意。长大后知道了黄初平、黄初起的事儿，没顾得上和姥爷说，他竟然已离去。

姥爷在村里算个文化人，却拒绝当会计队长，是个出名的倔老头。姥爷安安分分地听着钟声下地，趁人家在地头休息，赶紧打一筐草给羊。不奢望不属于自己的东西。秋收麦收的时候，很多人从地里回来腰里掖着三两个棒子，或者口袋里装着半袋子麦粒或者黄豆，姥爷从不。宁肯冒着寒风，背着筐头到不知道翻了几遍的山药地里翻找山药芦头（没长成的手指头大小的山药），一边是他咩咩叫的、啃散落在垄沟间的干枯山药叶子的羊。

姥爷没有大本事，却用双手给我撑起了一片天。

每每沉浸于这些事情，我总有一种奇怪的感觉，仿佛蝴蝶缩回到了泛黄破旧的曾经温暖的茧中。

《三国演义》大概是我小学三年级时读的。这是姥爷从一个乡亲家借来的“古董”，说古董一点也不夸张，它的纸张很薄，泛着黄，油印而成，还是竖排版，从后往前读。一下子成了我的宝贝。那时候字都不识多少，但这本书承担了我文学启蒙的作用。我至今清楚记得“火烧连营”“七擒孟获”“木牛流马”的情节，我爱读书，是姥爷极开心的事情。每天晚上，我和姥爷头对头围在姥爷家那个美人一样翘立的煤油灯下读《三国演义》，有不认得的字，我就向姥爷求救。煤油灯突突地冒着微小的火焰，却点亮了一个世界。

我们刘家是有家谱的，却不幸于“文革”期间遗失了。当然，我作为一个女孩子也是不能入刘家家谱的。如果我能建一个自己的家谱的话，我一定会把姥爷写在里面。

如今，我们表姐弟聚在一起聊天的时候，总爱说起姥爷，会笑出眼泪。姥爷重男轻女，家里人都清楚。但姥爷偏心的事儿，还是让人哭笑不得。那时候家贫，我家养的一条狗死了，娘招呼孩子们到我家吃狗肉。狗肉的香气蹿得满巷子都是，我们围着桌子巴巴地等着狗肉上桌，小表弟的口水都流到了桌子上。没想到姥爷骑着大水管车子追过来，拉起小表弟扭身就走，小表弟大哭，姥爷冲着我娘扔下一句话：“弟儿是根儿，中毒了可怎么办？”我娘小声嘟囔：“别的孙子就不是根儿啊。”

表弟家生了小孩子，请姥爷给起个名字。姥爷一听徐家添丁进口，高兴得一下子从炕上跳下来。问：“小子还是闺女？”一听说是丫头，一下子又坐到炕沿上，说，闺女我不管。噎得一家人说不出话来。可是哪家地里有活儿，不用招呼，姥爷就会去地里干，几家子有十来亩棉花地，棉花柴都是八十多岁的姥爷冒着寒风一个人夹下来的。

姥姥的箱子上摆着一个瓷北瓜，青色，带有深蓝色缠枝的花纹，瓜蒂处是一个弯弯的瓷提手。里面放着几盒洎头火柴，还藏着六枚银圆。我极喜欢这个瓷器，不记得姥爷说这是个什么东西，我想大概就是博古粥罐或者富人家的点心盒之类。没法考证了，这个物件先是被我不小心摔掉了把手，后来盖子摔为两半儿。这个“博古粥罐”是姥爷的心爱之物，我摔坏了盖子，他心疼的嘘嘘了老半天，捡起六枚银圆，包到手绢里，宝贝一样放到了炕头。

二十世纪八十年代，国家给下放人员落实政策，按规定姥爷可以享受离休待遇。可他却以自己是主动回来的拒绝了。姥爷老了，只余下六块银圆和一座高高的五间房子的房基，这五间房基原来是一个大坑，姥爷愚公一样每天背几十筐头土，生生给小表弟垫起了一个夯实的院落和房基。这六块银圆，我娘经常逗我姥爷，说兄妹三个一人两块呗。姥爷总是笑而不答。

我娘四十五岁得肺癌，在四十六岁的大暑节气里去世了。听帮忙的人说，姥爷三天没合眼，在我家门口不停地走过来走过去。娘临入殓，姥爷递给我两枚带着他体温的银圆，让我包起来放到了娘手中。

姥爷老来丧子，本就是人间大不幸。他的大桑树早在十年前就做了我家新房子的檩条，他的羊们也因为小舅结婚一下子都处理出去。姥爷搬走了，那棵石榴见不到老主人居然死去了。

有一阵子搞移风易俗，姥爷请人给他做了一具薄薄的水泥棺材。风头过后，人们还是用木头棺材送终，买几棵老柳树也花不了几个钱。可是姥爷坚持用水泥棺材，他不想给小舅增加负担。没想到，姥爷去世时又赶上移风易俗运动，实行火化，姥爷的水泥棺材也没派上用场，屈身在一个小小的骨灰盒里去陪伴姥姥。我抱着姥爷热乎乎的骨灰，木乃伊一样听从“总管”的指挥，磕头、起灵……我好像不知道在干什么事，只清楚从此自己的童年没有了。

那条河，连同那些高高的大柳树早失去了踪迹，河坡青草地上常常游动着一群一群羊。可姥爷的羊没了，姥爷也在这个世界消失了，我家旧房子上的桑树檩条，总让我想起姥爷的那几只羊，还有石头变羊的故事。

我总觉得石头变羊不是神话。

种贝母的桂舅

当乡亲们在黑黢黢的屋子，七手八脚地把桂舅停到看不出木头纹理的灵床上，卷起他看不出花样颜色的褥子时，阳光穿过窄小的窗棂，透过烟尘，炕席上出现了意想不到的事儿——一堆带着桂舅特殊体味儿的钞票，堆放在炕头，有成沓的，有零散的，面值有零有整，质地有的毛糙，有的还硬实，却全成了黑灰色。经年的烟熏火燎，这些本该花花绿绿的钞票早失去了它的本色，仿佛一堆跨越千年的古董，风一吹就会变成纸蝴蝶飞得无影无踪。

父亲对我说这个情景的时候，最后一句话是——这哥俩这一辈子。

摇头叹息，改变不了什么，岁月里的风波早已化为一潭静水。

概括桂舅的一辈子很简单：出身富农家庭，后摘帽，终身未娶，八十多岁卒。具体岁数不详。桂舅相依为命的弟弟湘，已早他几年离世。

我叫他们舅，并没有半点血缘。乡里乡亲的论头而已。

出姥爷家门，左拐出小胡同，街对面东南角就是桂舅湘舅的家。高大的土墙，夏天爬满绿苔，像铺上了一层嫩绿色的薄毡子，残缺处，是孩子们走路用树枝刮出的沟沟。院子进深很大，靠北头是三间老旧的青砖房子，礓礤旁是香椿树，东头是杂树，房前还是杂树，高大，密实，树枝承担了隐蔽和遮掩的任务，哨兵般探出墙头并侵占到路的上空，本就幽深的院子越发显得幽暗；房后的枣树没有束缚，每到枣花香褪去，风雨袭后，地上密密麻麻落一层夭折的红色小枣。三间房住着桂舅湘舅和他们的小脚母亲。在我眼里，这个院子非常神秘，有巫性的东西，莫名地让我畏惧。那高高的墙和高大的树，好像与世隔绝的网。

我偷偷拨着桂舅家的秫秸栅栏门，看这个富农家的秘密，也是一天三次烟囱里冒着黑烟，也没看到他家偷偷吃好吃的。那个小脚老太太，高个子，高颧骨，深眼窝，瘪着嘴，好像不会笑，总是穿着黑衣服，匝着匝腿带子，拄着一根木棍，雕像一样侧身坐在礓礤上，长年几乎不出大门。村里来了锔锅锔碗、染布的，她也不出来，指使桂舅湘舅。三个大活人的院子整天悄无声息，他家的鸡也比别人家老实，下了蛋，叫两声完事，这院子更像一所空宅子。小孩子们淘气，上树爬墙，菜园子里捣乱，但却没人到桂舅家去玩，这个院子里仿佛有股瘆人的气息。其实，桂舅湘舅对人极好。

这条街上的人吃的同一口井的水。

这口井在桂舅家正北路东。水丰沛的时候，很甜，养着一大街的老老少少。遇到大旱之年，或者井里淹死老鼠长虫，水用白矾澄了还浑，也难吃，就要淘井了。淘井是体力活，身材高大的人却不太适宜，井深，井底狭小，蹲在里面干活不方便，很可能丢掉性命，坍塌和缺氧是索命的黑白无常。这个活儿，桂舅湘舅抢着干，他们俩的口气一模一样，别人都拖家带口的，不能有闪失。

大街上流淌着臭烘烘的浑泥汤子，烂泥黑乎乎的，顺着干活人们的脚趾缝往外溢。我想不清楚，这甘甜的水井怎么会淘出那么多臭烘烘的东西。淘井不易，淘这口井更不易，都靠人工，没有辘轳。平时干干净净的湘舅成了一个大花脸，桂舅从井里出来，笔直腰杆的人变成一个硕大的虾米。这时候，往井底看去，砖甃的井壁还滴滴答答地往下沥水，井里溢出来青泥的新鲜味道，清亮的井水能照出我的脸，桂舅说："丫头！快离远点，井口还滑呢。"

我心虚，扭身跑了。

小表舅小我一岁，桂舅是他三爷。他们两家的房子在一个院子里。大槐树为坐标，半人高的高粱篱笆成了楚河汉界，西面是桂舅家，种着白菜、萝卜、茄子、北瓜、纤纤谷什么的，川贝攀在篱笆墙上。我和小表舅都认为是川贝，桂舅当着我们的面念叨过川贝，说是给老娘治咳嗽。我印象中，川贝有藤，圆三角形的叶子，桂舅每天侍弄宝贝一样看着川贝。我和小表舅看着它出芽，看着它的叶子在风里摇晃摇晃，终于有一天再也忍不住，用小铲子挖出和蒜瓣一样又不一样的川贝母，它们的颜色白白的，还神奇地紧紧抱在一起，像孪生的兄弟。两双沾满黄土的小手，急慌慌地把川贝根埋到原处。太阳不说谎，我们挖过的川贝叶干了，风吹过来还委屈地叫唤，这棵川贝在绿茵茵的川贝藤中那么刺眼。桂舅一定发现了川贝被挖的秘密，他看到我们，却没责怪。挖出来的川贝不知道最后去了哪里，小表舅甚至不知道川贝长什么样子了，只记得我俩偷挖过什么东西。其实长在河北的只能叫贝母，四川产的才能叫川贝（母），浙江产的叫浙贝（母），简称川贝、浙贝。这都是我长大后在医院工作才知道的。每当看到药方上或者药柜子里干瘪的贝母，与川贝有关的记忆就伸出触角，我就想起种贝母的桂舅。

桂舅死后仅数月，我路过他家。这个小院落挤满了疯狂的野草，低洼的地方生着青苔。人走了，屋子空了，破旧的驴车腐朽了。当年那些大树呢，是不是做了兄弟俩的棺材？

一年以后，西屋的檩条落下来，屋顶开了天窗。那把门锁还吊在门上，却没有谁再推开这扇门。荒草掩没了曾经的人迹。

沿着时间的轨迹上溯，可以看到文字里的蒙太奇：井枯了，生产队解散了。很多人家用手扶拖拉机耕地，桂舅湘舅一人牵着驴一人扶着犁，精耕细作；麦收，这头瘦驴一圈一圈地碾场，烈日下的桂舅满身汗；拖拉机满地跑了，桂舅湘舅还是依仗这头瘦驴耕作……

我问父亲，桂舅和湘舅老了依靠什么生活，听说还留下三万多块钱？父亲说，就种地，前几年还编簸箕挣个零花的。养着头瘦驴拉拉拽拽的。细巴，舍不得花钱。你桂舅死后，余下一袋子棱子（荞麦），一提溜轻得不行，都空了，只剩下棱子皮了。人们打开洋灰柜、大瓮，里面的麦子轻飘飘的，吹一口气麦子都会飞。“这哥俩这辈子。”父亲用这句话结束了桂舅的话题。

我也一时无语。眼前晃动着棱子和麦子的空壳，虫子悄悄地偷走了桂舅的劳动果实，又是谁主宰了他的命运？

老房、老树、责任田、老驴，组成了一幅画，具有原始的况味，看上去不错，远离了俗世里的喧嚣，可一旦植入两个老迈孤苦的人，还有这些古董一样的纸币和只剩壳的麦子和棱子，不免会让人叹息。

种过川贝的桂舅种了一辈子庄稼，他可能压根就不知道川贝的性味归经。他只知道川贝能治他母亲的咳嗽。而川贝却像石头一样镌刻在我的记忆里。那晚做了个奇怪的梦。我还是小时候扎着羊角辫，穿着那件绿地黄蝴蝶褂子的样子。年轻的桂舅种了一世界的川贝。阳光斜斜地照着，昏黄黄的、满地的川贝苗在风里摇晃着，开出的却是黄灿灿的葵花。我用小铲挖川贝，挖了一棵又一棵，却什么都没有。

春去春又来，川贝枯了又生，可是做药的川贝，却再也没有发芽的机会。

李子青　李子红

与杨梅媲美的是李子，东邻淘气家的李子。当然，这只代表我个人的看法。

那棵李子树，好像专门为我栽的。别人都嫌酸，即便枝头的李子蒜辫子一样，一个挨着一个又乖又好看，也不见谁去摘。每年农历六月底回老家，这些李子认出了我是不嫌弃它们酸的人，像一群淘气的孩子拼足了力气一起往下坠，以此来迎接我的到来。李子树枝往下嘟噜着，“累累”这个词正当时。这时的李子黄中带绿，犹如彩色乒乓球擦着一层薄粉。我说，将熟未熟的李子最好吃，这深得河北诗人北野认同。淘气家开着小卖部，整天人来人往，都嫌酸。等候人们来打麻将，或者小憩，我都会站在树下，伸手摘一个，洗都不用洗，抹一下霜，就开吃，吃完一个再摘一个，然后摘几个捧到屋里。我吃着，别的女人看着，啧啧地直流口水，说：“这么酸，怎么吃啊？”我还真喜欢这一口。想起这李子，真像害馋嘴的孕妇。

那些女人天天叽叽喳喳，输了赢了吵吵个没完没了。淘气总是笑眯眯的，不说话。

淘气的好脾气不是天生的。淘气兄弟五个，他是老娘的老生子，也许是奶水不足，他天天哼哼唧唧哭，名字就是这么来的。淘气父亲在的时候，做点小生意，有一年被人骗了，一车羊皮被拉走，没回来一分钱。而他家的羊皮，是从宁夏赊来的。几个戴白帽的回民千里迢迢来他家讨钱，看到三间空空的房，单薄的被褥，四五个流着鼻涕穿着露脚指头鞋的孩子，吃了几天铝锅煮的白水面，走了。那几个人在院子里烧火煮面条的影子一直在我记忆里。

那时候的淘气，偎在他娘怀里一声也没哭，他突然不哭了。

好久不去淘气家了。淘气失踪好几年了，我怕看到淘气娘红红的眼圈。在我心目中，一直把淘气当成一棵李子树来看待，一辈子都会守着他的家，守着他的娘。可是，李子树还在，淘气这个大活人，生生找不到了，我也曾帮着转发寻人启事，可是淘气真是个“淘气”的孩子，撇下老娘老婆孩子，就是不出来。

淘气比我还小十多岁，我大舅却叫他叔叔。

大舅家也有一棵李子树。

开始以为是桃树呢，叶子跟桃树一模一样。大舅说，是桃李，用麦子地里挖来的小桃树嫁接的。这棵树很懒散，稀稀拉拉挂着几颗青红色的果子，往往还七裂八瓣的，这也是我不知道它是李子树的原因。大舅不舍得砍掉，是为给孩子们吃零嘴，其实就是瞎心（方言，指老人对孩子没有节制得好）。现在无论孩子大人，谁嘴里还缺吃的？缺的是安全食品。

大舅没啥本事，村里人赖以生存的编簸箕手艺，他也不会，只能给大妗子打下手。在村里助工，不惜力气，不吃肉，就啃豆包。不知道怎么干起了经纪，先是给食品公司收肥猪，后来也帮着乡亲们卖粮食，赚点零花钱。我想，是老天爷看大舅厚道，照顾他。

李子树东边有一个半人高的塑料棚，是大舅颤抖着手扣的，他从邻居家淘换来半洗脸盆带蚂蚱籽的土，养起了蚂蚱，不卖钱，只为给我们解馋。棚与李子树之间种了棒子，棒子苗总是割了一茬又一茬，是蚂蚱的粮食。大舅是帕金森病患者，一碗水端到嘴边剩半碗。

大舅去年八十，以往一夏天都光着膀子，一年到头喝凉水。冬天病了，囚在屋子里不肯出来。住院检查，没发现大问题。我回去少，给大舅打电话，他就呜呜哭，吓得我不敢打电话。我总记得大舅站在台阶上送我们，和李子树并排。

今年正月二十一早晨，大舅坐在堂屋小炕桌边吃了两个元宵，大妗子收拾碗筷，听到“咕咚”一声，扭头一看，我大舅头朝西倒在地上，过世了。此时，正在新冠肺炎疫情封闭期，听完消息我失声痛哭。大妗子安慰我们，等百日吧，你们都回来给你大舅烧纸。可是我又食言了，得服从组织安排。新冠肺炎疫情不容人有一点懈怠。

李子树还在，大舅却只能在梦中相见。

在我家乡，李子分桃李、杏李两种，但无论哪一种李子，都有淡淡的苦味，就像淘气和大舅。

十年前，我带孩子到苏州探亲，一家人沿着东兴路的河岔溜弯，栀子花香得人晕乎乎的。有人骑着自行车带着果子筐叫卖布朗果，黑紫色果子，圆圆的，大过孩子拳头。回来一尝，就是李子，味道远不如淘气家的好，只是名字洋气。原来布朗果真是移民，来自大洋彼岸的美国或者新西兰。

最早见到李子是在乡医院，我带着孩子路过皂荚树下。皂荚树对的屋子里有输液的病人，有个家属正走出屋门，嘴里咬着半个紫色的杏般大小的东西，女儿停下脚步不错眼珠地看着，小嘴巴抿起来，咽了一口唾液。那个家属看到小家伙的馋样，不住声地说，哎呀！早知道给孩子留一个。她一阵风回家，气喘吁吁地捏着七八个紫丢丢的东西回来了。她说，吃吧，熟透的李子。熟透的李子，紫皮，黄瓤，一咬流汁，吃完，核上带着黄胡须。

四种李子各有千秋，如果让我选择，还是淘气家的最合我的口味。

社长家在赤峰，他说山上有一种欧李很好吃，酸甜酸甜的。打柴火的时候，欧李树下一层干瘪的果子。欧李仁是中药里的郁李仁，这个我熟悉，性味甘平，微苦，有润肺滑肠、下气利水的功效。因为产量大不值钱。

在亳州，李子是贵族，传说李子与道教始祖老子有关，李耳也作李子。故而，亳州人的“字典”里没有李子，只有灰子。没有李子树，大概也就没桃李满天下这个美好的词汇了。

去年夏天，我吃到了另一种李子。

五月底下班回家，一下公交车突然被一辆逆行的三轮车撞倒，没想到竟然骨折。肇事者是六十多岁的女人，怀里抱着一个三岁左右的孩子，拉着一车破烂，我只能认定宽出车斗很多的白泡沫是责任人。我原谅了老妇人，但是得卧床一个月。前两天疼得睡不着觉，翻不了身，腰沉得如同压上了千斤巨石。十几天的疼痛，让我嚷嚷多日无效的减肥有了效果。稍微好一点，我再也躺不住，一个人慢慢踱出屋子，乘电梯到楼道，沿着自行车道走到楼下。我要锻炼，争取尽快恢复。正是暑假时节，院子里有学生们够树上的小果子，我虽然知道这几棵树在春天灿烂得让人感动，却不知道也是李子树——紫叶李。我尝了一个纽扣般大的李子，竟然找到了淘气家李子的味道。不同的是，紫叶李的果子呈红紫色，亮晶晶地涂着蜡一样好看，酸甜之外，有一股淡淡的清苦。正可以挽救我多日食不甘味的嘴巴。这几棵树，成了我下楼的由头，瓜田李下的禁忌没了。有一棵紫叶李紧靠甬路，果子饱满，足有玻璃球大。我盼着小侄女下班，扶我到李树下，她用拐杖勾住柔软的枝条，我摘几个。往往十几颗还不满半小碗，这纽扣般的李子，是病中的我最惬意的吃头。

想起李子，记起一句老话“桃饱人，杏伤人，李子树下抬死人”。孙思邈说：“不可多食，令人虚。”其实，不论吃什么，都过犹不及，从这个意义上说，李子树大概是无辜的。关于李子的一个画面却一辈子也忘不了，成熟的紫叶李果子，不显眼。熟透的掉到草地上，那股殷红美到极致，像某个艺术家的作品。落到甬路上的，果皮迸裂，橙黄的果肉让我惋惜，圆圆的李子仁踩上去有点硌脚。

端午节，我到院子里散步。那棵结大果子的李子树五分之一枝干垂在地上，紫色的叶子还活着，有几个被鸟啄过的李子挂在枝上，更多的摔在地上，落在草丛里。尽管有完好的露出来，我却没了品尝的兴趣。

它让我想起大舅，想起了那个撞伤我、怀抱孩子谋生活的憔悴的老妇人。

磨平的断掌纹

一

去耀宗家，确实不排除我有猎奇的心思。

父亲不止一次地说，耀宗又有媳妇了！快去看看吧，他娘和你娘在世时好得一个人似的。见我不动心，又说，耀宗把家收拾得干干净净，开了麻将局，很多人去玩，你也去玩吧。

开始父亲说的时候，我并不在意。父亲念叨起耀宗的断掌纹，我心里动了一下。耀宗生来带着断掌纹，这是他父母的秘密，也是二老临终也放不下的心事。所谓断掌纹，就是手掌心有一条如刀痕的横线，据说断掌纹的人命运不济，甚至有杀人的隐喻。我小时候对耀宗的掌纹很好奇，总想找机会看看。母亲却不许，也不许问。她和耀宗娘整天摽在一起，也许是出于尊重，也许是怕沾了晦气，断掌纹在我心里成了一个谜。耀宗本人对迥异于常人的掌纹毫不在意，整天嘻嘻哈哈的，两道局部干瘪的紫红色红蚯蚓般的嘴唇，时常咧着。

耀宗娶过媳妇，我还去送亲了。最终媳妇跑了，两个孩子翅膀硬了，也都飞了。我当然不相信手相会主宰一个人的命运，耀宗也不会去杀人，但他的命运确实令人思量。尽管不信，我还是张开手掌，男左女右，我的右掌纹路清晰，生命线、命运线、智慧线、情感线、婚姻线，甚至财运线，在我手上以弯曲或者交叉的形式分布。有人曾说过，我有贵人相助，这倒是与我的际遇契合。

或许手相本身是上天赐予，身负一种玄机。纹路无论长短，或粗或浅，都隐喻着荣华富贵，悲欢离合，生生死死，因因果果。只不过，常人悟不透罢了。我不会看手相，却看得到周边人的聚散离合。

二

我特意早早吃了晚饭，趁着街灯初放去耀宗家。

耀宗家在我家老房子后面。我家早住着大客厅带卫生间的新房子，耀宗还住在改革初期建的房子里。

村里的黄土路，先是砖墁，近年村村通公路又变成硬朗的水泥路。耀宗家新修的大门楼很气派，透过堂屋里的灯光，可以看到靠院子东面夹着栅栏，围着一溜地种着什么。没有了猪圈，现在村里没有人家养猪，都觉得养猪不合算。院子用红砖铺着，果然比以前黄土地面沿墙堆着柴火时显得整洁干净。

听到我说话，耀宗拉亮了院子里的电灯，迈出屋子，人影随着灯光由短变长。你可是稀客！我有点心虚，我说来打麻将是假，想看他的新媳妇是真。但是，又不能说破，免得耀宗两口子难为情。我了解到，耀宗和现在的媳妇花是同居，还没有办理结婚手续。

父亲说，花是谁谁家的姑娘，你认识。花嫁到我们刘家时，我早到了石家庄，因为是远支也没有什么交集。不想，却又嫁给了耀宗，我倒想看看她到底是个什么样的女人。花的第一个男人是我的远房侄孙大海，起先在天津打小工，后来不知因何混得有点起色，花本来心眼也不多，逐渐遭到了嫌弃。听说，大海要离婚，花毫不犹豫地答应，大女儿归大海，小女儿她带着，其他财产没要，只要了一万块钱。她告诉大海，你有本事娶别人，我就嫁本村的给你看。

我没想到花爆豆子似的当着耀宗说："我是你孙子媳妇啊，大海不要我了。"她抻了抻本就平展展的床单，拉我坐下，说："我就跟着耀宗过！"

耀宗嘿嘿笑着，不搭话。双人床靠窗户，几乎占据半间屋子，靠西墙是崭新的白色四门柜，父亲说过是花用离婚的钱买的。中间放着一张圆桌，两把椅子，与刚刚粉刷不久的雪白墙壁和新家具对比着，显然是旧物。

三十年前一个寒冷的早晨，我曾坐过这屋热乎乎的炕头。那时候，土墙也刚刚用白灰粉刷过，墙上贴着囍字，红纸做的，囍字还带着墨香，玻璃窗户上贴着鸳鸯戏水和富贵牡丹的红色窗花。一个湖北女子云成了耀宗的妻子。

我和母亲作为云的“娘家人”，成为耀宗家娶媳妇大席上的上宾。云在席上一点也不怯场，薄薄的嘴唇，上下不停地开合，她的身世毫不掩饰地蹦出来，自小被父母遗弃，养父母双双病逝……可怜的人，没依没靠，只有耀宗……云说着，不断地停下筷子，擦拭吊眼角里挤出的泪水。我惊异于，这个新婚的女子怎么这么健谈，居然没有一点羞涩，当着接亲送亲的陌生人话语不断，这场婚宴简直是她的独角戏。大席上的鸡鸭鱼肉飘着诱人的香味，慢慢在她话语的拦截中凝固了一层雪白的油脂。席上的蒸碗，因为云的苦楚身世，几乎都没动筷子。我母亲和其他陪席的女人们甚至都落了眼泪。

三

那些年，村里来了不少云贵川的媳妇，大多也安生，生孩子持家，改变着一个男人的命运，也有的像鹰一样飞走。云的话，无疑是给耀宗一家的定心丸。

尤其第二天，耀宗蚯蚓一样的嘴巴乐得合不到一起。听耀宗娘说，耀宗说是黄花闺女。

耀宗不同于其他找外地媳妇的老光棍，他正当青春，也许是家贫的缘故，也许是太丑，也或者因为断掌纹，他的婚事成了难题。耀宗娘果断托村里的湖北媳妇给带过来一个。虽然是买来的媳妇，也金贵着呢，一家人哄着敬着。

云也让人放心，刚结婚就跟着耀宗下窨子学编簸箕。湖北女子的泼辣能干，云都有，公公婆婆爹娘不离口，对小叔子小姑子也照顾，邻里之间也显示出通情达理的一面。人们都说耀宗傻人有傻福，找了个好媳妇。

院子里的桃花开的时候，云从老家带来一个五岁的儿子。村里那些羡慕耀宗的人，拿耀宗说娶的黄花大闺女取笑他。耀宗也不以为意，把媳妇孩子当眼珠子。断掌纹人的命不好，似乎有例外。耀宗虽然长得丑，但他父亲是独子，他是长孙，加上人憨厚，深得父母和爷爷奶奶的疼爱。他十岁，还枕着他奶奶做的老虎枕头。

耀宗家生个姑娘，和我女儿同岁，单眼皮，单薄却红润的嘴唇，以及吊眼角，和云简直一个模子。我当时在乡医院工作，她女儿伤风感冒，或者打预防针都是我上门。那时候的云，有点强势。乡亲们都说，耀宗又多了个娘。我上班路过耀宗家门口，亲眼见到云骂骂咧咧地把耀宗早起赶集买来的小鱼扔到大街上。云的理由是耀宗图便宜，冻鱼刺多还又苦又难吃。而耀宗并没有恼火，赔着笑脸，低头捡小鱼，边捡边说："我自己吃，我自己吃，我马上去给你买鲜鱼。"

母亲去世后，我离家工作，耀宗一家离开了我的视野，但是父亲不断地传递着耀宗家的消息。

先听说，云出去打工再也没回来（也许是另嫁人），而且是杳无音信，两个孩子还待在耀宗身边。我寻思，也许是云不忍一下子摘走耀宗的心吧。这只是我一厢情愿的想法。

我不能因为云的逃离而抹杀她的能干。她的绝情，也许另有苦衷。但甩手把两个孩子都扔给耀宗，是她太了解这个男人，耀宗讨饭也会对孩子好。

云确实很聪明，云带来的男孩考上了大学，耀宗用粮食换学费，苦巴巴地供给。女孩学习不好，辍学出去打工，本来热闹的家，就剩耀宗一个人。夏秋忙地里的活计，冬闲的时候，他没出去打工，也没有闲下来，他在屋子里编簸箕，守着家。下意识里，我觉得耀宗是在等云回来。

四

坐在耀宗家床沿，孩子肯定是绕不过的话题。儿子，昧良心。早毕业了，不知道在哪里。不写信，也不打电话。我只当白养了他。耀宗从枕头下取出一本旧相册，相册里的小男孩正骑在耀宗脖子上，年轻的耀宗咧着大嘴笑呢，云的脑袋倚在耀宗肩头，因为笑，眼角吊得更厉害，那棵结着水灵灵大蜜桃的桃树做了背景树。后面的照片里多了小女孩，云的照片少了。

耀宗说，这二十年，跟头趔趄地做梦一样。

云走了，男孩飞了，耀宗本来有把女孩留在家里的打算。女孩这代人不甘心在家编簸箕，出去打工，认识了一个男孩，嫁到太行山里的阳泉。相册的后面有女孩子一家三口的照片，女孩和年轻的云很像，照片背景是河北山西交界处的娘子关。我问，丫头常回来吗？耀宗说，回来就是要钱，都没良心。

你不知道，这两孩子差点把我逼死。

具体原因，我忽略了，只记住一个画面。耀宗觉得绝望，喝了农药，躺在阳光炽烈的院子里等死，两个接近成年的孩子没事人一样躲在屋子里打游戏。浓烈的农药味飘到了街上。西邻跑过来，耀宗已经满嘴白沫。邻居招呼男孩出来，把耀宗抬上拖拉机送到了医院，耀宗捡回一条命。

这两个孩子的冷漠让我心惊。虽然知道耀宗过得不如意，但在孩子眼皮底下寻死，孩子居然无动于衷的事，我还是第一次听到。我下意识地看了看耀宗的右手，他习惯性地握着拳头。耀宗的手背和他的脸一样，暗红，皴巴，多褶。这么多年的劳作和波折，他的断掌纹大概也该磨平了。

花说："不是我挑唆！真是畜生不如。老鸹还知道反哺呢。"耀宗倒是没什么强烈的反应。也许是时间久了，毕竟有养育之情，淡忘了，也许是生活有了新寄托，也许，他已经麻木了。

对面的棋牌室传来人声。我们穿过堂屋，踱到对面的棋牌室。我特意留心看了看堂屋，锅台早和土炕一样拆掉了，西面锅台的位置，安着液化气架子，蒸锅和炒锅盖锃亮，屋子东南角本该是锅台的地方，放着一口大水缸。父亲嘴里的棋牌室很简陋，两张电子麻将桌，分别放着四把折叠椅，在东边的屋子，有两张普通圆桌，也配着几把椅子。大概等了一小时，到底没有凑成一桌打牌的人，这样的棋牌室显然挣不到"茶水钱"。我问耀宗，你啥时候学会了打麻将？我记得你家人从来不玩钱。耀宗搔搔头发，笑了，说："日子好过了，我学会了打麻将，弄个局，不为挣钱，大伙凑在一起解闷儿呗。开始人多，现在正在种麻山药，都打工挣钱呢。一闲下来人就多了。”

这竟然是耀宗办棋牌室的初衷。

作为一个离乡二十多年的人，耀宗的遭遇我了解不多。听父亲说，耀宗的爹娘先后得了脑血栓，本该哥俩轮换着伺候，但是弟弟不尽心，耀宗索性自己给二老养老，直到送终。现在村子里有房有车的年轻人找对象都难，而耀宗单身多年，旧房子，旧三轮车，居然有人主动投奔。父亲把这归结为因果报应。

耀宗人生的几个片段，给我勾勒的是他不可思议的半辈子。一个老实过头的人，居然妻离子散，难道真是断掌纹作祟，我真想说看看耀宗的掌纹，犹豫了一会儿，还是忍住了。母亲说过耀宗小时候算过命，算命先生掐了左手又掐右手，不顾耀宗娘央求，到底也没说怎么破解耀宗的断掌纹命。

命运的音符不都是悲伤的曲调。头发斑白的耀宗，终于有人疼了，屋里来了个小他十四岁的花。福祸双至，另一个烦恼又侵扰着他，耀宗和花兴冲冲地去镇上民政部门领结婚证，却被告知，因为云没有和耀宗办理离婚手续，耀宗和花的婚姻不受法律保护。我以为耀宗苦尽甘来，断掌纹带来的厄运到了尽头。没想到还有不能正常结婚这样的事，这让我失语。

我至今没见过断掌纹，也不知道它究竟有怎样的隐喻，但耀宗终于苦尽甘来，姻缘有了新的接续。父亲常说：“老天爷饿不死瞎家雀，不辜负老实人。”我想，断掌纹与耀宗的命运不过是一种巧合。耀宗的执拗性格和经济大潮来临时他的无能为力分不开，哪个女人不期望过比较安逸的日子呢？至于断掌纹，再异样，也不过一手心的距离，与命运没有什么必然关系，天下人谁一辈子一帆风顺呢？这就是人生吧。

村里的川妹子

拐过街角，就听到表姑家传出一阵欢笑声。进门洞，影壁，一丛盛开的秫秸花，花下立着一个俏丽的女人，如瀑的长发，黑漆染过一样。表姑说：“这是你嫂子九妹。”九妹正拿把红色塑料梳子梳理着她的秀发，一下一下，慢慢地。阳光穿过斑驳的树影，照在她身上，一院子人盯着她，好像在看天上来的仙女。大嘴巴的表哥喜滋滋的，嘴角笑得几乎咧到耳垂下面。院子里的小白菜可劲地疯长，老黄狗追着黑猫，在院子里窜来窜去，黑猫爬上那棵歪脖老柿子树，惊起一群麻雀。

表哥排行老大，下面还有一串弟弟妹妹——最小的还穿着开裆裤。家里孩子多，表哥长得丑，大脑袋，罗圈腿，走路一晃一晃的，在当地找媳妇很难。活该九妹和他有缘分，居然千里迢迢地被人领到河北，嫁了他。表哥心满意足。走路不再低垂着头，而是换了姿势，挺着胸脯子小跑，个子好像拔高了些。我常常望着俊俏的九妹乱想，九妹不远千里嫁了表哥这样的人不感到委屈吗？

那时候，附近村子开了很多毛纺厂，安心编簸箕的姑娘少了，她们到毛纺厂打工，一个个烫着头，或者留着李玲玉式的头型，衣着光鲜，骑着二八轻便车子在街上穿来穿去。九妹也心动了，表姑一家不同意。明里说是怕累着九妹，实际上是怕她跑了。于是，农闲时九妹就坐在门口绣鸳鸯戏水的鞋垫，她安坐在光阴中，在雪白的鞋垫上画十字格，用彩线绣了一双又一双。

日子快得不容我仔细打量。九妹接连给表哥生了两个花朵似的孩子，艰难的日子似乎因为孩子的到来有些奔头。

表侄六七岁的时候，我去表姑家，正赶上九妹给小表侄理发。表侄不配合，小脸憋得通红，眼泪混着汗水滴滴答答地往裤子上掉。九妹没停手，与我搭腔："孩子不听话，理个发都难。"

小表侄在推子下面扭来扭去，表姑帮着，都按不住他。

一个小铲子形头，虽说不算好看，也难为了九妹。村子里没有专门的理发店，只有集日才有剃脑袋的师傅来。我说："干吗费这大劲，到集上花几毛钱推推得了呗。"

"能省一个是一个吧。"九妹低声说。

这当口，表姑为了让小表侄止住哭声，拿来了镜子。没想到，小表侄对着镜子看了一下，大喊："我不要这样的头！我不要这样的头……"一挥手，"啪叽"把镜子摔到了墙角。粉碎的镜子在阳光下晃得人睁不开眼睛。九妹把刚刚放下的推子操在手里，咬牙切齿地说了句："龟儿子！敢打破我的镜子。看老娘给你理个好看的！"我忍不住笑了，这九妹自称老娘，可她分明是一个唇红齿白的"小夜叉"。

九妹拉过孩子，坐在板凳上，两腿夹起孩子，几推子下去，孩子变成了小和尚一休哥的样子。我和表姑哭笑不得，小表侄哭得鼻涕吹起了大泡泡。更让我想不到的是，九妹还翘起手指弹了孩子脑门两下，说："龟儿子！看你还捣不捣蛋？"表姑翻着白眼抱起孩子，边走边嘀咕："哪有这样的亲娘。"

很久没见到九妹。有人说她跑了，有人说她去学理发了。村里来的几个川妹子，有的安分守己踏踏实实过日子，有的却以回家看看为借口，一去不返了。任这边的男人跑到四川去央求，也不再踏上河北一步。表哥又变得蔫蔫的，像秋后经霜的茄子。

没想到，九妹走了三年后，又回来了。一头长长的乌发没了，短短的发梢还有些染过没褪尽的黄。

她指挥着表哥用带回的钱沿街盖了几间房子，两间做小卖部，套间里她开了理发馆。里面很宽敞，村子里的人在此打牌，但是要交一到两元的费用。小卖部地理位置好，九妹又会说话，生意不错，年节的时候，理发的人排着长队，非常红火。用村里人的话说就是，九妹家的钱是大风刮来的，九妹拿着耙子往家搂就行了。九妹听了咯咯大笑，用我们当地的口音说：“你们没看到我辛苦。”也是，九妹家院子里种啥菜吃啥菜，不舍得买反季菜吃，长年也不见腥水儿。九妹做菜和别的川妹子不一样，有的川妹子随着河北人不爱吃辣椒的习惯，渐渐地也远离了辣味。九妹不，她每年在院子里种上两畦辣椒，秋后穿成串挂在墙上。她炒菜没肉一味地狠放辣椒，炒的菜红彤彤的，别人看着都没法下嘴，怕辣的表哥倒逐渐适应了九妹的口味。打牌的人都说九妹的钱穿到了肋板上。九妹不恼，自嘲说：“谁不知道肉好吃，不是要供孩子上大学嘛。”

九妹家天天聚着很多人，我回家也愿意去九妹家走走，看看她，也听听乡亲们说说村里的事。

眨眼九妹的两个孩子都读大学了。九妹还是说钱紧张，农闲时表哥被她支派着去了外地打工，她一个人理发，照看小卖部，照应着牌局，忙得团团转。有时候会看到九妹累得坐在理发的椅子上打瞌睡。我就想，唉，九妹或许是上辈子欠了表哥的债吧？不然，依她的姿色该找个好人来疼她，我那表哥其实就是一块朽木。一朵好花，插在表哥这堆大粪上，这个倔巴巴的人，真委屈了九妹。

打牌的女人们有时候嚼舌头，说九妹不要表哥和她一起睡觉。这话没人证实，说说也就过去了。

可九妹疯狂地追打村子里的一个“无赖”，却被村里人看到了。村里人农活不忙了，晚上玩牌会久一些。那天晚上，人们听到九妹疯了似的骂人，龟儿子，龟孙子的……还夹杂着人们听不大懂的四川话，有好事的人起来看。发现九妹挥舞着一根棍子站在街口路灯下大骂，祖宗十八代都给抖了出来。

原来，有人趁表哥和孩子们不在家想占九妹的便宜，差点被九妹的剪刀剪下命根子。我想，九妹的辣椒吃得真棒。九妹爱骂人，用四川火辣辣的方言，村里人听惯了，像听小曲。一日九妹沉默，就像做饭没放盐巴，觉得生活没滋没味的。

一晃，九妹来我们村二十多年了，那黑黝黝的长头发早不见了，一腔四川话也失了真，只有骂人时还带有浓郁的川味。其实，听九妹骂人是件趣事呢，什么龟儿子，什么龟孙子，什么格老子……

街上流行歌曲《九妹》时，孩子们嘻嘻哈哈冲着九妹唱“九妹九妹可爱的妹妹……”九妹哈哈大笑着，拿着笤帚追着笑骂：“九妹是你们叫的吗？九妹是你们祖宗！”九妹这话也不差，她婆家在村子里辈分极大，年轻的她是很多人的本家奶奶。

我问九妹老家都有什么人。她说，爹、娘、兄弟姐妹都有。我说，也不见你回去看看啊。她眼望着西南方，说：“回去一趟要很多钱，孩子要上学。”院子里有燕子飞过，九妹幽幽地说：“我还不如一只燕子啊，燕子还年年回家呢。”

我一时找不到话题劝她。很久才说：“会好的，孩子们快毕业了。”

九妹抱怨日子过得艰辛，也对我说过她被骗的事——刚来村子相亲，表姑没让表哥露面，而是拿了一张表哥堂兄的照片给九妹看。九妹看小伙子长得不错，满心喜欢，应了。九妹真的不易，孩子小的时候，她也不过是个十八九岁的大孩子，秉承老家四川的习俗，九妹总是把孩子绑在背上干活儿，孩子常常就在她的肩头睡了。

九妹人聪明，干啥都像回事，唯独死活包不好饺子，她一年到头吃米饭。孩子们想吃饺子，愁得她要上吊。看她剁白菜，叮叮当当，利利索索，可是包的饺子，像孩子们过家家弄的泥饺子，没一个成形好看的。九妹自己会解嘲：“饺子好吃在馅，样子难看吃到嘴里一样的味儿。咯咯……”惹得女人们一起攻击她，说她来河北这些年不会包饺子，心还在四川。

九妹眼里突然起了雾，汪着点什么。

一个中秋节，村里的懒汉二货赖在九妹家要买九妹的饺子吃，九妹不理他，说自己家没开饭店，要吃饺子回家自己包去。二货磨磨叽叽缠着不走，眼巴巴地看着热腾腾的饺子出锅，掏出十元钱要买一碗。九妹不卖，要表哥把第一碗饺子给斜对门的三奶奶送去。二货斜着眼睛，说九妹傻，有钱不挣，把饺子送给孤老太婆……九妹把筷子摔得山响，敲着桌子说：“滚！滚！我的饺子，我愿意给谁吃就给谁吃！三奶奶一个人可怜巴巴的。你他妈的懒蛋一个，我喂狗也不给你吃！”事后，九妹对我说，三奶奶像她远在天边的老妈。

院子里的秋桔花又开了，九妹笑盈盈地告诉我，女儿大学毕业找了一个四川同学，离她的老家很近，马上要结婚了。

与鸟为邻

一

娘临终前那半个月，突然来了一大群灰鹊，从早到晚占据着我家周围的大榆树，还时不时地呀呀呀叫一阵儿，好烦人。娘瞅着那些隐在树上的灰鹊，说：“这是接我来了。”那时候，娘已经站不起来了，想到屋外乘凉，就得我们抬进抬出的。我们姐弟视这些灰鹊为仇人，找来细长的木杆子，跑到门外的大树下，嘴里“嘟……嘟……”地吓唬它们，一边挥舞木杆轰赶。我惊惧，把心里的难过和苦痛，发泄到树枝上，那些无辜的榆树叶带着小枝子不断地跌下来。可是那些烦人的灰鹊，一会儿子又飞回来。娘阻止我们，别轰它们了，它们是报喜的。

办完娘的丧事，大树上再没有一只灰鹊。家里的山楂、杏、苹果、桃树无一例外都有一枝死去。这在我心里一直是一个痛，也是一个谜。灰鹊自哪里来，又去了哪里？难不成真的接娘去了西天？

我从小接受的是人死如灯灭的道理，但一些神话传说，还有姥姥一辈人对于神明的敬畏，让我无端地又有某种祈愿。就像埋葬娘的那天夜里弟妹做的那个梦。弟妹对我们讲述的时候，仰着头，右手抬起来指着半空，说：“娘穿着她的蓝花缎儿袍子，浮在那里。我明明知道娘没了。问娘，娘不是走了吗？娘说，我不放心，怕你们混不了（日子）”。

娘走了，那群灰鹊消失得无影无踪。这件怪事，发生在一九九三年七月份，农历六月二十八。

那时候，村子里有喜鹊。黑色的，或者说黑白相间的，也有灰色的，灰黑白相间，这都是和农民有生死之交的鸟，我认为这么说不为过。有人烟的地方，就有喜鹊，喜鹊的窝就在村子当中高高的大杨树上。上学路上，能看到喜鹊飞来飞去。冬季，万物凋零，大杨树只剩下向天的枝干，喜鹊的窝，是个大大的黑点，架在三根树枝上，在风里摇晃。小翠说，村里有个老人的水晶眼镜没了，后来在老鸹窝里发现了，老鸹窝里还有石头枕头呢。我因此喜欢上了一块椭圆形略长的光滑石头，并固执地认为，是一只老鸹的枕头。我们村给喜鹊叫老鸹。也许是从山西洪洞县大槐树老鹳窝搬来，乡音未改。

洪洞县傍汾河，刘姓人家自山西迁来，数百年间，也是依河而居，这条河叫潴龙河。

数十年前，河岸是黑压压的杂树林，林子里住着数不清的鸟。

我记事的时候，潴龙河大堤上柳树居多，只在我们村村口处有一些大杨树。潴龙河两堤之间，空旷，满眼是望不断的黄土沙滩，只在废弃的老堤上，扭歪歪地长着三两棵柳树，柳树下汪着一坑水，幽深，泛着神秘的气息，有时候与流淌的潴龙河相连，有时候是孤立的。爹记忆中的一把抓不透的鸟粪，早跑到了爪哇国，那歪扭扭的柳树上，倒是常有浑身乌黑的乌鸦站着，有点瘆人。爹娘总嘱咐不要到老堤那边去，有淹死鬼。那地方也就成了我的禁区。按现在的审美，老堤上那几棵树是可以入画的，躯干弯曲，有隆起，树枝横陈在河面，有的树枝垂下来，却还不甘地朝上。远看，树的轮廓浓墨浸染的一样，三两只乌鸦站在树枝，有些沧桑的况味。这些浑身乌黑的乌鸦，乡亲们也叫老鸹。这是一种不受人待见的鸟，人们说它负责报丧。黑白相间和灰白黑相间的老鸹是报喜的鸟。

不管报喜与报丧，老鸹都让人敬畏，人们吃麻雀，甚至有人吃过老鼠肉，但没人敢打老鸹的主意，也许大家都认为老鸹通灵。村里有个缺心眼的人逮老鸹吃，他说，老鸹都是红肉，是酸的。没有一个人证明傻子的话，任他在村头街尾说老鸹肉的好与歹。

乡亲们给灰鹊叫“麻野鹊（音 qiao）”，“麻野鹊，尾（音 yi）巴长，娶了媳妇忘了娘，把娘背到墙外边，把媳妇儿背到坑头上……”这大概是给喜鹊的黑锅。古书记载“羊羔跪乳，乌鸦反哺”。虽有教化的作用，但羊羔跪乳是事实。想来，乌鸦反哺一事儿也不虚。

母亲的忌日在七夕前，每次去上坟，先入目的，是那几棵枝叶繁茂的白杨树，白杨树上住着喜鹊。娘有喜鹊做伴。我来，喜鹊喳喳；我走，喜鹊喳喳。

二

那时候的麻雀，在大人眼里可真烦人。

草人日夜立在谷子地里也不管事，也许是草人的草帽太过破旧，也许草人手里的小旗帜在上风头没效果，反正谷子成熟的秘密一旦被麻雀侦破，这块地就成了麻雀们的餐厅，它们吃饱了，还站在谷穗上叽叽喳喳地示威。乡亲们喊他们“大老家”，既有愤恨，又有怜爱。在传统的农耕时代，麻雀是从人嘴里夺粮啊，那时候本就糠菜半年粮。麻雀也没少成为人们的菜。我小时候，姥爷家有一架梯子，仅有一人宽，登间跨度很大，但是搬运方便，我就指挥着妹妹弟弟抬着小梯子到东间屋，这间屋子没有门，放柴火，是麻雀的家。他俩扶着梯子，我上去掏麻雀蛋。这可都是男孩子干的事儿，大人总是训斥我们说，女孩子不能掏鸟窝，摸小鸟手心出汗，拿不住针，做不了针线活，找不到婆家。男同学们描述掏鸟窝太精彩了，尤其他们纸壳里托着的没长毛的小麻雀，黄黄的喙，圆圆的亮亮的眼睛，真可爱。可是他们掏来的小麻雀活不过一晚上。我打赌要自己养一只。我掏来了两枚麻雀蛋，偷偷煮着吃了，第二天又掏了一枚，第三天再也没有麻雀蛋，那对麻雀站在院子里的榆树枝上，不停地“骂人”。那个窝空了很久。

搬到新家的一个暑天，明朗的天突然像安上了黑棚子，黑主宰了这个午后，闪电和雷接踵而来，雨下得没天没地的。一家人不用去耪地，狂风暴雨，也停电了，屋子里很凉快，呼呼地在凉席上睡觉。雨住了，弟弟的朋友蹚着水，大呼小叫地进了院子："快来帮我！拿筛子！快来帮我！"他提溜着鼓鼓囊囊的裤子，两条裤腿里似有东西在蠕动。原来是两裤腿的麻雀，一只只被雨水浇得净湿，翅膀沉重地耷拉着。它们平时宿在邻居家屋后的大杨树上，这场暴雨，把它们从树杈上拍下来，成为我家的盘中餐。娘她们收拾麻雀的时候，我借口走出了家门。天黑回来时，还没进家门就闻到了浓郁的肉香味。娘没舍得油炸，清炖的，家人和弟弟朋友都说闻着好闻，吃着不香，太瘦。我没吃，我想起了老院子那对失去蛋的麻雀。

麻雀内脏被狗扒拉着，我看着难受又恶心。

从读中学到在乡医院上班，在孤寂的上班路上，春夏秋冬，都有麻雀陪伴着我。

那个冬季，我穿着军绿大衣，围着大红的围巾，骑着自行车走在潴龙河千里堤上。北风善于删繁就简，大堤上的柳树就像一幅简笔画，疏朗，遒劲。有雾的清晨，大柳树垂下的枝条挂满白色的霜，就连堤上的小草，也镀着一层银霜，我们这里的人叫霜雪。我的眼睫毛和头发帘上，也结出了洁白的霜。四周空寂，抬头是弯弯曲曲的大堤，情景虽美，却寂寞得没有尽头。是大树上的麻雀让我心有暖意，它们本来在枝头嬉戏，我在树下经过，它们纷纷叫着，飞离，到别的树上栖息，树上的霜雪一下落下来，像一层薄薄的月光，那棵树圆圆的形状，也印在堤上。

我眼里的麻雀是可爱的，它们也是一座村庄的灵魂，有麻雀、喜鹊的村庄还活着，乡村是庄稼人的领地，也是鸟们的家园。

最重要的是，我懂得了每一个生命都负有特殊的使命。

三

小时候看过电影《三凤求凰》，剧情现在看来不新鲜，但有情人终成眷属还是让年轻的我憧憬。

并对凤、凰有了更为清晰的感知，凤凰从被褥布面上，丰满起来。也让我知道凤为雄，凰为雌。此前，我一直以为凤凰和皇后嫔妃们一样是女性。

庄子说凤凰“非梧桐不止，非练实不食，非醴泉不饮”。凤凰非凡间之物，百鸟之王也。

我们村的凤凰，不是鸟中王。

凤凰是个开理发店的女子，小时候和我们一起掏过麻雀蛋。凤凰是独生女，她爹是集上的剃头匠，她家的日子，比之平常的种田人家，要从容滋润一些，加上是老来得女，凤凰更为娇贵。凤凰娘看凤凰很紧，她跟着我们玩，她娘放心。

听人说凤凰是抱养的孩子。怪不得她长得不像他爹娘，他爹细眉细眼，戴一顶帽子，衣服上下都平展展的，说话不疾不徐，文弱弱一个人。她娘像上世纪的人，说话，做事，一副老派。或许是身体不太好，整天大门不出二门不迈的。我没去过凤凰家，我们和凤凰一起在她家后邻住过。几个花样年华的女孩子凑在一起，昏暗的煤油灯也有了异样的光辉。

凤凰是个早熟的孩子，我还是个瘦弱的黑女孩儿时，她就像一朵盛开的牡丹花，俏得很，粉白的脸庞，眼睛黑漆一样，她的高鼻梁也是我喜欢的，身材像精心雕琢的，多一分胖，少一分则瘦。哦，应该说她和我们在一起，就像叽叽喳喳的鸡群里站着一只美丽的凤凰。我们读初中时，收音机里整天整天广播，××烹饪学校、××理发学校、××缝纫学校招生。高考是条独木桥，走上这桥的，像成龙的鲤鱼。孟尝街上，没几个靠高考改变命运的，学习不好，家长也乐得家里少个吃闲饭，多个编簸箕的人。在这拨人里，我和凤凰是两个特例。

我读初中，偏科厉害，数理化几乎一窍不通，关在教室中的我，羡慕门外泡桐树上的小鸟，英语课，我像麻雀站到蒸笼上。一到语文课，我就如鸟入林，尤其作文课，是我的最爱。只有这时，我觉得自己的脸才有色彩和荣光。

当然，我最喜欢课外的时光。大堤上歪歪扭扭的脚印，也是欢快的。

初中毕业，我和凤凰就走上了不同的方向。我进县城上卫生培训班，她进省城，学理发，其实她蛮可以跟着她父亲学的，但是，她被收音机和电视里五彩缤纷的世界所吸引，妈妈的眼泪已经留不住她。她的理由也蛮充分的。爹的手艺虽好，也只能给老年人理个板寸或者光头，给年轻人弄个三七分啥的。现在是女孩子们做头发，大波浪、玉米烫，这爹都干不来。要想在村子里立足，不学新手艺不行。况且，村里已经有从省城学回来的人，把家里的生意夺过去不少。

一切仿佛都顺理成章。

凤凰在省城的遭遇，我不知道。她身上的衣服，是我喜欢的。我记得那时候时兴乔其纱，凤凰丰满有致的身体被装在绿色乔其纱衣服里，灰色裤子裤线笔直，脚上蹬着红棕色皮鞋，乍看上去，十足的城里人回乡。她说话也洋气了，孟尝话的语音淡了。我看看自己，更觉得自己像个丑小鸭。凤凰的见识，是我没有的，这省城真是好地方，凤凰在那长上了美丽的翅膀。

我曾经很自卑，不仅因为学习不好，我的头发是自来卷，这让我吃够苦头。那时候，潴龙河畔的风沙太大了，每到春季，走在大堤上，本来还天蓝地阔万里无云的样子，眼看着北方的河道上乌云压过来，风裹着沙子呼啸而来，立刻让人找不到方向，我的头发也像别人一样钻满沙子。蜷曲的头发，像疯子一样挓挲着。为这事儿，凤凰笑话过我好几次。从省城回来，凤凰对我头发的态度，来了个一百八十度大转弯，突然兴致盎然，她把我的发辫散开，用手拨弄，旋转，弄成披肩发，还在刘海上扎了红色的绸带，并在靠左，绾起一个漂亮的蝴蝶结。她眼里满是喜欢，像欣赏什么，我成了她的试验品。

不记得，从什么时候就疏远了。也许是村子里有了流言，也许是凤凰紧包臀部阔大裤脚的大喇叭裤，让我接受不了，她的眼神没有了以往的纯真和羞涩。到她家理发的小伙子们排着队，老远就能听到凤凰放肆的大笑。半夜，凤凰的理发店门外经常有鸟叫，有几个好事者，用几把手电筒同时照过去，是一个惊慌的人影。风起于青萍之末。

凤凰先是未婚先孕，孩子父亲不知道是谁。凤凰腆着大肚子到县里做了引产。凤凰的娘，突然过世了。人们说起凤凰，撇撇嘴，摇摇头。

众人都以为，凤凰自此会收敛一些。没想到，过了几年，她嫁了一个大她二十岁的老男人。而这个人此前有家室儿女，在乡里工作，经常下乡，不会口技，却能学来惟妙惟肖的鸟叫。

来省城二十余年，我常常想，我站过的这个街头，也许凤凰曾经光鲜地矗立过。振三街的那片高层，就是××理发学校的旧址。

思绪总是被穿越于悬铃木上的鸟的叫声打断，凤凰啊凤凰。

而我，两地分居多年，我羡慕鸳鸯鸟。

四

潴龙河有水的时候，有成对的野鸭子小船一样漾在水面。看到人靠前，不是一个猛子扎下去，就是游得远远的。有一种麻雀大小的鸟，腿长，叫声清脆，在沙滩上印下很多袖珍竹叶般的脚印。

我吃过一种鸟，鹤般大小，白色，黑腿，它的嘴很奇特，不是尖的，嘴前端上下形成一个合在一起的小铲子。早晨，姥爷去沙滩放羊抱它回来的时候，它已经站不起来，摸上去，浑身是烫的。姥爷说，这只鸟发烧呢。我张罗着让姥姥端水来，给这只病鸟喝水，让姥爷拿来小米，可是水顺着鸟的小铲子嘴流出来。我上学去的时候，嘱咐姥姥看好它。

我放学回来，它已经变成了一锅扑鼻香的丸子，白色的羽毛湿漉漉的堆在猪圈旁。表弟说，他给鸟吃羊粪蛋也不管事，我气得要打他。很多年后，我才知道，这鸟叫白琵鹭，黑琵鹭在南方，白琵鹭南北都有。我认为的铲子嘴，是高雅的琵琶形型。突然就想起一个词，焚琴煮鹤。也许那时候，这只鸟就是一个暗示。

河水虽然断流，还有大雁光临。它的人字形阵孩子们都熟悉，但没有人再打大雁的主意，大雁很稀罕了，我们去揪麦苗，偶尔能看到麦子畦里冻得硬邦邦的大雁粪。爹小的时候，大雁还多，白洋淀的人在初冬来打大雁。两人推着只能乘俩人的小船，泅渡在带冰碴的河水里，这些打大雁的人，也真不易。

我曾走进凤凰之城朝阳，这是世界上第一只鸟飞起的地方。

辽金时代，有一件著名的玉雕，叫“海东青啄大雁”。身体相对庞大的大雁，被个子不大的海东青控制着。这是游牧文明的一个象征。在边远的西南，侗族人至今还有饲养鹞鹰的习惯，捕来幼鸟，有的养着玩，有的驯化为斗鸟，伤重者用盐辣椒姜腌制为侗家特色菜腌鸟。

古人经过一个漫长的茹毛饮血的时代。

生长在平原，多年的城市生活，让我对鸟知之甚少，也有距离。燕子、麻雀、喜鹊、鹰、野鸭、戴胜、啄木鸟、鸬鹚、大雁，还有那只被我们吃掉的白琵鹭，是我脑海永不褪色的鸟图谱。

翻飞的燕子，梨树上欢叫的灰鹊，和黄荃互为成全，《写生珍禽图》是工笔花鸟的传世精品。古画中的鸟，因画家技法而异，各具神态，黄荃的“富贵”，徐熙的“野逸”，朱耷的《孤禽图》代表了他的心迹。商人尚鸟，《诗经·商颂·玄鸟》“天命玄鸟，降而生商”中的“玄鸟”就是鸮，鸮是商人崇拜的图腾鸟。马承源先生认为，“商代青铜器鸱鸮的图像，应看作是表示勇武的战神而赋予辟兵灾的魅力”。鸮形器因此成为商代青铜器和玉器的代表款式之一。上溯到新石器时代，河姆渡遗址有著名的双鸟朝阳纹象牙碟形器，《鹳鱼石斧图》是庙底沟彩陶缸的代表。宋张载云“民吾同胞，物吾与也”，与万物同悲喜，是古人的境界，今人不如故人矣。

我至今没见过翠鸟，只是在小学课本领略过它的风采。至于白鹭，它随着水库泄洪来过我的家乡，成为让潴龙河两岸人爱不够的生灵。水一泻而过，美丽的白鹭也成了传说，它们证明着一条河的轮回。

家乡的鸟由多变少，河由桅杆风帆林立的航道，到干涸，成为高产作物麻山药的主产地。从爹记忆里的大树林子和数不清的鸟，到我眼前寥寥可数的几种鸟。新村旧村变迁，老堤新堤交替。庞大的鸟家族，在新农村里日渐稀疏。

我认识了爱鸟人田先生，他熟悉每一种鸟的叫声，鸟像他的孩子，鹡鸰、赤麻鸭、黑鹳、北极燕鸥……它们可爱的身姿，总在不经意间，被田先生捕捉到镜头里。这些都是在石家庄西北平山地界栖息的候鸟。平山处在太行深处，有冶河等河流流淌，河水润泽着两岸的土地，也用小鱼虾、水虱子以及各种水生小昆虫滋养着鸟们。黑鹳，可真美。红嘴，修长的红腿，黝黑的羽毛，在石头和浅水静立的姿态，淡定，像绅士。远山如黛，薄雾翻腾，有汽车甲壳虫般在山间公路上驶过。我也爱上了鸟，并与田先生约定，等春暖花开，一起去冶河看鸟。

第二辑　葫芦船渡

娘种过很多年瓢葫芦。这种葫芦可以做舀水、舀米面的瓢，不仅轻巧随手，还不用花钱置办。葫芦结很多籽，拿起来沉甸甸的，一摇晃，声音沉闷。娘留好来年的葫芦籽，多余的，年节时炒了，掺在长果里，让我们嗑着吃。在昏黄的油灯下嗑葫芦籽，会误以为是南瓜籽，比长果豆香。娘走了，爹成了娘，负责弟弟家的一日三餐，还在院子里外种花种菜种葫芦。

花 果 四 题

桂 花 记

一

其实，我没见过几次桂花，是曲曲发来的图片诱惑了我。

四张图片，都是桂花。一幅撑着花瓣的，一幅粘上白砂糖盛在一个玻璃容器里的。白糖颗粒冰屑一样，使金色桂花更璀璨。千万朵桂花聚在一起，居然有了规模和气象。桂花盛开的气息，听说有“吓煞人香”的味道。

在记忆中倒腾，桂花也找不到几次。十年前，正是捂山黄的时候，在华清池边看到一种修剪成圆球状的灌木，叶子椭圆两头尖尖，叶片油绿发亮，枝头顶着一种绿色果实样的东西，得知是桂花树。那时，已过花期，故没多大印象。

犹记得徐州殷红的红豆、紫色的女贞子和银色的桂花。我起初不知道是桂花，园子里的当地人告诉我，是桂花。桂花有好几个品种呢，金桂、银桂、丹桂、四季桂等。那我所见的徐州桂花该是四季桂了。也许是天灰蒙蒙的缘故，没有觉得桂花有多动心。

诗里的桂花，具有意象美，但终究美不过看得见摸得着的桂花。曲曲的桂花，好像隔着屏幕都有香气。这香，不腻人。实话说，桂花做的食品，我有点吃不惯，它的香，我招架不住，所以对于桂花，没有太多的好感。觉得那是诗意里的温存，江南人家的爱。

仔细端详曲曲发来的图片，桂花下垫着一张报纸。每一朵花都是盛开或含苞待放的姿态，颇似家乡的韭菜花，但颜色十分美丽，是那种艳艳的橙黄色，尤其熬制的，更加鲜艳。可是这么小、这么娇嫩的花，怎么收集呢？我猜是床单铺在树下，用力摇晃树干，桂花会哗啦啦地掉在床单上。曲曲说，也可以用报纸，也可以用伞。报纸能收证明桂花树不大。用伞收桂花，给了我想象的空间，这是极美的画面，一把单色雨伞，最好是藏蓝色或者墨绿色，撑开，倒置于盛开的桂花树下，两个妙龄少女，一个人轻轻地用另一把伞柄钩勾住桂花树枝轻轻拉动，另一个人用手扶着倒置的雨伞，金色的桂花流星一样簌簌落下来，仿佛雨伞湖里的浪花。十月的阳光照在她们身上，满街巷都是桂花的香。

曲曲说，有一次摇桂花的时候他忘记戴帽子，头发上落满桂花，像一棵圆圆的开满花的桂花树。

二

我记忆里，隐隐的有棵桂花树。长在姥爷家后院的四老姥爷家。

四老姥爷的外孙女翎子姨，是我三年级前最好的朋友。翎子姨的爸爸在北京工作，听说因为一些事儿犯了精神病，所以翎子姨姐弟和妈妈都住姥姥家。四老姥爷的院子里有很多稀罕。正对姥爷家后房山，有棵奇怪的树，树干光滑，偶见裂纹，花开的时候，香气袭人，树下落一层米白色的花，花形很小，带着甜味。我和翎子姨围着这棵树捡落花，夹到课本中，会香很久。

我一直认为这是一棵桂花树。

我贪恋上房，心甘情愿地在太阳下翻山药干，更多的是那棵桂花树的诱惑。我常常于翻山药干的时候，趁四老姥爷家院子里没人，偷偷掰下一枝。我把桂花夹到书里，忍不住一次一次偷看。妹妹发现了我的秘密，也闹着上房翻山药干，可是她还太小，不会上梯子。那个上午，娘经不住妹妹央求，让四五岁的妹妹坐到土篮子里，准备提到房上去。眼看着土篮子都到房檐，娘倒手要提土篮子系了，妹妹和土篮子一起咕咚一声掉到礓礤上。妹哇的一声没了气息。娘扔下我，三四下就下了梯子，抱着下巴流血的妹妹冲出院子。

我在房上吓得直哆嗦，再也不敢看桂花树一眼。直到娘和姥姥抱着妹妹回来。妹的下巴上贴着白纱布。我溜下房顶，把书里泛黄的桂花给她。

四老姥爷年纪和姥爷差不多，不了解的，以为是哥俩呢。

四老姥爷在大队磨坊。这两个老实出名的老头，也干过一件占公家便宜的事儿。要知道，姥爷是口碑极好的正直人，从不拿野地里的一个棒子一块山药的。那时候棒子是主食，棒子饼、贴饼子，吃得人快变成棒子。棒子白粥，闻着香，喝下去刺嗓子。因为挑食，我那时候很瘦弱。四老姥爷看在眼里，等姥爷再去磨坊取棒子面回来，发生了奇迹。棒子面饼，因为是按摩麦子的流程，去皮，经细罗，再没有粗粝的大颗粒了，白面一样细腻，一眼看过去以为姥姥烙了一摞白面饼呢。哦，那几年，队里种白棒子。我觉得这细腻的棒子面饼稀罕极了，有点大惊小怪的。本就板着脸的姥爷，吸溜了一口秫米饭，更为严肃地黑着脸说："出去别说棒子面的事儿。"过年的时候，娘把这样的棒子面掺着白面蒸馒头，用硫黄熏后，雪白雪白的，一看就让人喜欢，但是，掰开馒头，是个黄绿色的芯，口感不如纯白面的馒头，还带着一股呼呼的硫黄味儿。

翎子姨的爸爸落实政策，她一家搬到了北京，我升初中也很少去北头的四老姥爷家了。

突然有一天，四老姥爷被公路上的汽车撞死了。桂花树，我再也不知道下落。

这棵树，究竟是不是桂花，我特意问询了四老姥爷家人，说不知道。我模糊了桂花，记住了几个人的命运。

三

朋友说我笔下的桂花离真桂花太远。

我的生活确实少了桂花的陪衬，曾经以为药房里的桂皮就是桂花树的皮呢。我的江南朋友都爱极了桂花，广西的老乡说："桂花开了，秋天就来了。秋天，是浸在桂花的香味儿里的。"宁发财先生更有根据，他说："苏州东山有个紫金庵，里面的十八罗汉据说是宋代的。罗汉殿门口有两棵明代的老桂花树。每年庵里的工作人员都会收集这两棵金桂的花做成糖桂花卖，二十元一瓶。极香。”有的朋友甚至教我做板栗炖鸡，说出锅放一点桂花，这桂花是点缀，还是点睛之物。我看得出她的欢喜，但这在北方是奢侈。我所知道的桂花，是唐诗宋词中的，是工笔画里的，是月亮上的，或者说，是神话中的。

翻看齐如山先生的《中国馔馐谭》，初以为“桂花鱼翅”里有桂花，原来是借其色及形，盖因慈禧酷爱桂花，而颐和园也因此桂花成林。人们熟悉的木须肉，也与桂花无关，是鸡蛋的杰作，蛋黄碎屑形如桂花，故而制作的菜名曰桂花，“桂花干贝”也是。我常吃的蒸山药，主料为潴龙河特产麻山药，出锅趁热加桂花蜜，或者加熟芝麻少许，是上好的主食。

桂花吃了一些，对于桂花树还是觉得疏离。直到这个春天，我踏进上海一个叫枫泾的古镇，桂花树的形象才呼啦啦清晰起来。那个温煦的上午，一座古朴的小石桥边，在众多的花红柳绿中，突然就有紫葡萄一样的果子映到眼中。我不顾游伴远去，一个人拿着手机横拍，竖拍，拉近，或者远切。它浓绿的叶子，有序地布满黄色的脉络，椭圆形的果子，紫莹莹的，包着一层白霜，果皮上散落着淡黄色的“星星”，三个一群，十几个一串，挂满树枝。居然是桂子，没想到，桂花以果实的形式在这里等我，意外的相遇，却似生命里必然的约定。

同行的仁辉兄告诉我，并不是所有的桂花树都结子。他小时候，家家户户都有桂花树，或长在庭院，或立在水边。金秋八月，满巷子都是桂花香。奶奶会把凉席铺在桂花树下，喊孩子们一起轻轻地摇晃树枝，桂花雨一样落到凉席上。奶奶将其洗净、晾干，收到罐子里用糖腌了，封口，放到阴凉通风处，以备过年做桂花糕用。

我想，盛开的桂花用生命构建一场轰轰烈烈的契约，桂子则是桂花经风霜的涅槃。桂花做的食物，敬天地，让年节更多了些隆重和仪式感。

仁辉兄说，现在桂花树少了，腌制桂花大都用蜂蜜，比白糖的滋味更好一些。沉默了一会儿，他又加了一句，也没有几户人家腌桂花了，想吃，可以买一些。糖桂花已经是记忆深处的东西了。

桂花之于他，大概也是一种难以割舍难以言说的乡情和亲情，与我记忆中的桂花如出一辙。

柿　子　记

很多人见过柿子画，大写意或者工笔，都不及我看到的柿子图。

在太行山中，在沕沕水畔。所住宾馆楼后的山坡上，有几棵老柿子树。之所以说它老，是因其躯干粗大，树皮布满均匀的褶皱，灰黑色的枝丫伸向天空，不卑不亢的，几个金黄色的柿子聚拢在一起坦然地挂在枝头。背景是数百米外的绝壁。山壁如淡淡的水彩，沧桑为主基调，山的夹缝处，还有没有褪尽绿色的植物，山体大部分裸露出来，淡墨一样轻韵画过去。这幅柿子图被我收到了相机里，凝固为一幅天然的水墨画。

收起相机，凝神望过去。对面的山崖壁立，颇似黄土高坡，但其褶皱凸起处，成为一个叠一个的坡带，披满丝绸样的锦缎，渐渐斑驳交杂，不艳丽，但奢华，像画家精心勾勒的淡彩。山的纵纹处，夹杂横纹，无序排列着，山峰或裸露，或披着红色的外衣，有的饱满，有的峭立。秋山瘦了，却又呈现出一种不施绿装的苍劲嶙峋之美。

这幅柿子图我尤为满意。陶醉之下，发给了远在天津的画家朋友许烨鸣先生。他说："很美的景色，这是哪里？"

"平山沕沕水。像你的画。"

"啊！一下子没看出来，这是我们的写生基地。"

我家客厅挂着许先生一幅太行山水画卷。太行山风姿绰约，墨色淡雅，雄峰逶迤，瀑布飞泻，崎岖的山路通往半山腰，有两个寸大的小人，戴着草帽，倚在一起看山。这两个人，一下子让一座山活了，也衬托出了太行山的雄浑和寂静，具有传统国画的悠远意境。

近日，看到玄武先生三张柿子图。一幅上八颗柿子，分为两枝，一枝上七个，另一枝靠右，仅一颗。八颗柿子，橙黄色。枝条纤细，被柿子坠得呈下垂之势。最惊奇的是七颗柿子旁有一只鸟，黑头，红喙，蓝灰色的后背和尾羽，腹部露出一点白，尾羽尽头白色，像一个鸟人穿着白鞋子站在树梢。这只鸟圆睁着眼，完全没有拥有的喜悦。背景是一棵苍绿的树。

第二幅，奇了。柿子树的一段枝，上扬，折而再扬，分别结着两个柿子。颜色鲜艳，明黄色。该图奇在两只鸟以同样扬尾的姿态，相向而立，奓起的尾巴灰黑白呈现一种层次美，中间的柿子结在竖起的小枝上，没有一片叶子的柿子树，天空是寻常的灰色，略觉遗憾，如是蓝天，可说绝美。

如果说前两幅是静止的美，那么第三幅，极具动态美。一只鸟，翅膀张为扇形，风筝一样，头上如戴着黑色头套，眼睛明亮，嘴巴和爪子鲜红色，尾羽起始黑白块状相间，尾部浅灰，然后雪白，两翅膀中心，对称为太阳色，尾巴中间，自腹部仿佛古人裙裾上垂下的丝绦。与这只鸟相比，柿子们太小了，且枝条散乱，别具一格的美。这鸟有喧宾夺主之嫌。我看像灰鹊。玄武说，有人说是青鸟。

我在沕沕水的柿子树上没看到鸟，也没看到鸟窝。没有鸟窝不奇怪。柿子树枝干疏朗，不适合鸟儿筑巢。偶然间得知，柿子树有七绝：多寿，多阴，无禽巢，无虫蠹，霜叶可玩，有佳实，落叶肥滑可临书。据我所知，柿子树上长一种蜇人的虫子，我老家叫巴狗，有的地方叫小老虎。绿色带橙色花纹，浑身竖着一撮一撮的绿刺，蜇人疼得要命，这虫子学名叫丽绿刺蛾。我家老院子里曾有一棵柿子树，养了几年，终于可以结几十个柿子了，因为巴狗蜇人，且所结的柿子布满白丁，像谁拿烟头故意焌过似的，爹狠下心砍了。

爹买这棵柿子树苗我还记得，那时我还在乡下的医院工作。乡医院驻地有个退伍军人叫小虎，整天穿一身褪了色的军便服。找了个满城县的媳妇，一呼啦生了三个孩子，为了躲避超生顾不上种地，又因为缴纳计生罚款，日子过得不景气。好像突然间，粮食就吃不尽了，兴起了种果树。这个混不上一身好衣服的男人，靠倒卖满城县的柿子树苗发了笔小财。穿上西装，还骑上了雅马哈。

我家的树苗就是他的。一起买来的树苗结果也不一样，大舅家的柿子树还活着，大年小年地结着柿子，不管我们喜欢不喜欢吃。

来到市里，每年柿子下来，我肯定会买几个。但吃得不多，有时候会放得酸掉。可是，控制不住，我每年还买，还扔。这样的行为，我理解为小时候没吃够。不知道为什么，小时候没见过柿子树，我比其他同学幸运的是，姥爷每年到山里卖簸箕，会买些柿子回来，给姥姥压咳嗽。刚买来的柿子硬邦邦的，带着一层白色的柿霜。放软了的柿子，橙黄色，几近透明，咬开皮儿，像掉在蜜罐里。如果恰巧有柿子没成熟的籽，有点劲道，这感觉超过了滋味。不知道是谁说的，这是柿子的舌头。

如果柿子皮还有点涩，可以放在窗台晒柿子皮干，这吃起来有嚼头，胜过柿饼。柿饼输一筹的还有颜色，黑乎乎的，带着一层柿霜。

古人认为柿子树有德，堪比君子，故而有凌霜侯的称谓。按此说法，柿子是水果的王。不知道别人对柿子的看法和喜欢度，柿子于我视觉胜过味觉，虽然它曾带给我甜蜜的回忆。柿子是经常入画的，听闻元代的倪瓒和黄公望尤其爱柿子，柿子树因而常入他们的画册，虬曲如龙的柿子树干，也许暗合着他们的某种心意吧。我只是知道他们擅长山水。

白石老人的画生活气息浓厚，事事如意是他笔下不断的命题。

就那么随意似的几笔，两个黄柿子落在纸上，黑色为柿蒂，花生五颗，四颗一堆，另一颗在一只小老鼠爪子下，老鼠尾巴一笔落成，弯到前面。左题款：白石老人写于京华，下钤红色印。白石老人的柿子上，常常落着蚂蚱或者螳螂，也有乌鸦落在柿子篮系上，乌鸦黑白两色，眼炯炯，是只胖乌鸦，也许吃多了柿子，柿子养人也养鸟。相比之下他的虾更传神。他的另一幅柿子画，柿子树叶红了，柿子更红。别人画喜庆的红柿子黄柿子，唯独白石老人也画青柿子，别开一面。在我印象里，柿子黄了，叶子也要掉尽了，惟其如此，柿子树才彰显独一无二的气质。果叶树均可赏可入画。按我的计划，五十五岁拿画笔，那么先学画柿子，赠亲朋好友，送事事如意。

柿子原产我国，品种很多，满城的是磨盘柿子，听说唐县的磨盘柿子更负盛名。有一种牛心柿子，个儿较磨盘柿子小，皮薄，没有底下的磨盘，颜色更鲜嫩。我在骊山脚下品尝过火晶柿子，一块钱八个，枣一样大，皮尤其薄，红艳艳的，一咬一股蜜。华清池边，有火晶柿子树，猛一看和枣树真有些相似，树干树皮均似，只是果子透亮，显示出与枣的区别。爱人去西安出差，带回来火晶柿子做的饼，黄灿灿的好看，一咬面糊糊的，没嚼头，失了柿子的原初味道。后来才知道，吃火晶柿子饼的时候，要用油煎一下才好吃。

我以为华清池的火晶柿子会与杨贵妃有故事，不料却与闯王有关。临潼的石榴也尤其好吃。

在肖复兴老师笔下，橙黄的柿子在八大胡同有画龙点睛的作用，一溜冻柿子，敦敦实实，整整齐齐地蹲在窗台，让一条陕西巷都有了亮色。北京人讲究入九那天吃一个冻柿子，一九一个，一直吃到九九结束，说可以防治咳嗽。更有意蕴的是，他说在寒风呼啸的冬天，不吃喝了蜜的冻柿子，还能称得上是北京人吗。

写柿子才关注柿子，原来柿子有很多品种，诸如盖柿、蒸饼柿、朱柿、塔柿、黄柿，还有我闻所未闻的椑柿、莲花柿、镜面柿等。山里有柿子醋、柿子酒，没尝过，不解其味。这都是老百姓生活中的智慧。

在沕沕水，在去看红叶的路边，尤其是沟里，长着很多柿子树，黑黝黝的树干，灰黑的枝条，挂着许多灯笼一样的柿子，灰、黑、橙，组成最悦目的色彩。这些柿子，该收了却还未收，长成了一种风景。这也许是景区的需要吧。也许是因为不值钱，没人肯在柿子身上费功夫。

我吃过醂柿子。我最好的朋友关是满族人，家在易县清西陵边，当地人在柿子将黄未黄之时采下来，放到瓦盆里用温水拔，一天倒一次水，三天就能去掉涩味。此为醂柿子，颜色青中带黄，味道脆甜，别具风味。关做醂柿子拿手。住得远了，很久没吃到关的醂柿子了。

在药房，柿蒂花一样，长着四个瓣，是一味良药，味苦涩平，归胃经，主治呃逆。它有个好听的名字叫柿丁。柿子不能多吃，多吃上火。

翻看了几首写柿子的古诗，还是喜欢唐刘禹锡《咏红柿子》里“晓连星影出，晚带日光悬。本因遗采掇，翻自保天年”。我如果有个小院子，一定种一棵柿子树，夏可乘凉，秋可看景，柿子熟透了，送左邻，送右舍，枝头剩下一些，留给青鸟和雀鹊们。爹的柿子树着实可惜，如果不是巴狗蜇了小侄女，爹是断然舍不得砍掉的。每年柿子熟了，都给我留几个，也给鸟留几个。

在秋风冷峻的深秋，太行山漫山枯黄之时，柿子树傲然矗立，红彤彤的柿子们小太阳一样挂在枝头，照亮了北方的初冬。

齐白石先生的柿子画很著名的，也很昂贵。我觉得普通人最好的柿子画在山野，在沧桑雄浑的太行山中。在沕沕水，或许我遇到的是人间最好的柿子，粗粝的岁月及诸多风景，即便可叹可感，可写可描摹，却没有多少亲身砥砺的机会。

杨 梅 记

齐白石爱画杨梅，我最喜欢那幅老鼠吃杨梅的。老鼠须子翘着，小爪子摁着杨梅，尾巴甩起来，吃得很神气。也难怪，这杨梅红艳艳的，很新鲜，还拖着果梗。这幅画，有的叫《老鼠杨梅烛台飞蛾》，有的干脆叫《老鼠吃杨梅》。

北方没有杨梅树，杨梅留给我的印象，来自画与文字。

初见杨梅，有点惊艳，它的外衣是殷红色，像平面绒做的，有种富丽雅致的美，价格也昂贵。再后来，奢侈几次，觉得味道与其美丽的外表有距离，因而断了念想。

我与杨梅结欢喜缘是在宁波。十年前的麦收时节，我刚到苏州探亲，爱人突然去宁波出差。我一个人在宁波四处游荡，天一阁、月湖、天一广场，甚至居士林、早市。街头巷尾，多有老妇人提篮叫卖杨梅，也有老农推小木车卖杨梅与枇杷。我停下来，欣赏，觉得是画里的风景，不合口味。临走，好友送来两箱杨梅，说余姚的杨梅很好吃。我因为对杨梅生酸味排斥，没有立刻打开。回到苏州，洗了几个，一尝竟然大喜过望，这才是真正的好杨梅，酸甜适口，不忍罢手。欢欢喜喜地分给爱人同事们。

晚上杨梅代饭。没想到，第二天吃什么都像咬豆腐，难受了两天。我不后悔，如果再有余姚杨梅，照样吃到倒牙。

宁波好友知道我爱杨梅，快递过来一些。我舍不得独享美味，大部分赠了亲友邻居，自己洗一小碗，数着个吃，可算解馋了。

又一日与南方好友聊天，谈到他做了杨梅酒，让我也做一些，并迅速快递来东魁杨梅。东魁杨梅是杨梅里的巨人，个头足有乒乓球大小，颜色更深，我觉得是杨梅中的霸王。怀着欢喜洗了，晾上。赶紧备酒，那时恰在摔伤后康复期，走路都不稳，更不敢拎东西。挡不住杨梅酒的诱惑，慢慢挪到超市，选好酒，请超市的人给送到家。一个月后，我兴冲冲地带着杨梅酒上班，却不料，同事们都喝不了几口，度数太高。

杨梅酒的发酵期，读了黄永玉先生的文集。我喜欢老先生的性情，他的文集扉页写着“我一生读和写都没有甚么意义，只是为了兴趣”。写东西是因为喜欢，也是我的追求。他豁达，有时候也有点刻薄。以为他擅饮，居然滴酒不沾。老先生笔下，劳改农场、牛棚是他的炼丹炉。与汪曾祺先生下放劳动的淡然有相似之处，似乎更胜一筹。老先生这个全集，由杂文游记组成，图文并茂，读赏皆有趣。在《但丁和圣三一桥》一文里，插图有意味，俨然老人的自画像，图左，三个摩登女郎，高大，肥硕，图右是一个干瘪的老头，一双赤脚夸张地长过腿，腆着大肚子，只穿着一条黑色大裤头，斑白稀疏的头发，有待修剪的胡子，嘴里叼着一个大烟斗。背后是圣三一桥和高楼大厦，让我深刻体会《神曲》之地狱、天堂之奥妙。画名《圣三一桥即景》，右下角是打油诗“站酸脚趾又脚公，喝罢咖啡听打钟。吟了但丁三部曲，砂飞石走几窝风”。我的笔录应该没有错误。突然觉得黄永玉老就是一坛又老辣又甘醇又浓香的酒啊。学养、见地都在其中。是岁月的绵长，也是上苍的恩赐。不知道老先生爱不爱吃杨梅，如果让老先生画一幅杨梅图，该是什么样子呢？

休养中，爱人在家陪伴着。一个不擅家务的人被家务所累，洗衣擦地买菜做饭遛狗狗，我瘦了一些，小有苦恼，各有委屈。一旦分别，又觉得难过。杨梅酒，辛辣酸甜，亦如人生。也喜黄永玉先生文中所记“小屋三间，坐也由我，睡也由我；老婆一个，左看是她，右看是她”。竟无端地有点嫉妒。

有一年初夏到了横峰，杨梅还没熟，空对着杨梅树遗憾。

喜欢上杨梅，就想拥有，求助于作家王祥夫先生。我很早就是王先生藏潜的朋友，他博客里的所有散文我都读过，有的还不止一遍。先生博客也有他的画，写意兼工笔。编发过先生的稿子，逐渐熟悉起来，就大着胆子喊先生“师傅”，就大着胆子讨画。不几日先生突然来石讲座，没来得及画杨梅，给我带来一幅《枇杷图》，一尺见方，一枝枇杷从左上角垂下来，叶子有层次纹理，墨色浓淡相宜，十八颗枇杷跃然枝头，黄色果子的顶端带着黑色的果脐，更好玩的是画上有两只工笔小蜜蜂，两只振翅飞往枇杷的小蜜蜂。题款为“云（元）龙山人珊瑚堂”，究竟是“云龙”还是“元龙”没问过先生。倒是到过云龙山，见过放鹤亭。知道苏东坡和张天骥的趣事。枇杷画不大，但耐品，我把画挂在了玄关五斗橱上方，给客厅增色不少。我在心里是很感激王先生的，但是，一有事电话，我还是忍不住嚷嚷：“师傅啊！您还欠我一幅杨梅图。”电话那头，先生总是呵呵，正在贵州……正在广西……等回去等回去。

近现代的画家，我比较喜欢齐白石和张大千。翻看张大千先生作品，没发现杨梅，却得知他移居美国后，在加州卡梅尔镇建了环荜庵，种了九十九棵梅树和杨梅。——以解乡愁。

桃　记

桃是我又爱又恨的东西。

每到桃上市，我就退避三舍，桃毛过敏让我吃够了苦头。那年孩子要上小学，报名回来路过城角街菜市场，隔三岔五的摊位都是水灵灵的大蜜桃。一趟没到头，脸和脖子就像爬满了小蚂蚁，那种个子奇小的小棕色蚂蚁。到家，开门就守着水盆洗个没完没了，只要离开水，就奇痒无比，并且从痒变成火烧火燎一样疼。

偶尔耐不住诱惑，吃一个，舌头和喉咙都痒得难受，嘴唇周围起小水泡。

爱人从外地回来，给孩子买桃吃，我挨到毛巾，胳膊肘内侧痒得起疙瘩，抓得出血水。我没好气，冲父女俩发火。很多年，我们家不买桃也不吃桃。也真难为这父女俩。

我家曾有两棵桃树，北院的那棵长在猪圈旁。

我不记得这棵树开花的模样，只记得与桃有关的两件事儿。这棵桃树是毛桃，个儿不大，味道还好。有一次娘没在家，爹正急着编簸箕，三四岁的妹妹气得在地窖子口哭喊。钟响三遍，该下地了，爹拿着根柳条从地窖子爬上来，啪啪打了妹妹两下，走了。这是爹这辈子唯一一次打人。

爹因为桃差点死去。刚分家单过，缺吃少穿的，爹胳膊上长了一个大火疖子，扛着疼，趁歇晌编个簸箕，午饭吃了两个桃，胳膊一下子肿起来。爹吃了长效磺胺，没想到过敏了，眼睛肿得睁不开，手指脚趾间都蹿出了大水泡。

娘喜欢这棵桃树，经常剪了桃树枝插在门上和窗户上。

北院的房子是天津大娘家的，桃树也是她家的。

分田到户，我家盖了新房子，打了压水井，种了满院子菜。周围的树长起来，没法再种菜，就在院子里栽了苹果树、梨树、山楂树，阳台下有一棵自生的杏树。靠南一点，是弟弟捡回来的桃树。这棵桃树，树形很低，小孩子也可以攀上去，是桃园里精心修理过的。传说中，桃是延年益寿的神果。《西游记》里的天庭有个蟠桃园，孙悟空因此而大闹天宫。桃是五果之首，实际上，桃树是短命鬼，是果园里淘汰很快的树种。这棵桃树来我家时就已进入暮年。此时，母亲正病着。这年春天，灼灼的桃花并没有给一家人带来喜悦，我跟着母亲去北京住院回来，桃已杏般大小。

这棵桃树也许是感恩，铆足了劲儿结了很多大蜜桃。可是我因为惧怕桃毛，竟然没有给母亲摘过一个，洗过半个。母亲想吃的时候，我也想大着胆子去摘去洗，母亲不让，等着妹妹弟弟给摘。进入农历六月，母亲不会走路了，我们把她抬到香椿树下的水瓮边，母亲靠着水瓮抗拒癌症晚期难以遏制的低热，桃树就在几米外。母亲走了，桃树似乎也完成了使命，也许是家人疏于管理，先是一枝死去，第二年整棵枯萎。那个冬季，父亲一下子老了，羽绒服里的他，蜷缩着，好像被冷囚了起来。

家里从此再没种过桃树。我也很多年不吃桃。

今年春天，八十一岁的老父亲到保定给孙女带孩子，仿若桃树焕发了新芽。

桃的品种很多。水蜜桃，蟠桃，还有黄桃。我的鲍墟乡医院同事家有个果园，他家的蜜桃好像叫银宝，粉皮粉白的瓤，香气扑鼻。同事安晓知道我不敢动桃，特意帮我剥皮，咬一口往下流水，真是甜如蜂蜜。接着又吃了一个，舌头、嘴痒痒也顾不得了。同事说他家桃好吃，桃树苗来自肃宁。鲍墟村与沧州肃宁县接壤，清光绪年间肃宁蜜桃是贡品。

蟠桃，在我老家不常见。这大概是神仙之物。父亲给我讲过王母娘娘的蟠桃会，“三月三，王母娘娘坐法船”也是家乡打夯歌里的词。三月三那天，离我家三十多里的万安乡古灵山有法会，信徒头一两天就到那边候着，烧香许愿。也许是因此法会，万安出产香，满街都是香味。西王母的蟠桃盛会每年还有三次，除了三月三，还有六月六，八月初八。她的蟠桃周穆王和汉武帝都品尝过，似乎都没有食后长生不老的作用，但贵为天子，且均为有为的君王。《汉武帝内传》载：“七月初七，王母降，自设天厨，以玉盘盛仙桃七颗，像鹅卵般大，圆形色青，王母赠帝四颗，自食三颗，帝食后留核准备种植，王母说这种桃三千年才能结果，中土地薄，无法种植。”洋洋三千年，才结一次果，果然是神仙才等得来的仙果。我注意到这话里的一个细节，桃是青色的，与传说中歪嘴的大蜜桃和凹嘴的蟠桃不一样，这俩是赏心悦目的粉红。三千年的周穆王，两千年的汉武帝，沧海桑田，瑶池边的西王母演变成了天庭的王母娘娘。

我国有桃由来已久，石家庄东边的藁城台西商代遗址曾出土过几枚桃核。桃好吃，桃核大都被废弃，有一些以桃仁的身份进入药房。有的桃核有好的归宿，诸如《核舟记》中的。老黄手下的桃核也算有造化。老黄是云芳的爱人，业余雕刻，他的桃核雕很瞩目，有罗汉，有仙翁，有佛手，还有百子的石榴。有一件赤足的罗汉，双耳垂肩，闭双眼，聆听状，右手持花杯，左手半握，好似在冥想苦想。僧袍宽大，衣服皱褶流畅自然，右足着地，左足内翻抵右足。佛造像生动，整体线条流畅，方寸之间包罗慈悲世界，颜色微黄，似有包浆的光泽。旁边摆着叶盘。这件老黄利用业余时间雕刻的佛，一直珍藏在他们的博古架上，是老黄珍爱的东西。这枚桃核，也许是三岁的庭子从街上捡来的，也许是桃上市的时候，老黄请卖桃的人特意留下的。受老黄的熏陶，庭子也有一定的艺术鉴赏力，一枚桃核，一块石头，甚至一串废弃的钥匙，在他家都能伸出艺术的触角。

如果按绘画上的工笔写意分类，“花杯叶盘”属于工笔，另一个“纳福罗汉”，则是写意的，具有现代艺术的冲击力。罗汉微侧脸，高耸的鼻子下，伸出一节舌头，印度罗汉的样子，慈悲，安详。袒胸，裸露着嶙峋的肋骨，右手持如意，左手手捧着钵盂。头上飞着寓福的蝙蝠，蝙蝠巧妙地踩在宝葫芦冒出的烟上。僧袍宽松多皱褶，着僧鞋，半蹲。须发清晰，神态逼真，活脱脱一尊化缘归来、正享受人间烟火的欢喜佛。

我有一个猛犸象牙化石的吊牌，玉化的象牙牌上卓然站着一只弯着角的羊，有玉树临风之态，这是老黄送我的礼物。老黄爱雕刻，可以说技艺精湛物尽其用，我记得他陪云芳回山西探亲，千里迢迢的，还背回几根木头，其中有我写过的狐狸木。一根平常的狐狸木，被他一把雕刻刀，一块砂纸，一段光阴，雕刻打磨成一件独一无二的艺术品。

一枚普普通通的桃核，因为老黄而有生命。

雕刻不是老黄的专业，却是他痴迷的甜蜜事业。老黄是学美术的，现在美术作品就像花一样在他家芬芳。云芳发来一张照片，她抱着吉他正在自弹自唱，这本是老黄的拿手节目，云芳正试图与老黄搭建另一条交流的途径，很羡慕云芳和老黄。如果两个人是两棵桃树，那就是枝丫相伴，根系相连的典范。

相由心生，老黄雕刻的同时，自己何不是在修行呢。他的悲悯情怀和人生追求，正与云芳的写作理念契合，呈现苦难，但不绝望，像绝处逢生的桃树。云芳说，老黄是雕刻信仰的人。我欣赏老黄，一来是他的执着，更因为他对生活的爱。他的作品都是独一的，绝不复制。这也符合我的理念。

老黄有自己的工作室“木石山盟”，艺名“白羽”。名字有来历，老黄居于燕山南麓，向往飞将军李广走马燕山、白羽裂石的神技。

我把老黄的桃核作品照片发给木集兄，他大呼好技艺。并告诉我：“蟠桃形扁，中间凹两头圆弧凸起，像古代的玉璧，好（孔洞）的部分就是桃核所在。蟠桃好咬，公众场合显得雅观。”我随即想起我大口吃桃子满下巴汁水的笑话。

在单位，同事削好皮，切成小块，我又吃上了美味的桃子。

记忆麦子的两个方向

一

植物园街南侧，遥遥相望的赭红色楼房之间，有一大块平展展的麦田。迎着夕阳远眺麦浪翻滚的天边，镶上了金边的太行山，让天边显得更加华丽。盛大的场景由远而近，浩浩荡荡，连麦田也多出了金色所致的绚丽元素。我想我对麦子的遗恨，就是在这时得到了彻底修正。

住在城市，能亲近原野上的麦子，是一种奢侈。

我曾经厌恶过麦田。那年，初中毕业没考上高中，在不知所措的日子里，我和麦茬战斗过。麦收的当口，母亲病了，从北京看病回来，她和药丸较上了劲儿，我无可选择地替代母亲，和麦茬较上了劲儿。麦茬的帮凶是坚硬的土地，我的兵器是一杆锄，硬邦邦的锄杠显然是麦茬的内应，柔软的手以红肿起泡的姿态，与“帮凶”和“内应”进行着持久战。铲麦茬的时候，我胳膊上满是麦芒的伤痕，见证了我割麦子的艰辛。

麦收后的日头，是麦秸烧起来的，带着独有的炽热，风也是燥燥的。一个每月有五天腹痛史的姑娘，忍着坠痛，弯着腰吭哧吭哧铲麦茬，耸立的麦茬像针，更像箭镞，刺得眼泪汪汪的，腰与大地的角度小于九十度。我憋着劲儿，一锄一锄铲下去，有的棒子苗被铲掉。这样的记忆，可以写一本书。

麦茬像平行的直线，伸向望不到头的地方。我的绝望随之蔓延，没有人能拯救我。母亲心疼，却没法分担。暑天里最可口的冷汤也没了吸引力，只有睡觉才能缓解腰疼。手掌火辣辣的，水泡破了，积液渗出来，疼更加重了几分。我咬着牙，不知道该恨谁，我突然想去上学。

三年初中，从一个古村落到另一个古村落，从鲍墟大堤道口到学校，麦田里踩出了一条弯曲的小路，麦田的主人，屡次用酸枣枝挡在路口，也挡不住我们抄近路的脚步。冬天的麦田，是空旷的，麦苗带着霜，浓雾里包裹着我们也包裹着远处的麦田，远远地，能听到羊的咩咩声，地上有羊粪蛋，偶尔能看到冻得硬邦邦的大雁粪。

麦田里的小路足足有两里地长，亮闪闪的，像闪电撕裂了一块碧绿的毯子。有农人跳着脚骂人，成队的学生默不作声绕过去，看着那个手舞足蹈的人。

这条小路毁掉了多少棵麦子？是多年后我经常琢磨的问题。

二

麦子伴着我成长，储存着我的欢乐和悲伤。

周岁那天，母亲想验证我的农民身份将来有没有奇迹发生，让我抓周。在书、钢笔、秤杆、针线和馒头之中，我一下子就把馒头揽在怀里。这个馒头也和其他物品一样，被鲜艳的红布隐瞒着真相，我能一下子分辨出来，自然是馒头的香味诱导了我。母亲有些不甘心，她更希望我能抓一支笔一本书，能识文断字，不再面朝黄土背朝天地做一个农妇。随即，母亲笑了，一辈子有白面馒头吃也不错。这是母亲对我的祈愿，也是她们那代人的梦想。母亲不想我重蹈她的人生，野菜、稗子籽和山药果腹。这个简单的近似于游戏的仪式，并不能明确地预示未来。母亲不知道，她的女儿如今在与书相伴，甚至有作品不断发表。

母亲健在时，逢家人生日，她都会做手擀面、蒸馒头。这是一个农家母亲的所有。我爱人走进我家，也享受着同样的待遇。

关于麦子的记忆，是两个方向。

从秋分开始整土地，麦子讲究，地不平浇水难。耩麦子，要拉耧（耩麦子的工具），只要有把力气的孩子，就会被大人拉到耧前。赤脚蹬在松软的地里，腿肚子都是酸的。麦收更像是噩梦，一些文学作品或者歌颂丰收的喜悦，或者结构劳作的苦楚，我不想再重温超负荷的劳作。

生活中的所有苦累，在麦面食物前俯首称臣。

一角散发着麦香的白面饼，可以战胜半日的劳累。一顿带着醋蒜香的冷汤，就可让一个燥热的夏夜安适如春。

母亲和她做的冷汤，已成绝响，再没有人在我生日的时候，亲手擀一碗面。有人说，食物是乡愁的来源，我的认知也如此，却不限于此。如果可以选择，面食我肯定不离不弃。麦子早在我周岁的时候，就成为我生命的一部分。

上卫校时，每周都要啃两天窝头。与白面相比，棒子面本就低一筹，更遑论有点霉苦味的。十八岁的身体扛不住饥饿，或者说难以抵御白面馒头的诱惑，用五分钱二两粮票到国营食堂买一个呛面大馒头，坐在通铺的苇席上，吃到半夜，哪舍得一下子吃完。这样的记忆，被链接在食谱里，难以删减，对麦子的好感陡增了几分。

三

新冠肺炎疫情期间，囿在家中，我学着蒸花饽饽，一只只雪白的胖乎乎的刺猬，奓着刺，瞪着黑黝黝的圆眼睛。我特意在刺猬的嘴上安了一小块红枣。不善言谈的爱人，拿起刺猬左右端详，说："都舍不得下嘴了。"

吃花饽饽于我是很遥远的事了。

小时候的年节还是有味道的，单是那花糕，就值得孩子们雀跃。平日里粗粮瓜菜省吃俭用，母亲总积攒着一些麦子过年吃。麦子的金贵我深有体会，与其说我厌恶麦田，不如说是想逃避劳动。三百六十五天，粗粮喂养的我瘦弱得像一根莛秆（高粱秫秸与高粱穗连接的秆）。对白面馒头的渴望，是年轻人无法理解的。

正月二十五，家乡有打囤的习俗。外地多称祭仓神。父亲在院子里用草木灰撒出五个大圆圈，当瓮，中间虔诚地放上五谷。放麦子的时候，四五岁的弟弟央求父亲多放，小小年纪的他，也知道麦子稀罕。

我曾写过《孟尝村的花饽饽》，以及家乡祈雨的场景，久旱无雨，叫天不应，庄稼快成枯草，村里的执事人会找十二个寡妇扫坑（孟尝村中有一个“官坑”），表情凝重的男人们则抬着花饽饽跪拜，孩子们青蛙一样唱歌：“老天爷快下雨，收了麦子供享你，您吃瓤我吃皮，剩下麸子喂小驴儿……”为了麦子，全村老老少少出动，虔诚地祈求，也许会来一场及时雨。这个场景，是父辈人生命长河里永不消散的画面，也刻在我心里，如同亲历。官坑的水几近干涸，坑底皲裂，翘角的瓦片一样，黝黑的泥变成土灰色，坑中心残存着炕席大小一片水，浑浊得几近于泥浆，几个雪白的花饽饽漂在水上。由花饽饽为主角的祈雨仪式，系着全村人的温饱。

潴龙河畔贫瘠的土地，塑造了当地的风俗。年节上供，以麦面花糕和饺子为主，所谓三牲属于王侯，鸡鸭鱼则是富裕人家才有的奢侈品。

唐代的看席，可以吃，但主要供看。唐中宗时有“烧尾宴”，看席上有七十个面制食品组成的乐舞场面，称“素蒸音声部”，内有惟妙惟肖的弹琴鼓瑟的乐工和翩翩起舞的歌伎。王学泰先生在《华夏饮食文化》中说，“人多爱玩，不忍食”。

无论贵族饮食还是市井饮食，麦面食品无可替代。主食有饼、馒头、饺子、面条、包子等，小吃类更是数不胜数，诸如麻花、馓子、烧麦、锅贴、咸食……我更钟爱花饽饽，可赏可食，还能馈赠亲朋。

小姑姑结婚的时候，奶奶倾其所有，倒腾出麦子，淘洗、磨面，请来村里手巧的人蒸花饽饽、炸花，隆重地把小姑姑嫁出去。小姑姑给婆家带去的炸花，惊艳了乡邻。这是麦子的盛宴。拖着长尾巴的凤凰、甩着尾巴的金鱼、各种展翅的鸟雀，奓刺的刺猬，露籽的石榴，活生生的，涂着胭脂和绿颜色，装满一个一个食盒。时间深处，深红色的食盒，雪白的点着胭脂的花饽饽和黄澄澄的炸花，交错着，成为我对麦子深情遥望的载体。

在华北平原我的家乡，有给孩子做十二晌或者满月的习俗。那带着麦香的大百岁，足足有一斤重，一笸箩一笸箩的百岁，列着队，是长辈们对一个孩子最隆重的祝愿。

藜藿人家，麦子是衣食父母，是通天地敬祖宗的法宝。

这个世上，除了麦子，还有谁能更好地担此重任呢？

四

过去村里人说谁家富裕，会说趁（河北方言，拥有的意思）几囤麦子。

对于现代人来讲，馒头是日常。铁扬先生写过一篇文章，他所谓的富，是趁可以买二十个馒头的一块钱边币。那个兵荒马乱的年代，殷食人家过年也吃不上几次白面馒头。铁扬老师的家乡赵县，与我的家乡都在华北大平原上，都是麦子的主产区。

新婚房的堂屋，靠东北角有一个洋灰抹的池子，足足占据房间的五分之一。婆婆告诉我，里面是五年前的麦子。神情颇有些骄傲，余粮就是财富。夏天，我发现地面和墙上有“牛子”（一种小甲壳昆虫，吃麦子棒子等农作物种子）爬来爬去。竟然是麦子生了虫，满满一池麦子足足塌下去一尺。晾晒后，公公赶紧粜出去。被牛子咬过的麦子，几乎成了一个几近透明的皮。我没有关心这些麦子的去处。有一天晚饭，发现婆婆在吃一种灰乎乎的饼，颜色像扒糕。得知是被虫咬过的麦子做的，尽管我很想尽孝道，却一口也吃不下去。

在自然界，人与虫子的较量此起彼伏，或者说，互生互长，乡谚云“井里的蛤蟆，酱里的蛆”。这不是妥协，而是万物的共生，是农民的生存逻辑和哲学。

麦子是生活的记录者，诸多的细节在它摇曳的秸秆里。

新麦下来时，有一件可以改变我身份的事需要交一笔钱，数目不小。我想到了公公，婆婆曾说需要钱的时候，家里给你们一些。我刚做过人工流产，带着一岁多的女儿骑行十多里地，热切切地来了。以为公公会支持一些，没想到碰了一鼻子灰。我也理解老人，小叔子要结婚，家里需要钱的地方太多。

几天后，公公让人送来了钱。我的事情已经办妥，就婉拒了，也是为了不给老人增加负担。

没想到大约一周后，公公突然去世。

他倒地的地方，是柔软的麦秸垛，公公身下有很多榆树枝画出来的算式。那些算式，就是当年麦子的价格和斤数。他的褥子底下，压着一叠五颜六色的钱——用新麦子换来的钱。

尽管人们把公公的去世归结为寿数和命运，于我却是无法救赎的遗憾。公公的坟在麦田里，被麦子簇拥着。更多荒冢和麦子为伴。麦子被风压成扇形，随即又站起来，海浪般起伏。旋即，从碧绿变成黄色，轻盈的舞姿，却给人沉重的感觉。

我突然有种宿命感，这也许不是麦子的本意。

五

五月的麦田，充满生机。而我的镜头停留在一个画面，在潴龙河道一片凹下去的麦田里，几个牧羊人甩着悠长的鞭梢。几十头羊，上百头羊，以群体的规模，啃食着将要抽穗的麦子。有的牧羊人，挥舞镰刀，飞快地割麦苗，身后的编织袋很快膨胀起来，牧羊人喜悦着。这些将要成熟的麦子，多像将要建功立业突然夭折的人。

碧青的麦田，雪白的羊群，背景是五月的天空和潴龙河大堤，具有北方大地苍凉豪迈的气质。这帧照片，确实具有一定的美学意义。实质的代价是半年的收成化为乌有。事件的缘由村里人都知道，干涸的潴龙河已成为下游补水的通道。这地，是村里的乡亲捡来的河滩地。我想，在撒下麦种的时候，就具有赌博的性质。高坡上的麦子葱茏着，随风摇曳。麦子的生命从同一个端点出发，走入两极的境地。

我家和婆家两村之间，是好庄稼地。冬春是麦田，夏秋是棒子。最喜春夏之交，爱人用那辆二八轻便自行车驮着我，穿过麦田中央的机耕道，拐上301国道，北京杨哗啦啦的，麦田像舞动的丝绸。

爱人考上中专，大哥带着新收的麦子到粮站倒粮票。那个瘦瘦的、黑黑的大男孩，成为麦田的背叛者，怀揣着麦子换来的钱和粮票，登上开往西安的列车。从一处麦田迁徙到另一处“麦田”。

弟弟家院墙外，顺墙根种着一畦小葱和一畦大蒜，畦背外侧长了一株麦子。谷雨时节，这株麦子秀出了七八个麦穗，眼看就要成熟。我思忖着这株麦子的去向，没有谁会把它收到麦堆里，更多的麦子从收割机里跳出来就被人买走，它很可能被弟妹掐下来喂鸡。

麦子的命运在新时代也有了质变。

如今，我家的麦田栽上了杨树苗，弟弟家和我一样买面吃。站在弟弟家门口，朔黄铁路截断了一部分视线，一望无际的麦田不见了。铁路以北的麦田，被塑料膜覆盖的豆角地和麻山药地切割成一片一片的。门前是几排杨树，紧靠杨树是金灿灿的向日葵，麦子已不是唯一。

如果摒弃割麦子的苦，那麦田是大可以讴歌赞颂的。诗意里的麦田就在眼前，潴龙河两岸皆是黄灿灿的麦田，路边的柳树，像黄翡上的飘花。一垄，一畦，千万棵，亿万棵，数不清的麦子在阳光下跳跃着。

六

浮小麦甘、凉，归心经。

我生命中另一味麦子，不是药房里的浮小麦。她的墓碑在西夏王陵旁。

初上网，闯到了“麦子无心事”的空间。麦子的文章里，有我日夜难忘的潴龙河，有我一样眷恋的亲情乡情，有家乡的麦田。她从潴龙河畔走到古西夏王国，并以优异成绩就读研究生。没见面，我就喜欢上了她，我喊她“麦子”。

麦子回老家，专程来看我，我们叽叽喳喳，久不见面的亲人一样。麦子比照片更漂亮，圆脸庞，大眼睛，戴眼镜很文静的样子。我递给麦子一杯滚烫的茶水，麦子透过氤氲的热气，热切地看着我：“姐，我好喜欢你。”

正是元宵节时，麦苗还没有完全醒过来，畦背的阴面还有一点点残雪。麦子的家就在邻村，斜插过麦田十分钟的路程，我目送麦子迈过一个个畦背，她大红的羽绒服那么鲜艳。

没想到第一面也是最后一面。

可怜的麦子被人杀死在家中。

凶手是她丈夫。

麦子离世后，我常常处在恍惚中：一望无际的金色麦田，映红了潴泷河畔的天空，柳树下的麦子一脸笑意向我跑来，我伸出手去拥抱她，她却突然停步，一句话也不说，只是透过泪眼看着我……实质上，所有的梦境都是黑白的。我不知道为什么保留着这样一幅画面。

麦子有一张站在成熟麦田中的照片，她的手摆成心形，脸上洋溢着笑意。她喜欢做一株没有心事的麦子。

前年冬天，我曾走进甘肃，在祁连山北麓古长城旁边，有着大片大片麦田。在古浪的沙漠边缘，我吃到了今生唯一一次靠天生长的、带着纯麦香的面条。金针木耳土豆肉丁做的臊子，面条是手擀面，有嚼头。黄花滩游艺场的老板姓米，四十多岁，顶着一头雪白的发。他话语不多，却着重介绍了面条。他说，这面条是宝贝，是祁连山土生土长的红秃秃麦子做的，这麦子不施化肥，不浇水，一亩地仅产二百来斤，原来当地人都吃这种麦面，现在封山育林，山民都迁到了平原上。以后再也吃不到了。话语里，有着无法言说的惋惜。

红秃秃麦子是古老的品种，足有一米多高，没有麦芒，很好吃。但产量低，没人愿意种了。

甘肃行，品尝了红秃秃麦子的绝唱，是幸运还是不幸？

银川的“麦子”和红秃秃，是我麦子记忆曲线中最高的隆起，与麦香交叉却是逆行的方向。

关于麦子，尚存几个碎片。画面一：烧麦根做饭的时候，不管老幼，都会把藏在麦秸上的麦穗拣出来；画面二：碾完场，再累也要把麦秸翻一遍，哪怕只有半簸箕麦子；画面三：麦收过了，姥爷戴着斗笠，提着罐头瓶，捡拾脱粒时溅到场院边缘的麦粒。姥爷一生都在与粮食打交道，麦子是他的图腾。期间，诸多的细节被忽略。很有意思，这篇文章起笔时是小满，收笔恰逢芒种，姥爷心中的麦子图腾，已经潜移默化到了我心里。

鸣虫三章

我笔下的鸣虫三章，是蟋蟀、蝈蝈和蝉。

这组散章里没有人物，我隐在其中。我觉得，世上每一种植物或者动物都有自己特殊的使命，在自然界，人并不是救世主。

蟋　蟀

家里来了蟋蟀，也许是花盆里的泥土孵化出来的。

周末，爱人不小心踩死了一只，甚觉难过。昨天半夜传来蟋蟀的乐声，吱吱吱吱……早起，睁开眼第一件事儿就是找它。它正以卫生间为舞台，自顾自地唱呢。这只蟋蟀黑褐色，伸着触角，一副雄赳赳的样子。我双手合起来，把它抄在手心，它没有刻意挣脱，也许知道我没有恶意。我嗓子疼得厉害，难以入眠，好不容易睡着了，又被它吵醒，真想把它扔到门外，开了门，又有点不舍，踌躇着，走到阳台，把蟋蟀放到花盆里。

同事耿凤曾养过一只小蟋蟀，名唤小二。颜色暗淡，个子极小，不及我家这只的三分之一。耿凤每天把蟋蟀背在包里，带到办公室，这小玩意儿很乖，整天也不叫，极爱甜瓜。我们几个吃甜瓜，每次都切一片给它留着。纵然觉得可爱，却也有烦人之处，去外地出差，耿凤也背着它，吵得另一同事一夜未眠。

我老家没有蟋蟀的叫法，叫促织儿，大概是因其整夜欢叫，不知疲惫，织布机一样吧。爹的促织儿记忆颇有趣。爹从北京回来，当上了大队长，整天开会学习学习开会，有时候吃饭都顾不上，还要带队出去挖河，修水库，到山西昔阳大寨学习。用爹的话说，日子穷吧，却干劲十足。有天晚上，爹忙完了大队的事儿回来，奶奶还没睡，给爹从锅里盛了碗还温着的热汤面。爹早饿了，一口气吃了三大碗汤面。吃完，擦擦嘴，问奶奶，娘，今天的面条好香啊！不年不节的怎么舍得用油滋啦炝锅？奶奶说，哪有钱买肉，也没放油滋啦啊。爹说，有啊，我一咬一兜油呢。奶奶纳闷，点着灯，擎着，娘俩在锅里一看，贴着热汤面的痕迹还沾着一圈稀稀拉拉的促织儿。

我问爹，当时恶心了吗？爹说，恶心啥？三年困难的时候啥没吃过？

蟋蟀在有的地方叫蛐蛐。在我心里，蟋蟀就是家里常见的小东西，与蝎子一样，斩不尽杀不绝的，没啥喜欢不喜欢的。我在乡医院工作时，看了《聊斋志异》，书里的蟋蟀叫促织。有的蟋蟀叫蟹壳青，有的叫梅花翅，苏州上方山的叫黄麻头。《促织》这篇我记忆犹新，里正成名之子因误伤蟋蟀而险些丧命，在昏迷中，变成了一只勇猛的蟋蟀，为其父免了死罪，并挣得一个衣食无虞的前程。其实，蒲松龄笔下的蟋蟀，就是一把老百姓的泪。时代背景是明正德年间，宫中斗蟋蟀成风，官宦人家也以此为乐子，苦了老百姓。

或许，天下万物有一种制约和平衡。因为宫廷斗蟋蟀成风，瓷器家族添新宠。作为官窑的景德镇瓷窑，担负着烧造蟋蟀罐的重任。有考古挖掘出的破碎的蟋蟀罐为证。蟋蟀无意中丰富了艺术的品类。

作为斗士的蟋蟀，住在特制的紫砂罐或瓷罐中，吃一般人家都吃不到的栗子肉、蟹肉，过着“人上人”的生活。这样的蟋蟀是被当作“士”养的，我由此联系到家乡的孟尝君、樊於期、荆轲。据载，《促织经》是大奸臣贾似道所著，他因为玩蟋蟀成家，被称为蟋蟀宰相。

蟋蟀的窝，南方为盆，北方称罐。盆始于宋，罐兴于清。我朋友济白水居苏州，他说苏州出产贡品陆慕盆，为蟋蟀名盆，澄泥为原料，由苏州的窑工精心烧造而成。楞伽蟋蟀陆慕盆，宣德年间，陆慕的泥盆和景德镇的瓷罐各具优势，楞伽是苏州附近的上方山，陆慕乃苏州相城区的一个村庄。有载说，陆慕窑户如鳞，凿土烧砖，终岁不绝。由此可想，当年苏州捉养蟋蟀蔚然壮观。

宋徽宗不是个好皇帝，却天生是个艺术家。他也爱斗蟋蟀，并留下了传说。话说，宋徽宗被掳北国，行至山东省宁津县，颠簸中，从怀里掉出来一个袖珍小罐子，一只蟋蟀叫唤着从罐里蹦出来。宋徽宗睹此物，联想到自己的处境，黯然神伤，垂着泪挥挥手，放蟋蟀归于田野，并留言，八百年后，称雄华夏。皇帝金口玉言，现如今的宁津蟋蟀，好的品种可以抵一头牛。因此，捉蟋蟀在当地成为一种产业。

玩物，难得的是不丧志。

驴驹及驴驹葫芦

说驴驹，很多人不知道，有的以为是能拉车拉磨的毛驴呢。

其实，家乡的驴驹个子很小，等同于蚂蚱一族，但其翅膀太短，不能飞，善跳跃，通身颜色为绿色或褐色，小时候为葱绿色，趴在小白菜上像一片叶子，一点也不显眼，到了秋季会变成苍绿色，如果没有声音的指引，公驴驹是很不好捉到的，尤其个子大的山驴驹逮到更难。

驴驹的大名叫蝈蝈，为啥叫驴驹我还真不知道。人们惯称小毛驴为驴驹。两种驴驹发出的声音都很大，虽然一个是大声叫唤，一个是摩擦翅膀发出声音。一个槽上拴不住俩叫驴，是说毛驴咬群，只能单独养着，昆虫驴驹也有这特性，俩放一个笼子里，一准咬架，不死即伤。

驴驹个子小声音不小，它振翅一曲，如小提琴悠扬，可以与蟋蟀的“音乐”媲美。小时候，每到秋季，我们潴龙河边豆子地里的驴驹成群结队，像举行盛大的金秋大合奏，“吱吱……吱……吱……”此起彼伏，给丰硕的秋天增加了欢乐的音符。母蝈蝈在我家乡叫草包，顾名思义，肥硕，行动迟缓，能吃不能干，没有战斗力。大人们用镰刀割豆子，笨笨的草包会拖着长长的尾巴钻出来，孩子们不费劲就能串一狗尾巴草。如果大人有闲心，帮着拢起一堆干豆叶，点上火，待火势小了，将草包放进去，待“叭叭”声响起，有肉香飘出来，草包就熟了。剥开肚子，一兜籽，金灿灿的，像柚子瓤，是田野间的好吃头。按丰子恺先生的理念，这是罪过了，一兜籽该有多少个活蹦乱跳的驴驹呢。

丰硕的秋天，大人们开心，孩子们也乐开花，母蝈蝈能吃，公蝈蝈可以逮起来，放到笼子里养一冬呢，单调的冬季就有了欢乐的色彩。我家的土墙上，每年都会挂上一个葶秆搭就的驴驹笼子，三个或四个驴驹各居一室，它们有时候独奏，更多的时候是合奏，驴驹笼子一边，倒挂着一个圆圆的空心红萝卜，萝卜里面长着十几棵茁壮的麦苗，立春后，红萝卜会冒出新芽，黄绿黄绿的，养眼，好像是驴驹演唱会的布景。

驴驹喜食白菜，白菜地里长大的驴驹绿得喜人。听说现在老家的驴驹很少了，农药让驴驹变得金贵，有时候在市里看到卖驴驹的，十块钱一只呢。齐白石老先生以写意画著称于世，他的果蔬别具一格，驴驹常常入得先生画中，价格不菲，最贵的驴驹保存在台湾故宫——翡翠白菜，是珍妃的陪嫁，一只玉雕的驴驹神气活现地在碧绿的玉雕白菜上沉思，这是一只不老的驴驹，当是无价之宝。《诗经》流传于黄河流域，其中有对驴驹的记载“螽斯羽，诜诜兮。宜尔子孙，振振兮”。这里的螽斯，在北方就是蝈蝈，也就是我家乡的驴驹。古人崇尚蝈蝈的繁殖力，“螽斯衍庆”就是最好的证明。

秋起，该是驴驹肥硕的时候，驴驹的演奏会也到了高潮。“吱吱……吱……吱……”是对自然的歌颂还是对生命的咏叹，有谁说得清楚？真是“切切诉心事，无人知汝心”啊。

所谓驴驹（大名蝈蝈）葫芦，根本和葫芦无关，其实就是驴驹的窝，说窝也不太妥，因为里面没有棉絮和动物毛之类。不放驴驹的时候，就是一个空空的壳。有的地方也叫驴驹笼子。

为啥叫驴驹葫芦，我也不知道，老辈儿传下来的。

驴驹葫芦分两种，一种用席篾儿编成，席篾儿是高粱秫秸的皮儿，编这样的驴驹葫芦费时间，都由男人来干，先挑选笔直顺溜的高粱秫秸，再剥下秫秸上的皮，这就是席篾儿了，挑选好宽窄一致的席篾儿，村子里的大老男人们会拿捏着抡锄杆、编簸箕的大手，尅尅索索地编上半天，这样的驴驹葫芦物件不大，却很费工夫。及至该下地了，席篾儿的经纬编织成椭圆的布满棱形方格的驴驹葫芦。阳光下，小巧玲珑的驴驹葫芦闪着金灿灿的光，活像个宝贝，映照着孩子们喜气洋洋的脸。苍绿色的驴驹住进了新房，这样的小宅小院像极了大户人家的外宅。这是我的臆想，因为所有会叫的驴驹都是公的。母驴驹也就是草包，不是让孩子们打了牙祭，就是随着天冷老去。人们对待驴驹还重雄轻雌，真有点旧世界的味道。

另一种驴驹葫芦像楼房，分为三层或四层。只不过建材换成秫秸最顶端的葶秆，这对于野地里生长的驴驹来说，是寓所，也是囹圄。不管怎么说，待遇好过母驴驹。在这里，驴驹还能放声唱歌，还能苟且地活上一段日子，可以享用白菜叶和胡萝卜片，这也是寻常百姓家度日的当家菜。我也不知道这是驴驹的幸运还是不幸。

驴驹是普通老百姓家孩子的宠物，不像蟋蟀动辄数百上千的寓所，有的甚至住金丝笼。我把驴驹看成歌者，蟋蟀我认为是斗士，一直想写篇散文《歌者与斗士》，可惜还不成熟。听说，还有北京人在玩蟋蟀，并形成了一种文化。有人收藏旧蟋蟀罐子，当古董，驴驹葫芦是难登大雅之堂的，它取自自然，破旧了，就被扔到灶膛变成一团火，变成灰，又归于自然。驴驹和驴驹葫芦生就的凡人命。犹记得蒲松龄笔下因蟋蟀险些家破人亡的孩子。如此看来，还是驴驹好，给老百姓枯燥的日子添点喜悦，让岁月深处有甜蜜的回味。

弟弟小时候很喜欢驴驹，于是，父亲每年都要编席篾儿的驴驹葫芦。阳光透过窗棂照在炕上，屋外北风呼啸，小炉子上烤着山药，在弥漫的山药香里，炕头传出驴驹的欢唱，这个冬天就有了别样的乐趣。有时候，驴驹的叫声从弟弟的怀里传出来，我们吃着饼子熬菜，听着驴驹的自拉自唱。经年的驴驹葫芦，被人的肌肤盘染成酱黄色，泛着时光的况味，驴驹在此吟唱着田野的歌，让人对春天有了新的憧憬。

知　了

朋友请客，桌上有一盘金灿灿的油炸知了猴。我没动筷子。

我爱吃鱼、虾、肉，却天生抗拒昆虫类，在东北菜市场看到蚕蛹，我也赶紧扭头。

小时候也抠知了猴，老家的话更土，知了龟。有同学就吃烧知了猴，并说得如天上的珍馐，我从来没动过心。我捉知了猴为了好玩，喂鸡。更多的时候，是为了积攒知了皮。这是学校给的任务，勤工俭学的一项。我不是胆大的孩子，不敢在黑夜去四队场院外面的大柳树上摸知了猴，家里大人也担心掉到大水坑里，我又不敢天蒙蒙亮的时候出门找知了皮。

知了猴最喜欢柳树。傍晚的柳树下面多有知了猴爬出来，孩子们比知了猴还多，都瞪着小眼睛在地上寻找知了猴洞。四队大坑周围的土质是胶泥的，颜色略微发淡，有雨水冲刷的地方，似瓷器窑变的裂痕。这些知了猴，就隐藏在这样的土质里。知了猴在地里修炼了十多年，它好像时刻戒备着人们，先是用小爪子轻轻捅一个小小的不起眼的孔，试探，然后才将孔变成洞口，爬出来，并找到最近的大树栖身。孩子们常常为它们兴奋着，甚至为发现一个知了猴洞吵架。

我把不多的三两个知了猴带到家里，放到绿色的窗纱上，看着它们蜕变。夜深人静的时候，知了猴的背上慢慢裂开一个口，它慢慢地伸出头，不等它的翅膀由淡绿色变成黄白色，我就困得倒头就睡。醒来的时候，知了正在窗纱上唱歌，知了的皮还趴在窗纱上，我小心地摘下来，穿到拴簸箕的红色铁丝上，再攒一些我就可以交到收购站，就可以买我喜欢的小画书（连环画）了。我记得我拥有的第一本书是《五彩路》，作者名字和文章中主人翁的名字都不记得了，只记得三名藏族少年战胜困难终于走在幸福的路上。在一定意义上，知了猴开拓了我的视野，让我瞭望到一个遥远的世界。那时候，我不关心知了皮治啥病，也不知道将来自己会在医院工作。蝉蜕性甘寒，疏风，归肺肝经。主治风热感冒、风疹不透、目疾、小儿惊厥等症。在药方里遇到蝉蜕，我就想起我捉知了猴的日子。

捉来的知了猴命不长，几乎在当天就被撕掉翅膀，丢在地上喂鸡，它们不甘地在地上盘旋，挣扎，转着不规则的圈，还是免不了被鸡啄着吃的命运。

有一种小麦知了，叫声奇特，似乎永不停歇，身材很小，只及平常知了的三分之一左右，飞起来箭一样迅疾，很难逮。它的皮，小巧可爱，还沾着泥土。

一晃，不逮知了猴已四十余年。

知了、知了、麦知了，蝉远去了，倒是在文字中常常相遇。认识了几个搞收藏的朋友，也初识玉蝉。著名的汉八刀，是指刀法矫健、粗犷，线条平直、有力。源于秦汉，尤其汉代视死如生，丧葬文化达到一种极致。不仅有代表王侯等级的金缕玉衣、银缕玉衣，还有其他玉器随葬，譬如玉蝉。取蝉不死、永恒之意。

朋友偶得一个商代朱砂沁玉蝉。这只蝉为青玉料，蝉翼是额后雕有两道横弯的阴线，长、直而简练。不似西周的雕工“沟底尖”。脊中有垂直的古砣工迹线，一根一根，在沟中排列。器形、纹饰和工法都符合夏商周“老三代”老砣工的特点。沁色彰显着高古玉的沧桑和年轮。朋友指指点点，如数家珍，得意之情溢于言表。

刘禹锡、白居易、陆龟蒙、贾岛、陆游、薛涛等诗人都留下了各自的《蝉》意。齐白石、张大千皆爱画蝉，白石老人的工笔蝉细腻、逼真，张大千老的蝉写意、传神，各成风格，各具风流。

在厨师眼里，知了就是一盘价格不菲的菜。

水坑记

一

南方人的水塘，带着一股子诗意，一个“塘”字，就把俗常的水坑升华到有文化内涵的地步。南方水塘那满池的荷花、蒲草，和活蹦乱跳的鱼虾，也让北方的大坑望尘莫及。我的家乡，大部分水坑就叫大坑，土得掉渣，像没人怜惜的野孩子。我也觉得叫它大坑更合适，它有时候没水，裸露着干涸的坑底，那些翘起的泥片颇像屋瓦，踩上去，嘎巴嘎巴地响。远看，鳞片一样，平坦的坑底像一条首尾被埋着的大鱼。唯有孟尝村中间的那个大坑，因为赋予了传说，被称为官坑。这些大坑，是村庄的肺，不仅是肺，小时候，雨水勤，村子里的大坑，有蓄水排涝的功能，不至于让本就贫瘠的村庄再成为泽国。

大坑在我眼里，藏着诸多的秘密，是我神秘的后花园。

奶奶家往南，隔一户人家，一溜三个大坑。路左的坑小，路右的坑最大，底比较平坦，是孩子们玩耍的好场所。沿着这条朝向西南的路，直角往西，是四队的场院，南侧也有一个大坑，占据了四队的东南和整个南面，成了天然的“护场坑”。这条路是去四队的必经之路，不同的是，拐到西面的路边，也是南面坑的北沿，长着几棵大柳树，与北边大坑沿上的柳树，成围剿之势，把个大水坑围了个严严实实，蓝的天，白的云，绿的水，也有些诗情画意。

每次大雨后，这几个大坑满了，水会溢到路上，偏偏这的路面是胶泥的，一走一滑，走起来战战兢兢的。如果不是有要紧的事到场里找娘，我万万不敢走这。但这个大坑忒仁义，坑虽大虽深，却从来没淹过人，也从没殇过人。

平时，这个大坑蛮诱人的。且不说大柳树上的鸟，也不说那可以换零钱的知了皮。我喜欢在傍晚带着空罐头瓶，拿着小木棍，去找知了龟，给姥姥喂鸡。这个大坑周围几乎不长草，光溜溜的地上布满了小圆孔，洞口圆乎乎的，是知了龟自己爬出去的，口沿不整齐的，自然是被孩子们用手指头或木棍捅坏的。每次大雨来临之际，大柳树的树身都湿漉漉的，褶皱里的苔藓都能滴下水。这时候，蛤蟆拼命地叫着，仿佛是在告白它是先知，预示着雨要来临。

坑北沿的柳树还小，却一棵挨着一棵，这树得地利，是天然生成的。我喜欢攀着这些小树，看浅水处的"鱼虱子"，它们和大姥爷毛衣上的虱子神似，只是颜色要好看得多，有着靓丽的黄橙色。找到能站稳脚的地方，我还会用手捞起这些黄澄澄的小玩意。捞起来也没用，太小，鸡也不吃。看一会儿，还扔到坑里。

与这些鱼虫相比，我更喜欢"鲎"。这在当时，是我们眼里的神奇之物，稍硬的壳，分为两片，像一个人背披着盔甲，长着胡须，有长长的尾巴，记得它的脚有好几对，捞起来，也数不清楚。不知道大坑干涸时，这鲎藏在了哪里。如今它更像一个隐者，早隐到逝去的时光里，我只是凭着记忆，还原它的样貌，我们喊它"海马"，至今也不知道它的真实名字。我写"鲎"，是看过生活在浅海里的鲎的图片，它们有着相似的样貌，也许是近亲。

刚下过雨的大坑，相对是安静的，只有蛙鸣，连鸟也不知道去了哪里。淘气的孩子们的兴趣，不会在此时黄兮兮的水中，且水深，哪家大人也不会让孩子冒险，情愿孩子去远一些的潴龙河摸鱼玩耍。麦秋，大人们放心地在场里干活，孩子们泡在大坑里，谁家孩子打架，母亲们都听得清清楚楚。

东边的坑里长着浮萍，还有一丛一丛的苘麻，很多年头它们都占据着这个坑。苘麻开花很好看，深黄色，它结籽的托很特别，有小孩子做十二晌，蒸百岁用它的托点胭脂，雪白的散发着麦子香味的大馒头上像盛开着一朵花。

茼麻有一股子奇怪的味道，籽不难吃。大坑水浅的时候，我们会踏着坑底裸露出来的土堆，结伴去坑里采几个，坐在大坑的水簸箕上啃着吃。

大坑干枯的时候，我们在坑里玩耍，翻开泥片，挖出很多“胶泥石”。它一般都有一拃长，像一根用泥土捏成的曲曲弯弯的铅笔，表面疙疙瘩瘩，又像巨型蚯蚓吐出来的一串泥巴，折断它，会露出铁锈色的芯，除了泥土味儿，似乎带着铁腥味儿。胶泥石的名字，不记得是谁先说出来的，也许是世世代代传下来的。很多年后，我常常思索，当年的胶泥石到底是什么，肯定不是龙骨之类的东西。当我得知，家乡正处于战国时期燕赵的边界线附近，也是宋辽拉锯的地方，还有明朱棣的争夺帝位之战，导致这里空无人烟。这大坑也许是古战场，在这三四米的地下隐藏着战争的遗迹。这包裹在泥土中，吸附着泥土的铁质的内核，也许就是兵器的遗骸。从孟尝村西行二十多里，有个大宋台，传说是穆桂英的点将台。孟尝村的名字就来自于孟尝君，这里是他的立足之地。新中国成立前还建有他的庙宇，有神像被人们供奉。而我们刘家人正是明初由山西迁来，村子里的他姓人家，祖上也多是由山西迁来，我家族的迁移史，是有家谱记录的，可惜刘家家谱不慎在“文革”中遗失。当我看过一些关于家乡历史的书籍，这个迷迷糊糊的结论逐渐清晰。

回忆这些，像捡回自己童年失落的羽毛。

二

这大坑，不仅是盛放童趣的地方。还泡过编簸箕的柳条、秆子，也泡过红麻。说到底，这坑水浸泡的是生活，这浑浊的水里，也蕴涵着酸甜苦辣。

泡红麻的事儿，我记得清清楚楚。乡亲们先是将长长的红麻打成捆，泡到坑里。这个初秋，孩子们再也没法泡在坑里了，沤麻有一股子臭味儿。生产队长发话，剥麻的麻秆归个人。爹干活本来就利索，又琢磨了个窍门，爹和娘只剥下麻根部的皮，攒到一堆，我和妹妹坐在麻根上，爹和娘合力把这几十根麻皮，从麻秆上扯下来。湿漉漉的麻很光溜，麻皮顺溜整齐，麻秆也丝发无伤。这剥麻的活儿赚来的麻秆，在院子里堆了一小堆，娘看着这堆好柴火就露出笑容，我家的土炕着实暖和了一段时间，麻秆好烧，没有烧草时的浓烟，麻秆的灰都发白呢。

这坑里泡得最多的是柳条。坑四周的人趁阴天下雨，出不了工，在家里偷着编几个簸箕，换粮食，或者零花钱。天好的时候，会趁生产队集合等候的工夫，编几道绳。所以，常常会看到坑沿下泡着一捆一捆的柳条，这是干部们睁一只眼闭一只眼的事儿，粮食不够吃，总不能眼看着饿死人。

爹差点没死去。刚分家，没多少粮食吃，爹的胳膊上长了一个大火疖子，扛着肿疼，在晌午该睡觉的时候编簸箕，午饭吃了两个用簸箕换来的桃子。火疖子总不好，爹实在忍不住了，才去村里的卫生所拿药，没想到吃了长效磺胺，过敏，眼睛肿得睁不开，手指间都蹿出了大水泡，差点要命。

娘提起来这事儿，总是耿耿的，说分家时奶奶只分给我家三十斤高粱，一件爷爷留下来的皮袄。奶奶给皮袄的时候，又把黑粗布皮袄面拆了，只给了一个光板的皮袄心。娘也说，你奶奶也不容易，她要有，能难为自己儿子吗？

我家当时借住在北头大娘家，离生产队有点远，爹晌午加班编簸箕的时候，会让我们听着钟声，钟响三遍就要下地了。爹就趁这工夫多编几道绳。

北院的猪圈旁长着一棵毛桃树。桃子不大，也不多，桃毛却很多，但也是妹妹的好吃头，我也喜欢吃，但每次吃完都刺痒得要命，抓得出血痕。那时候小，也不懂是桃毛过敏。每次想吃桃，娘就从树上摘下来，洗洗，给我们吃。那次娘没在家，我也小，摘不到桃，我们俩就趴在地窨子口（一般与北方的白菜窖大小相仿，有方便上下的门。湿潮，编簸箕不伤柳条。）叫爹给摘，爹说等会儿，差两道绳就好了。这时候，生产队的钟响了两遍了，妹妹小，哭着大声喊着要吃桃，爹不理她，她气得在地窨子口搓搓脚，哭起来没完。钟响三遍，爹拿着根柳条从地窨子爬上来，啪啪打了妹妹两下，下地去干活了。妹妹没受过这委屈，差点背过气去。直到现在还狡赖爹从来没打过人，却抽过她两柳条。她那时候不过三两岁，我奇怪她怎么会记得这件事儿。爹总是一脸歉意，说最后这道绳弄不好，这半张簸箕就白编了，别怪爹，咱们得顾嘴呀。

大坑里的柳条有白条，也有青条。这源于平原人和山里人需求的不同，所以簸箕有白条的，也有山里人喜欢的青条。白条就是剥了皮的柳条，青条是只把柳条的表皮刮掉，留着柳条的内瓤，太阳晒一些时日，会变成棕红色。这样的簸箕远不如白条的好看，但山里人说这样的结实，也许有道理，白条是夏季收割，青条是秋天，或者霜降后再收割，生长期较长。

包产到户后，粮食有盈余，我家也种过一地柳条。那个深秋，我女儿不到两岁，娘带着我女儿，白天喂鸡喂猪，还要刮青条。晚上，在电灯下，纳鞋底，给我女儿做棉鞋。那时候，大人们都穿上了皮棉鞋，好打理，美观，但是防寒性不如家做的棉鞋。天还不冷，娘就找工夫给我女儿做好了棉衣，为了做棉鞋，娘早在春天就打好了袼褙，花条绒鞋面、白棉布鞋里、底子绳和鞋口的黑棉布也都备好了。

没料到，鞋底还没纳好，娘就病了，仅八个月时间就离开了我们。整个冬天，病中的娘一直念叨，要知道一病不起，该给孩子做好棉鞋呀。那堆青条也没刮完。有几年，我看不得满地舞动的柳条，也尽量不走大坑那边的路。

大坑越来越小，直到消失。

下意识里，我觉得大坑掌管着村子里的秘密。人们用悲悯的眼神看它，惋惜它的消失时，说不定大坑早看到了村庄的发展和变迁，以及每个人的命运和结局。

三

大坑里，有一种被我们称作“卖香油”的黑壳虫。长长的身子，细长的腿，细长的脚，不停地在水面滑行。它们的技艺太高超，如果没有风，看不到水面有一丝波动。

淘气让他爷爷给捉，爷爷用扫帚给他捂蜻蜓，大多是黑眼睛红身子的，也有那种绿眼睛蓝身子的。淘气爷爷在生产队里喂牲口，农活不忙了，除了铡草，喂牲口饮牲口的，有点小闲工夫。我们在大坑里玩腻了，就跟着淘气来找爷爷。淘气爷爷住的屋子，一股子牲口棚和烟味儿，但是有时候有煮黄豆黑豆，这简直是当时最解馋的东西，虽然豆子里还带着豆梗。淘气从锅里抓，爷爷坐在里间屋的炕沿上吸烟，烟袋锅冒着烟，他的鼻子也冒着烟。淘气抓豆子他也不管，我害怕，只拣几颗带花纹的，但这些原本和小兔子脸一样的花纹，煮过就变形了，我舍不得吃，晒干了，却更难看，皱巴巴的，咬不动。

淘气在大坑里待的时间最长。上树掏喜鹊蛋，下到大坑里捉“海马”，捅马蜂窝，每天在大坑边的柳树上哧溜哧溜数个上下。新鞋子几天就有了洞，淘气娘说他是铁脚，蝎子毒（音，意为蝎子有毒的尾巴部分）都敢摸。

淘气的爷爷当过伪军。如果不是偶然听到，打死我也不相信。这个老人脾气很好，和电影里、书中的伪军一点也不一样。这是我当时的想法。就是他，在我们家欠队里的工分分不到口粮的时候，站出来说用他的工分抵。我想，爷爷当伪军的事儿淘气肯定不知道。淘气是个乐天派，学习不好。好像因病休学一阵子，我记得他的手指头肚是黑的，还有裂口。淘气上树爬墙是好手，还无师自通，会翻筋斗，一连翻好几个。读书不好，总被罚站，完不成作业，被老师用乒乓球拍打手心。我想，“水深火热”一词，用在课堂里的淘气身上正合适，课间他很活跃，玩得忘乎所以。村里成立的老调剧团救了他。

不爱学习的淘气，在老调剧团如鱼得水，他的嗓子天赋不太好，但是他的武功棒，那些戏曲中的招式他很快就心领神会，熟练地掌握。那时候淘气年纪小，没有扮演过有分量的角色，但是在龙套演员中他确是佼佼者。我五年级，淘气就是剧团的小演员了。村里过年开大戏，我在舞台边想看看平时的小伙伴是什么模样。淘气脸上画着油彩，身上穿着戏装，手里还握着一把木质的涂着银粉的刀，从化妆间跳出来，吓了我一跳。这不是那个在大坑里泡着的小男孩了，虽然还淘气，但浓重的油彩掩盖不住他对舞台的渴望。

大坑已经牵不住它。此时的大坑，也脱离了我的视线。我读初中，上卫校，差点忘了大坑。包产到户，生产队也没有了。大坑还在为人们服务，更多的人加入编簸箕的行列中，大坑边上的树，没了。柳树是做簸箕“舌头”（簸箕底部最靠前的木板）的好材料。倒是在不多的水里泡着一捆捆柳条，簸箕舌头，杆子，有青条，也有白条。

总记得那个寒冬，到大坑里捞柳条。湿漉漉的柳条尤其重，大坑的边沿结着冰，提着柳条走在路上，冷风吹着，手钻心地疼。紧走慢走到家，放下柳条，手都伸不直了。伸到炉火上，半晌才缓过来。我和淘气都是幸运者，都逃离了种地和下地窨子编簸箕的命运，变成吃商品粮的人。更多一起在大坑里玩耍的小伙伴，还在村子里过活。

淘气的娘，住在淘气花钱盖的三间房子里，一个人打发着岁月。见到我有说不完的话。我因而得知淘气考上戏校后，开始还可以。后来剧团改制，他自己走南闯北地招呼着一帮人，爱人是同行，在西北安了家。他待的地方古时是苦寒之地，荒凉，缺水。大坑，我估计更没有，这家乡的大坑，是我们这些离乡人共同的胎衣。

那些年，孩子们成群地生，喝着风长。大坑也遵循着自然规律，水大，或者水小，丰盈，或者干涸，固守着它的道。存在和消失，也许并不相悖，只是时间长河里的必然逻辑。

光阴是一个魔术师，消亡和改变是它的拿手好戏。大坑和大坑里玩耍的那些人，都走在老去的路上，说不清谁影响谁，谁陪伴谁。

四

大坑的周边，土质板结，颜色也较平常的黄土浅淡，有流水冲刷的纹，像毛笔勾勒的墨迹，仔细瞧，又似瓷器上美丽的冰裂。

这些裂痕的发端，串着一户户人家，其中有两个姑娘。我给她们起名叫玉兰和辛夷，她们确实像春季里的玉兰花。

玉兰和辛夷都是玉兰树所生，只是玉兰特指玉兰花，辛夷在中药房是治鼻炎的一味良药，长得毛茸茸的样子，像个微型毛绒玩偶。辛夷是玉兰树干燥的蓓蕾。

带着幽香的玉兰和辛夷是同龄人，都编的一手好簸箕，簸箕舌头上的钻孔疏密有致，簸箕角方圆合适，柳条和绳经纬分明，整个簸箕形状漂亮。那簸箕上雪白的柳条块儿，就像她们笑起来露出的牙。唇红齿白，一对窈窕淑女。

玉兰在北方是稀罕树种，如今是城市里随处可见的观赏树，它和迎春一起唤醒北方的春天。走在园林里，盛开的玉兰花，总让我迈不开步子，无论是象牙色的白玉兰还是紫玉兰，不仅姿态美丽，还洋溢着一股子吸引人的香气。玉兰和辛夷因而总是走进我的心里，和盛开的玉兰花相比，辛夷是含蓄的，生活中的辛夷也是，总是一副羞怯怯惹人怜爱的样子。

妙龄的年纪，每天窝在地窨子里，委实不是长久之计，但孟尝村自打编簸箕成为一门糊口的手艺，有哪个姑娘能逃脱地窨子的束缚，除非嫁到外村去。玉兰、辛夷她们给自己订了任务，这也是家长同意的，每天编八个簸箕，其余时间归自己。于是，在紧张的一天之后，姑娘们钻出地窨子，长舒一口气。洗澡洗脸，搓上郁美净，换上好衣裳，溜达到村北的大堤，或者村南的公路上。

这些俊鸟，在等待可栖的梧桐树。

先是辛夷经媒妁之言和外村的一名男子订婚，在那个明媚的春天，桃花开着，梨树也看着就要雪一样白，辛夷结婚了。大红的囍字喜洋洋的，可是，刚要脱离地窨子的她，却去了更深的地下，且不复出来。辛夷和家人赌气喝了农药，听说她临死前在大坑周围转了好几圈。懂事的辛夷肯定是怕惊了大坑里的水。至于辛夷为啥走绝路，谁也不知道，有人说为了嫁妆，有人说因为结婚穿了姐姐结婚时的红嫁衣，被男方耻笑，也有人说她觉得活着没意思……她死在了娘家。婆家人不肯收留她，孤零零一个人葬在了槐树林里。那时候，槐花还没开。

玉兰的婆家是他父亲敲定的，男方家在河北岸，做皮毛生意。玉兰不用在大坑里泡柳条，钻地窨子编簸箕了，并以玉兰花开的速度嫁了过去，眨眼连生了两个丫头。我在大坑边遇到她，她怀里抱着小女儿，脸上涂着粉，身上有股花露水的味道。衣服明显不合身，紧巴巴的。皮毛生意突然沉寂下去，她的日子也许不如她说的好过，但我只是听着，并不反驳。

过年回老家，见到她。头发金黄，衣服颜色艳丽，身材膨胀得像个大面包，说话眉飞色舞，指手画脚的，一副见过大世面的样子。我极力把她和村里人风言风语的她剥离，还原那个在大坑里泡柳条还要对着水照一番的清纯姑娘。

大坑的西侧，是四队的场院，是普天之下平原上无数个场院中的一个，每天都上演着辛勤劳作的活剧，分粮食是麦秋两季的事儿。麦秋也是它最为繁忙热闹的时候。四队的场院里，曾经有过一个粉坊，所以，在我少年时期的饭碗里，这些短短的粉条，让稀汤寡水的熬菜有点捞头。对于生产队的一切，我在《水坑记》里不准备过多的笔墨，唯有一事而不得不说。四队在西孟尝村的八个生产队中，属于比较“富裕”的，不用总吃返销粮，春耕时，还可以在队里吃几顿大锅饭。曾经有两次，集体桐油中毒，呕吐严重的被送往县医院。因为油大，那油汪汪的白面饼着实诱人，一层叠一层，纸一样薄，一抖就散开。可是，谁也没闻出那是桐油的气息，谁吃得越多，谁中毒越严重，上帝给四队人开了个不大不小的玩笑。这也是被其他生产队人耻笑的事儿，一个地方跌倒了两回。

大坑就在我们脚底下，先是被人们慢慢填平了，变成宅基地，又垒上新房子。我的蛍、鱼虱子、胶泥石和大坑一起风干为记忆。如果不是亲历，丝毫看不出这里曾经的痕迹。坑边的大柳树仿佛经历了窑变，摇身变成了大杨树，所有的旧事，都被封入时间的壳，变成一枚枚我独自盘玩的琥珀。

孟尝村中央的官坑也消失了，这个存在了不知道多少年的神奇大坑，从一个地标沦落为孟尝村的一个地名。村中的几座庙，先后毁于新中国成立前后，那座做了课堂的佛殿也失去了影踪，乾隆下江南住在孟尝村大寺的传说，几乎没有了传播途径，没有人对这些老掉牙的没新意的事儿感兴趣。集市也由东西向，改为南北向。传说中，因乾隆旨意不再开口叫唤的蛤蟆们，没有了家。

大坑这个舞台，只是人生岁月的一个背景，我熟悉的人和故事都隐在了时光幕后，我试图用文字修复和还原它们，以抵御时间的荒凉无情，固执地重建曾经的存在。它们在我眼前重现，真实又缥缈。读祝勇先生的《犹在镜中》一文，“这是一种眷恋，是对年华和岁月的不舍”。深以为然，又觉得缺点什么。我深吸了一口，吐出来的却不是叹息。大坑只是我自己的一个秘密，我拼接着它的碎片，织补童年少年温暖的梦。

写着写着，又觉得茫然，就像韩文戈老师诗中所说“突然我变得束手无策/因为我不能把死去与逃离的人再一一找回来”。

潴龙河绝唱

一

潴龙河，西出太行，在数百里大平原奔流了上千年，现在终于沉寂下去，像战国时的孟尝君一样，绚烂后成为一个符号。

孟尝村到蠡县城有长达二十里的路程，小时候，善解人意的大柳树手拉手搭起绿油油的拱门。如今，大白杨冷冰冰地站着，水泥路代替了黑黝黝的柏油路面，小轿车、满载货物的大货车不分昼夜地穿梭，重复着华夏的交通版图。修建于“文革”初的那座桥，早被新桥所取代，巨龙一样的朔黄铁路大桥，雄壮气派，君王一样傲视着河床上的庄稼，那些不会言语的绿色生灵，已不按时序生长，遵从着人的意志，不再有歇息的机会。货车像飞蹿的野马，呼啸着打破潴龙河的寂静。

光阴改变了潴龙河，也掩埋了一个时代。

可是三十多年了，老调还像磁石一样吸引我。那时候，若沿着弯弯曲曲的千里堤，从潴龙河桥东头出发，往东北方向走，很快就会掩没在繁茂的柳荫里。没多久，铿锵的锣鼓、悠扬的老调就取代了连绵不绝的蝉鸣。一群喊嗓子、练功的人，亮相一样出现在西孟尝村的堤根。

潴龙河好像很眷顾西孟尝村，自从一九五五年张开龙口吞没了西孟尝村后，就一直没舍得挪窝，与新建的西孟尝村隔着大堤比邻而居。并在老堤和大堤之间留下一个几乎长年有水的洼，周边稀拉拉地长着几垄高粱。整个夏天，蛤蟆在这里安营扎寨，放肆地“呱呱呱、呱呱呱”叫唤个不停，村里人称这洼为“蛤蟆洼”。那时候，老调的锣鼓声、板胡声、老生或者旦角的演唱声，与那些在洼里为王的蛤蟆声此起彼伏。堤根，扎着抓髻的娃娃学员，倚着大柳树练倒立。空旷些的地方，一队小学员在师傅指挥下，翻着筋斗，什么前空翻、后空翻、穿花翻，像一只只飞舞穿梭的燕子。树下的小草躲闪着，空出来一大片硬实实练功的好场地。另一批学员，对着白练似的潴龙河水“咿咿咿……呀呀呀……”练嗓子，活泼，热闹。把一条河都唱活了。摆渡的舅爷，半眯着眼，抽着烟袋，盘腿坐在船头，在晃悠悠的渡船上沉醉于《忠烈千秋》时断时续的唱段里。有人要渡河，舅爷应和的声音居然带着老调的腔调。

以大堤为界，冬春村南是平展展的麦子地，村北靠潴龙河大堤也是麦子。麦收过后，村南是一水的棒子，村北则像这老调一样丰富多彩，规整的地块有吐红缨的棒子，沙滩地种着红脸的高粱，肥沃的园子长着翠绿的大白菜，半旱田里开着黄盈盈小花的是长果（孟尝人从来不说花生），把地垄撑几道裂缝的山药，还有藏着驴驹（蝈蝈）的豆子地。不成形的河边沙地，种着麻、黍子、荞麦、蔓菁等杂粮作物。最让西孟尝人骄傲的，是村里的老调剧团，这是孟尝村最值得称颂的收成，它让单调的日子，像这广阔的田野一样有了动人的色彩。

动乱年代过去了，孟尝村人有了更高的精神追求。家谱毁了，他们用老调搭建精神的祠堂，把孟尝君的仁义当作自己的信仰。大队从外村请来了会唱老调的师傅，在本村从事农业劳动的人中，解放出鼓师和板胡师傅，腾出大队几间房子，建起了一个威风红火的老调剧团。三叔拉得一手好板胡，成为后台的“台柱子”。微有残疾的三叔，因为老调活得有尊严，有奔头。孟尝村人说起剧团眉飞色舞，像念叨自己水灵灵的大姑娘。这老调啊，让黄土地上煎熬的孟尝人有了精气神儿，有了主心骨。

老调也称老调梆子，元明时期起于白洋淀附近，有别于地方名剧河北梆子，是河西调与燕赵民歌俗曲的融合。不管是荷花淀里和芦荡深处的渔民，还是平原上青纱帐中的农民，人人都能哼上几句，老调是让燕赵大地男女老少笑逐颜开、忘了烦恼、豪气十足的腔调。它沿着河逆流而上，流传到保定、安国、沧州、石家庄等地方。它的故事多悲烈，唱词爱憎分明，曲调高亢委婉、荡气回肠，这样的曲调演绎出的戏曲故事，让世世代代土里刨食、地窨子里度日月的孟尝村人像对宗教一样虔诚。父亲念叨，过去老调有很多出戏：《常小打鱼》《调寇》《杨金花夺印》《铁关图》《战马超》……我印象中，我们村剧团排演了《秦香莲》和像电视连续剧一样长的《呼家将》（也叫《忠烈千秋》）。歌颂的是忠臣良将，救世的英豪，可以说，老调在一定意义上，是大字不识几个的孟尝村人的《论语》和《心经》。

孟尝村人对老调的喜爱，我一言难尽。反正锣鼓一响，饭碗一推，一边擦嘴一边往外跑，饿着肚子也要看老调。簸箕编到中途是不能停下的，会前功尽弃，为了老调也顾不得了。我现在想，也许老调就是老辈人种下的“蛊”，让后辈爱恋、痴迷、失魂落魄，甚至改变人生。村里的老调剧团成全了几个好苗子，在计划经济时代，能变成一个吃商品粮拿国家工资的人，是很多人梦寐以求的事情，老调在无意中成为少数人进入城市的梯子。如果没记错，有五个学员通过老调彻底告别黄土地成为城里人，也有人因为学唱老调找到了好姻缘。他们中，独独喜欢老调的亮却殉了命。

二

亮在这个世界消失了三十多年。孟尝村的小孩子，没有一个名字带“亮”字的，只怕沾了他的晦气。

村子里成立老调剧团时，我正读小学。三叔在里面当板胡师，我自己又十分喜欢戏剧，每天放学都会看很久。夜幕笼盖村子时，总会响起亮的娘的声音：“亮！回家吃饭来……”亮没贪玩，他痴迷老调，家里太穷学不起。亮每天起得比鸟还早，为了打满筐的猪草；睡得比狗还晚，为了帮他娘刮柳条根、打麻绳。不能耽误哥哥们编簸箕，卖钱换粮食，给爹看病。亮拼命地干活，挤出时间看老调剧团的师傅教戏。

谁也说不清剧团的师傅怎么发现了亮的天赋，也许是亮背着草筐仰着头模仿的那几句老调，或者是他看老调痴迷的眼神。反正是别的孩子学戏自带口粮，一个月还要交两元钱学费，亮只要交上粮食就可以免费学戏。

当时，剧团和学校在一个大院子。学校在院子西头的青砖平房里，老调剧团在院子东头大队部的红砖瓦房内。朗朗的读书声和高亢的老调在村子上空交响，这也是孟尝村最美妙的希望和风景。晨起和傍晚，袅袅的炊烟中，亮和剧团的孩子们一起吊嗓子，翻跟斗，舞枪弄棒……剧团的师傅对亮赞不绝口，一把黑纸扇不停地忽闪着，大声地吆喝别的孩子，“都跟着亮学，都跟着亮学”。我也想学老调，可是我在人前说话都脸红，体育课的鞍马我也不敢跳，连学老调最基础的下腰、踢腿都不会，家里也没钱供我学，那时候我家还串房檐子住。我常常会趁家里没人，插上院门，再插上屋门，披上娘珍藏的红包袱当大氅，掐来台阶边盛开的大粉色蜀葵花戴在鬓角，对着镜子咿咿呀呀比画几句，陶醉在老调的氛围里，或者说老调剧目中英雄忠义的基调里。

“亮是棵好苗子。”剧团的师傅总是赞不离口。天赋和勤奋，亮哪点都顶呱呱，他真是唱戏的好苗子，只要亮站在大堤上喊一嗓子，叫得正欢的喜鹊和百灵鸟都会停下。乡亲们扛着锄头从地里回来，亮精彩的唱段是他们解乏的灵丹妙药。别的村种庄稼养家糊口，我们西孟尝村不仅组织了建筑队在天津干工程，还建起了方圆数十里唯一一个村建剧团，是要靠老调剧团干一番事业哩。

有一年过年，剧团开戏了。粉色的、绿色的戏票是使者，牵着十里八乡的人们拥进了西孟尝村，家家户户喜盈盈地包饺子、熬大锅菜待且（当地话，指款待亲戚）。这阵势，总让我觉得穿越到了两千年前的春秋战国，那时候孟尝村大概还不叫孟尝村，可是大名鼎鼎的孟尝君住在了这里，各地的谋士或者乘船顺着潴龙河来投奔他，或者骑着快马奔到他门下。传说，孟尝君招待宾朋的淘米水聚而成洼，多年不曾干涸。就在中孟尝村的村中央，一个大水坑存在了好多好多年，我总感觉这就是孟尝君留下的淘米水洼。可是这个也许有两千年历史的大水坑，也在近年给平了，坑周围的几座庙早没了踪迹。

在“锵切……锵切……锵切锵切……”的锣鼓声中，亮跨马、握枪、踢腿、手抚雉鸡翎亮相，干净利索。厚底的靴子走得稳稳当当，银白色的盔甲战袍，护背旗舞得虎虎生风，活脱脱一个古代的白袍小将，一个威风凛凛的大英雄。台下的乡亲们交口称赞，咱村的剧团要火了。《忠烈千秋》中威猛的小将呼延庆，《秦香莲》中正气凛然的黑脸包公，亮个个拿得起放得下。尤其他的老生唱段，浑厚豁亮，无人可敌。亮唱得好，我的脸上似乎也光彩，亮姓刘，我们供奉的是同一个从山西迁来的老祖宗。

孟尝村人以往枯燥的日子，因了剧团变得有滋有味，村外的潴龙河，因为老调变得清澈多情。大暑小暑淹死老鼠，汛期来了，潴龙河涨水了，村子里以生产队为单位开始修堤，填老鼠洞、兔子窝，加高加固土牛（大堤上靠河一侧高出来的土墙），剧团的学员也跟着一起干。帮着拉车的亮，长成了一个肩膀宽宽的青年，白净净的脸上淌满汗水。有人喊：亮，来一段老调吧。"孤身舍死留秦廷，暂忍怒火章台进，刀枪剑戟摆列成林，秦王高坐假恭敬……"亮唱得有板有眼，正气凛然。学校的张老师常常和剧团的师傅交流几句，亮这孩子上学也是块儿好料子，没想到戏也唱得这么好。师傅呵呵大笑，"天生唱戏的料！"刚上学时，"文革"刚结束，游行时领着我们喊口号的也是亮，他的嗓子宽厚，绵长，像村外流淌的潴龙河水。

本以为唱戏会成全亮，会改变他穷苦的命运。我没料到的是，年年要防洪的潴龙河居然会干涸。先是由肥到瘦，然后季节性断流，再往后像一条翻着白肚皮的鱼，露出满河滩白花花的沙子，大风吹过来，沙子随风飞舞，整个河道昏天黑地。那条渡船，因为没有河水的滋润，慢慢地开裂腐朽，不知道去向。也许变成了村里某户人家灶下的一堆火，只不过蒸熟了几锅山药。随着潴龙河水的逐渐干涸，老调也几乎销声匿迹了。

三

农家院落随处可见的蜀葵，得雨就疯长。这老调就是俗世里的花，满台子都是烟火味儿。这花开在田间、河畔，也开在小巷、炕头、地窨子里，只要有人在，就有老调的影子和气息。我有几个小伙伴们在剧团学戏，灯光照在戏台上，原本灰头土脸的乡下丫头，俨然千金小姐的模样，身着绫罗，满头珠翠，袅袅娜娜，戏唱得有板有眼，还会十八般武艺，最让我羡慕的是，她们和剧中的大英雄结为姻缘，一起跨马挥刀保家卫国。台下的她们也仿佛被注入了神奇的力量，胸脯高耸着，走路不再低垂着头，仿佛踩着老调的鼓点，满脸都是动人的光泽。其实，小时候看老调，我更多的是想自己的心事和未来。

大队的大喇叭，经常播放老调《忠烈千秋》："怀正气坦荡荡步上龙庭，保忠良，扶大宋，锄奸党扫谗佞。哪怕这金殿杀气重，我舍死忘生。呼家将世代忠良保大宋，抛头颅洒碧血，气贯长虹……"冒死直谏，声如裂帛。我似乎看到了大宋边境告急，却奸佞当道，为保忠烈之后，老丞相血洒金銮殿，老太君临危不惧，舍命保忠良。此情此景，让人血脉偾张。我那时候对老调的痴迷，是少年的小心思，我敢说老调是成年人寄托灵魂的地方。不信你看我的老父亲，听起收音机里的老调，脸上都有了神采，手随着鼓点摇摆着，一字一句地跟着收音机在唱。一下子好像回溯到我的少年时光。

老调盛行的岁月，那些劳累了一辈子的老人，三五成堆地聚在一起，靠在干枯的棒子秸上，牵着孩子的手，晒着太阳，听着老调颐养天年。他们身故后还算幸运，有老调给他们送葬。我不清楚老调剧团在村子里坚持了多久，反正后来死去的人，再没老调送葬了。

这些年，电视、流行歌曲、手机都成了老调的杀手。年轻人不再有兴趣围着老调转了，只有老人们还恋着她的气息。过年也再没有人组织剧团演出，那些流光溢彩的戏装、珠光宝气的行头、明晃晃的刀枪都收纳到了箱子里，长年见不到日月，老调的英雄气质也散了。后来，老调衰落到十来个人凑一个草台子，在丧事上应景似的唱一出戏，演员们穿着平常的衣服，一人在一台戏中分别饰演几个角色。这让本来就悲凉的腔调更多了悲凉的韵味。老调啊！如今组织一个草台班子都不易了，没有年轻人对老调感兴趣。当年那拨学员，也都在五十以上的年纪，拉板胡的三叔快古稀之年了，没有戏剧大环境的润泽，老调枯萎了，和它相伴数百年的潴龙河也名存实亡，这是多么悲哀的事情。那些五彩行头早不知道流向了哪里，也许被虫蛀了，也许被时光收回去了。

潴龙河干涸了，这是任谁也改变不了的局面。人们也曾诅咒这条河，它虽然平时水量不大，但却喜怒无常，常常由着龙的性子胡闹，孟尝村人没少吃它的苦头。当然，不争的事实是，它确实也润泽过岸边的土地，哺育了孟尝村人。蛤蟆洼北头不远就有一个扬水站，河水也曾温顺地在柴油机声中，不疾不徐地流到园子里，丰满了麦子棒子的籽粒，也丰满了北瓜茄子的脸。平时人们尽可以卷起裤腿蹚着水到河西干活，如果赶上水大的年头，收庄稼就要绕道潴龙河大桥，往返足足有五十里。不说走路去干活，就是坐拖拉机去，也要在大堤上颠簸很久。河北岸的地，临河却无法解渴，只能种一些耐旱的高粱和大豆，风调雨顺也保证不了收成，河北岸的人总是盯着这些赖以活命的庄稼，看青的窝棚也是那时候的一景。辛辛苦苦种下去，风风雨雨伺候着，到收获的时候，满地都是东倒西歪的高粱秸儿。盼了半年的高粱穗，都被贼弄走了。孟尝村人心里窝着一口气，那些长得不好不赖的庄稼，仿佛也成了罪人。亮在这时候成长为一名看青员，夜晚，凫水到河北守护庄稼，一边巡逻一边唱老调助威。有时候，老调《秦香莲》中铁面无私的包拯的唱段，会隔着河传过来，传统的老调竟然是庄稼的保护神。

如今潴龙河道也产好庄稼，比如长果，比如麻山药，还有更金贵的党参、天麻等药材。潴龙河比有水的时候更体现了价值，它白沙沙的肚皮披上了绿衣裳。二十世纪六七十年代根治了海河，各条河流的上游也都修起了水库，洪水很多年没有泛滥，但是十年九旱成了常态，地下水极其匮乏，机井越打越深，浅一些的机井都报废了，那些空空的枯井，一个个敞着井眼像是在问天。

四

我小时候，谁家都不富裕，可是亮家更穷，饿肚子是常有的事。老辈人说“半大小子吃死老子”，此言在亮家更是屡试不爽的“真理”，亮兄弟四个只有大哥成家，还串房檐子住。二哥三哥老大不小了还没讨媳妇。亮他娘身大力不亏，走路一阵风，忙完队里的活计，抄起家里的针线，还要操心一家五口的一日三餐。亮的爹是个药篓子，两个锁骨窝深得能盛下一小碗水，他喘息的声音“鼓哒鼓哒”的，盖过做饭的风箱。亮他爹的肺心病需要长年吃药，家里打草编簸箕挣得有数的几个钱，用来买药都不够。三间长满青苔的破房子，半截子土墙圈着一个小院子，几只鸡蹦跶着。三个小子出出进进，多子多福只是个传说。

亮家穷并不是人懒，那就是一个难吃饱的时代，传统落后的农耕方式改变不了贫穷的面貌。和大多数孟尝村人一样，亮全家人都很勤快，春夏秋跟着生产队干活，冬春农闲时，偷偷钻到地窖子里编簸箕，换粮食度日。土地贫瘠，人多地少，这是孟尝村人的一条活命之道。亮哥儿几个长得一表人才，但是因为太穷，媒人不登他家门，喜鹊也不停他家的大杨树。亮他娘敞亮，总是笑眯眯的，说这喜鹊也嫌贫爱富呢。等俺亮学成了，看媒人们不登破俺家的破栅栏门。

可亮他娘的心愿，却未能实现。不记得因为什么变故，亮不能再学戏了。应该是亮爹去世拉下了饥荒，也许是亮家人觉得唱戏也改变不了啥，家里还是穷得叮当响。或者是亮自己放弃学戏了，饭都吃不饱，唱戏有啥用。听说，剧团的师傅再三挽留，甚至免收亮的口粮。亮离开剧团那天，老天也怜惜地闭上眼，阴沉沉地压得人喘不过气来。大院西头的张老师抬头看看天，叹息一声。东头的剧团师傅摇了摇头，长出一口气。闪电携着雨往地上泼来，铜钱大的雨滴砸起一串串尘烟，瞬间成河。亮闪电一样消失在雨幕中，从此和老调成为陌路。谁也不能预测亮后来的命运，也许学老调会救赎亮的生命。

亮不学戏了，剧团的戏一下子很零落。没有亮的戏班，仿佛鱼抽掉了脊柱骨，再没有了精气神。后来，师傅又招揽了几个唱功和武功都不错的学生，剧团又坚持了几年。那个嗓子和武功远不如亮的小生演员玲，没多久和几个尖子演员一起考上地区老调剧团。这个小剧团更没了灵魂。我常常想，如果亮坚持学戏，说不定他也会被录取。人生命运就是这样捉弄人。

剧团剩下一堆小学员，尽管戏台越来越气派，雪亮的灯光照在演员们崭新的行头上，闪着耀眼的光，剧团的演出却还是少了些喝彩。常常是演到半场，就有人连连打着哈欠，也有人看着看着觉得没意思抱着孩子离去，一些年轻人，只是把戏台下当成了谈恋爱的场所，对戏台上的唱念做打一点都不感兴趣，只是在戏台上有精彩的唱段时，趁周围人不注意，偷偷地拉一下心上人的手。而这些，是亮再也见不到的场面。剧团成全了三对新人，才貌双全的亮与老调无缘了。我一直不清楚亮在剧团有没有心仪的人。

有人说，剧团的演员就像园子里的韭菜，割完一茬还会冒出一茬。可是村里的剧团自从亮走后，再也没缓过秧来，一群娃娃学员再也没展示出老调应有的风采。老一拨儿的学员或者结婚生子，或者回到村子里种地，继续老一辈的生活，也有的觉得不如编几个簸箕来钱快，一头钻到地窨子仿佛要与老调绝缘。只是在编簸箕劳累了，站直身子，伸展腰肢，在地窨子里吼上几句老调，“金牌宣来银牌调……”会徐徐地从地窨子狭小的窗口飘出来。如果没意外，也许这就是亮未来最正常的生活。

后来的一切一切，似乎都与剧团有关，又与剧团无关。分田到户，衣食无忧了。过潴龙河往北，离孟尝村二十多里有个新兴镇，改革初就利用村子里人工纺腈纶的市场资源办起了毛纺厂，潴龙河北岸的人纷纷背着新兴出产的腈纶线、腈纶毛衣走向大江南北。这其中就有亮。在交通不发达的二十世纪八十年代，进山是一件很不容易的事儿，尤其对于一个生长于平原，还要背着沉重的腈纶货爬山的人。茫茫大山人烟稀少，忍饥挨饿一准是家常便饭。离大山近了，离家远了，离老调更远了。幸运的是，亮在做腈纶小买卖的时候认识了一个女孩子。

五

外科总是很忙碌，疮痈、阑尾炎、胆囊炎、子宫肌瘤的患者很多，手术一台挨一台。那时已是一九八五年，我在蠡县医院实习。有时候，还会突击来一批做结扎手术的母亲。

一天半夜，急救室来了一个奇怪的病人。说“来了”有误，是七八个人慌慌张张地抬来，鲜血滴到地上，像一朵朵触目的花。听家属口音是我们河对岸村子的。这个病人脖子都是软绵绵的，脑袋耷拉着，像一个纸糊的人，她的血染红了一整床被子。吸氧、静脉切开、给液，同时打通了四个输液通道进行抢救。一瓶一瓶红色血浆、无色营养液流到这个病人身体里，石沉大海一样。所有的抢救措施都上了，都没能留住这个人在世上。她像一棵枝繁叶茂的大柳树，没等秋天来临，还没来得及变黄，只在医院病床停顿了一下，就骤然坠入了忘川河。这是我第一次面对一个逝去的人，而且是一个非正常死亡的人。这在我十八岁的天空，留下了永恒的阴影。

交接班，科主任的声音很近又很远。长长的抢救经过……一个人死了。外伤失血性休克……死亡。我的心里只有这句话。护士姐姐们惋惜着一个人的生命。她们问我，亮是你们村的，你认识吧？

亮！我认识啊，我们是一家子呢。

他杀人了。昨晚那个女人，差点是他未来的丈母娘。

孟尝村素以广招天下英豪的孟尝君为荣，至今流传“孟尝君子店，千里客来投”的义名。孟尝村人厚道，多少辈也没出过杀人犯。这不仅是桩人命案，更是对整个孟尝村的亵渎。

我的脑子不听使唤了，好像不是我自己的。我看不到自己的脸色。我拼命地还原、拼接，所有的影像却被无情地撕裂、粉碎。亮的样子一会儿清晰，一会儿模糊。他怎么会杀人？他为什么要杀自己未来的丈母娘？他是个多仁义的孩子啊。亮比我大，按辈分称呼我姑姑，很多调皮的本家侄子不肯叫我姑姑，因为我和他们的年纪差不多。亮从不，他对我的恭敬，就像我见到识文断字的本家大爷爷。

听说亮是自首的。他不学戏了，跟河北岸的人搭伴一起到外地卖腈纶毛线、毛衣。他常常照顾一个也喜欢老调的姑娘。在一起的时间长了，两人相爱了。他长得好，人勤快，也赢得了未来丈母娘的欢心。可是，亮这几年攒的钱，都帮家里还了账，拿不出彩礼钱。那个还不算老的丈母娘，硬要姑娘嫁给一个富裕些的人家……喜剧的开始悲剧的结束，这就是亮的遭遇。

人生如戏，是祖宗留下的谶语，在亮身上又得到了验证。

六

我对老调的记忆，带有很多过滤后的成分，她印证着我的少年。我看她像美丽华贵的牡丹花，其实她至多不过是庄户人家里最常见的蜀葵。老调就是当地的草台班子，逢年过节祈福和婚丧嫁娶祭祀才能一显身手，老调的艺术殿堂就在村头巷尾。那些慢悠悠的咿咿呀呀，我也是耐着性子听下去，吸引我的是五彩的行头，是一招一式的拳脚和刀枪的演绎，是那些英雄儿女情长的缠绵和英雄陌路时的峰回路转，我常常被戏台上保家卫国的英雄们所感动。我的家乡保定，正处在宋辽时期两国交战的地段，离县城不远的大宋村，还遗留着大宋台的遗迹，传说是穆桂英的点将台。老调起于元盛于清，我想她正是汉族人对异族入侵的反抗和对英雄精神的展示。这片热土，春秋时期隶属燕赵，秉承的是烈烈的慷慨之风，老调承载的英雄气质，契合当地人的英雄情结和基调。我至今也分不清老调的头板、二板、安板、起板、拨子板、送板……但不影响我喜欢它的韵味，老调是我认识世界的一条途径，我的血脉里流淌的是老调的声音。

我在县城工作的时候，每天都要经过潴龙河大桥。桥的西头，当时是一片开阔的沙滩，也是公检法部门枪毙人的地方。每年秋后，这里都会滴上一些血迹。亮生命的最后一刻也在这里。如今，这里种上了大片高收入的麻山药。

前年春节，天异常暖和，小侄女儿陪着我站在昔日高大的潴龙河大堤，昔年繁茂的老柳树、唰啦啦响的大杨树早没了踪影。大堤上用以防洪水的土牛也消失了。读高中的小侄女儿，生长在潴龙河畔，居然没见过潴龙河奔腾是什么样子，更勿说河上的渡船和村里的老调。

我告诉侄女，潴龙河里有水的时候，有很多叫不上名字的水鸟，最常见的是水鸡，也有见到人飞得远远的野鸭子，我还见过白琵鹭。每年秋后，有成群的大雁咯咯叫着落到河边歇脚。河滩上长着一丛一丛红荆条，红红的秆，细碎的叶子，开着细碎的小粉花，这是好柴火。红荆条边，常常有癞蛤蟆叠成的花花罗汉。蛤蟆洼里年年都演“竭泽而渔”的活剧。咱们河里的鱼啊，白水炖都鲜得要命。把脚伸到河水里，小鱼儿会亲吻你。我还在河蚌里找过珍珠。青蛙和癞蛤蟆的卵，像黑珍珠项链，一串一串地缠绕在水里的蒲草和水萍花秆上。水萍花啊，“水萍花、稗子草，长流水，断不了”，现在见不到蒲草和水萍花了。蛤蟆洼也没蛤蟆啦。只能种蔓菁和豇豆的老堤，也被人们盖房子垫房基挖完了。

潴龙河和老调，似有着同样不可逆转的宿命。

《蠡县志》上载有《孟尝怀古》“七国争延天下贤，朱门独有客三千。戒心已出崤函早，相业终为海岱传。野鸟数声林寂寂，泏河一带水涓涓。豪华既出黄封在，翁仲遗虚草接天”。沧海桑田，黄土掩埋了英雄们的足迹，但英雄的气概一直在老调沧桑的音韵中在潴龙河两岸唱响。

潴龙河成了一个符号，水边生长了一辈的人把老调带到了坟墓中，老调几起几落，最终成为记忆里的切花，一个时代终结了。亮消失了，既是生命个体的偶然，也是人性的必然。我相信一条河，一座村庄，一个剧种，一个人，一定存在着我捉摸不透的秘密和因果。

葫 芦 船 渡

一

家门外的蜀葵，蹿了快一丈高，粉白、玫红的花开了一枝又一枝，早谢花的已结出了碾盘状的籽，对叶梅没心没肺地开得热闹，没见到往年爬到墙头上的葫芦。爹说，今年没给你们种葫芦，面带歉意。我笑了，说不种就不种吧，现在嘴里又不缺啥。

娘种过很多年瓢葫芦。这种葫芦可以做舀水、舀米面的瓢，不仅轻巧随手，还不用花钱置办。葫芦结很多籽，拿起来沉甸甸的，一摇晃，声音沉闷。娘留好来年的葫芦籽，多余的，年节时炒了，掺在长果里，让我们嗑着吃。在昏黄的油灯下嗑葫芦籽，会误以为是南瓜子，比长果豆香。娘走了，爹成了娘，负责弟弟家的一日三餐，还在院子里外种花种菜种葫芦。每到夏秋时节，葫芦们在叶子里忽隐忽现，有的大如篮球，有的不足两寸。面对这群葫芦，有时候我会发呆，圆圆的葫芦中藏着娘的气息。

这葫芦，对于我，就有了亲人般的情感。

带毛的植株，近乎圆形的带毛的叶子，带毛的花蒂上开着白花，雌花下面带着毛茸茸的小葫芦。小葫芦喝着风长大，在时光中，在风雨里，绿色的葫芦渐变成土黄色，在篱笆上荡秋千。后来，水瓢换成白铁的、铜的，大圆葫芦就少见了，爹照旧在院子里搭架，种几棵丝瓜几棵裂瓜几棵葫芦。丝瓜做菜，成熟的裂瓜金色，咧着嘴，露出里面红乎乎小乌龟形状的种子，赏心又悦目，而小药葫芦呢，在架子上晃晃悠悠，煞是好看，过年的时候，爹留下些葫芦籽，其余的都给我们炒了吃。

葫芦，唤醒了我的葫芦记忆。

二

我有个“葫芦大大”，我一个人的大大。他和父亲是同族兄弟，年龄却和我的奶奶是一代人。

我不记得为啥要叫他大大，我的妹妹弟弟都叫他福禄大爹，也许是我小时候嘴拙，叫不出福禄大爹几个字吧。比父亲年纪大的，同族的人，我们都要叫大爹，村里的乡亲我们喊大伯（音 bai）。

葫芦大大的大名村里人是知道的，好些人还是调侃地喊他葫芦。

葫芦大大小时候读过私塾，几年下来却连名字都不认得。据说私塾先生气急了，点着他的大脑袋说：“你真是个不开窍的葫芦啊！”可是，葫芦大大大字不识一个，却无师自通地学会了打夯歌，慢板、快板、扭板，信手拈来。一人粗的石头碌碡在他的打夯歌中，有节奏地飞起来又落下去。“正月里正月正，白马银枪小罗成，一十二岁把登州打，夜打登州救秦琼！呀吼嗨。二月里来龙抬头，梳洗打扮上彩楼，公子王孙她不打，单打平贵花儿头，呀吼嗨！三月里三月三，王母娘娘坐法船，船帮船底檀香木，珍珠玛瑙玉石栏杆，二十八宿来拉纤，王母娘娘坐上边，呀吼嗨……”

打夯歌，也叫打桩歌。看似循环往复，简单易学，但唱好却不是易事，不仅需要领唱的人声音洪亮，还要有随机的幽默，可以即兴换词。既要吸引人，又要有号召力。真不知道葫芦大大是怎么做到的，也许真的存在天赋神助一说。

爹说，你葫芦大大干活不惜力气，谁家有活都去助工，不挑活计，苦累都不说，就是干活潦草，耪地落了个外号“草上飞”。别人耪地，是前腿弓，后腿绷，左右腿交替着前进，锄头对着草狠准，没草的地方也要耪一下，葫芦大大干活快，一推一拉，连蒙带盖，总是领头往前冲，他耪过的地看着挺干净，没几天又出来一层小草。

葫芦大大是生产队的饲养员，长年赶大车、春耕、秋耕、送粪、拉庄稼，牲口喂得好。每次干活歇息的时候，很多人会掏出烟叶子裹一根抽抽解解乏，葫芦大大从来也不带烟，他也无烟可带，每天都凑到有烟的人面前，眯着眼，可怜兮兮地说："借光抽一支，抽一支……"为此，没少受乡亲们奚落或抢白。他点头哈腰，一副谦恭的样子。

谁让葫芦大大有个傻儿子呢。他家的园子里，只种些产量高的应季菜白菜萝卜西葫芦等。小葱啊，大蒜啊，韭菜啊，豆角啊，洋葱啊，土豆啊啥的我家都有，爹也种过烟（草），陈年大炕坯做底肥，搭畦背，烟（草）就种在排水良好的畦背上，嫩绿色的烟叶子又长又大，花很美，嫩粉色，细长喇叭形。烟（草）大概算是计划经济时代的奢侈品，葫芦大大家地里从来没种过。我家和他家的园子相邻，娘每年都要搭架子种黄瓜和葫芦，架子下面还要撒上一些茴香籽，八月十五的时候，可以吃茴香馅饺子。葫芦大大家有的年头种葫芦，有的年头不种，挤出地多种粮食。大大家种葫芦的年头，每到收葫芦的时候，他前胸后背挂满葫芦，笑眯眯的，活像赤脚大仙。

奶奶家栅栏门外，是一棵我一个人搂不过来的大槐树，西边的空地上，长着一圈柳树，正对葫芦大大家西屋有棵开满粉绒花的绒花树，那时候我不知道它叫合欢。大槐树枝叶繁茂，有一些树枝伸到了葫芦大大家低矮的房顶上，每年槐连豆（槐角）成熟了，奶奶吩咐叔叔们打下来做菜，槐连豆是黑色的，带着几乎透明的半个环，味道不记得好吃，大概就是当咸菜，聊胜于无吧。打槐连豆的时候，葫芦大大家的傻哥哥也捡拾一些，带回家。槐连豆皮也舍不得丢掉，用水泡软，拔掉苦味，掺上棒子面煎成糊饼，当饽饽吃。

我一点也记不起葫芦大娘的样子，也许我压根就没见过她。前任大娘，据我爹说长得特漂亮，被炮楼上的伪军看上了，抢了去，要葫芦大大离婚。葫芦大大一万个不愿意，没答应。结果被伪军们打了个半死，无可奈何，按下了离婚的手印。人将近一年才缓过神来。后来才娶了傻哥哥的娘，一口气生了五个儿子。半大小子吃死老子，是真理啊，葫芦大大没计划，怎么行。

如果依着性子种烟（草），会让本就稀汤寡水的日子更难熬。我记事的时候，他仅剩下三个儿子。

在河边打猪草时，我喜欢在小河底玩耍。那些茂盛的香附和地梨总是吸引着我。香附是中药材，猪不吃，茎三棱，顶端才长叶子，它的花穗很奇特，花绿色不起眼，但谢了花的花穗像棕色的小狗，我也挖香附的根，只为好玩。与香附相比，地梨更让我们动心，地梨的根很长，不知道在哪里有个隆起部位，就是地梨，黑色，也带毛，比香附根短小，用河水洗干净，咬开，真甜，像甘蔗的味道。葫芦大大每次见到我，都叮嘱我，不要到河里玩耍，小心淹着，等等。我知道他总是特意绕到我玩耍的地方叮嘱我，他走了，湿漉漉的河底，留下一行大大的脚印，一会儿，有水溢满脚印，像一串交叉的小葫芦。

我在大坑边的水簸箕沿上，啃茼麻籽吃的时候，葫芦大大和他的傻儿子也坐在水簸箕沿上，我送给傻哥哥一个。傻哥哥不住地傻笑，葫芦大大也笑，笑着笑着，却叹出了声。

葫芦大大命苦，没赶上好时候。他去世的时候，灵前只剩一个儿子。葫芦，福、禄，葫芦大大一样也没占。他灵幡上的白花，和葫芦花一样白。

三

我家种葫芦，却从来不吃葫芦，小时候我也没见过瓠子。还是在宁波，发现当地人卖嫩葫芦，用葫芦做菜或者煲汤。走在村里，时不时地会看到有葫芦藤、丝瓜藤爬到砖墙上，白色的葫芦花和黄色的丝瓜花亲昵着，大葫芦毫不掩饰地垂着，小葫芦也不示弱，调皮地探出头来，豆角架上结着瓠子，瓠子炒着吃挺不错，是夏季餐桌上常见的菜了。乡亲们给小葫芦叫药葫芦，神话里的铁拐李的法器，药葫芦也作腰葫芦。

这是以形命名。这种小葫芦主要是观赏用，大概现代人也没有多子的观念了。

村里发小洪军的奶奶爱种葫芦。人多的人家，水瓢坏得快，图吉利大概也是奶奶的心愿。洪军的发型，头顶是葫芦头状，后面还留着一个和红头绳编到一起的麻花辫，小尾巴一样拖在脖子上。洪军的爹是“墓生子”，烈士遗孤，奶奶珍爱眼珠子一样呵护着洪军。七岁大的洪军上一年级了，回家还要撩开他娘的衣襟吃几口奶。洪军是带把的宝疙瘩，上面有七个围着他转的姐姐。

吴家这一脉的传承就交付在洪军身上了。

洪军不够结婚年龄时，父母就张罗着给他娶了媳妇。媳妇是农家的女儿，长相一般，但贤惠善良。很快他们家生了一个儿子，奶奶到死都是欢天喜地的，她完成了心愿。老人家年纪轻轻守寡，就是为了吴家的血脉得以繁盛，洪军生了儿子，她终于可以没有遗憾地给早早牺牲的老伴有交代了。

洪军是老小，他的父母也先后故去。生老病死，乃自然规律，悲伤难免，但是来日方长。他的儿子很争气，考上了大学，并在某市参加了工作，不知道为啥，辞职回家，喝农药死了。有人说，这孩子觉得上了大学也找不到好工作，有的说，因为在市里买不起房子……他家的事儿，我也是粗略知道这些。

前些日子，我回老家，听到了二踢脚嘣嘣的声音。爹说，洪军给他儿子结阴亲呢。我一愣。爹接着说，听说女的很有出息，在深圳买了房，挣钱很多。才三十多岁，不知道为啥寻了短见。倒是和洪军的孩子挺合适。可是花四五万块钱给孩子结阴亲，管用吗？

爹自顾自地说了几句。然后接着说，唉，做父母不容易，寻个安心吧！

我无法揣测洪军两口子的想法。洪军开翻斗车、种地，挣钱不易，他的相貌苍老得像五十多岁一样，远比实际年龄老迈。儿子喝农药离世，给他的打击肯定是致命的。

听看过洪军儿子“婚礼”的人说，“新媳妇”由一个半边红半边白的灵幡引到吴家坟上，陪葬了很多纸糊的现代时兴的家用电器，还有纸糊的汽车和楼房，和先死去的洪军儿子合葬在一起。场面很隆重，和活人结婚差不多，请了好几桌人吃饭。可是这饭怎么往下咽。洪军两口子是高兴还是难过，我不知道。也许高兴吧，给孩子找了个同样有知识的伴侣，最关键的是儿子可以入祖坟了。但夜深人静时，洪军两口子是不是也睡着了？

我心里不是滋味，瞎操心。我纳闷，这葫芦有诸多的美好象征，可是终究改变不了人的命运。洪军奶奶种了那么多年的葫芦，毕竟只是实用性和美好意愿的结体。

葫芦船，泅渡的命运和人生各不相同。

四

去年，院子里的葫芦藤爬到西墙，和西邻的葫芦藤纠缠在一起，分不清你我，好几个大瓢葫芦吊在墙边，有一个恰好骑在墙头上，不知道哪棵姓刘，哪棵姓夏了。

葫芦于我，藤蔓一团，也总是纠缠不清。

去沈阳的火车上，我带着宋兆麟先生的《古代器物溯源》，里面的“葫芦船”，瞬间激活了我对葫芦的认知和记忆，原来，惠子对庄子所说的“腰舟”就是葫芦船！

腰舟有所闻，却没有见过。

从沈阳回来，路过大凌河，河上很安静，没有任何船只，白云映在河面，葫芦船远去了。列车突然报站：葫芦岛。原来辽东也有葫芦船，山东长岛的居民曾抱着葫芦，从一个岛游到另个岛，最后游到辽东。

葫芦船，如此古老，又如此新奇。闻一多先生曾就史传的四十九个洪水故事进行过研究，洪水传说时代，救生的工具主要是葫芦和瓜。

河北新乐的伏羲台遗址，有始祖兄妹骑在葫芦上的画面，房顶没在水中，洪水呈鱼鳞状绵延不绝。在南方的徽县，也有伏羲和女娲借助葫芦船得以逃生的传说。七千年前的河姆渡新石器时代遗址，挖掘出了人工栽培的葫芦皮和葫芦籽。关于葫芦的起源，也和水稻一样是多元的，不局限于某地专利。葫芦是古老的物种，嫩葫芦是人类祖先的食物，老葫芦是最初的容器，它们远比陶器来得容易。巧得很，在新乐伏羲台边，有个同期的遗迹叫葫芦头。

葫芦，福禄也，古人多有葫芦画传世。我曾编发过王祥夫先生的《福禄甜蜜图》，内容摘录如下：“齐白石老人一身中式打扮，挂着根很漂亮的杖，胸前戴着一枚小葫芦，葫芦也常在白石老人的画里出现。葫芦发音接近“福禄’，其意义便在这里，如果再画几只小蜜蜂，那便齐全了，是福禄甜蜜。”这幅画上，两枚黄色大葫芦泛着写意的光，葫芦藤简化为几个竖排交叉的墨色线条，葫芦叶墨迹更淡，但极有韵味，右边留白处是一只工笔小蜜蜂，右上方钤一印，对角是题款“珊瑚堂”，先生名字钤印在其下。中国画重境界和寓意，葫芦可以承载美好的意蕴，葫芦造型或葫芦花纹的各种器皿，也早已深入到人们的生活。

多年来，我一直追逐着葫芦的传奇。海南岛的黎族，是制作和使用葫芦船的高手，每家每户都有葫芦架，大大小小的葫芦挂满架子。在交通不发达的时期，大葫芦是黎族老乡出门的工具，腰里挂着的葫芦，用竹篾或者藤子编制的网罩着，有的有提梁，便于过河时操作。这种几近原始的渡河方式比想象的要美。有的葫芦船，可以盛衣物和干粮，风吹浪打都不怕。更为稀奇的是，这种海南岛上的葫芦，可以直接切割一块炒菜做汤，缺损的地方照长不误，葫芦真好养活。这也契合葫芦寓意生殖、多子的传说。

我想，寻常日子，寻常人家，葫芦也是寻常之物。它属于植物，也归于物质，但它所承载的图腾般的意义，在现代文明里淡了。也许现代人有驾驭自然的能力，不再需要敬畏自然。葫芦的三个功能，只剩其一，作为容器、浮具的功用已丧失，只作为食物存世。哦，还是玩具和藏品。家里有一对小葫芦，一个烙着松鹤图案，一个是福字。另外一个微型小葫芦，已盘出了包浆，滑溜溜的。

也许我生命中确实和葫芦有很深的缘分，写作这篇《葫芦船渡》时，恰好南方的朋友邓君带着未成年的儿子来石家庄，千里迢迢的，居然给我送来了两个葫芦。一个有一尺高，雕刻着绿色的装饰花纹，下面是观音菩萨图案，余下的地方刻着《般若波罗蜜心经》，红色镂雕底子，配着葫芦的底色，精雕细琢的。小的一寸有余，刻着一头神气十足的牛，背面是“出入平安”四个字，颜色像檀木，我仔细看，原来是木雕的葫芦。我喜欢这份美好的赠予，他们父子俩怎不是一对葫芦呢，隔山隔水，却因机缘渡了过来。

葫芦，让天涯变成了咫尺。

葫芦的种种景观，映照了人类前行的痕迹；葫芦与人类交织抵牾，人类能够随着葫芦泅渡到各自的彼岸吗？

我的出生地潴龙河地处平原，河面宽阔，流水大多时候平缓，人们挽起裤腿，就能蹚过去；水大时，男人可以凫水过河，女人有渡船往返。渡船腐朽后，拖拉机派上了用场，人们尽可以绕行数十里收割河对岸的庄稼。我也曾在潴龙河下游，乘坐过用旧轮胎和木板扎制的简易筏子。家乡人早忘了腰舟这种原始的渡河工具，近三十年来，潴龙河已成无水之河，更无缘见识葫芦船了，又何能随着它漂向更远的水域？

而每一个人故乡的河流都在消退，走向干涸……

葫芦船，来自远古，福泽人类数千年后，消失在了现代文明中。

第三辑　鱼事杂记

鱼，余也，寓意美好。是绘画史上常用的题材。早期青铜器上有鱼纹，有鱼形高古玉，《鱼图》《鱼乐图》《落花游鱼图》都是宋代名画，元代也有画鱼的名家名作。至明末清初，八大山人之鱼堪有特色，画也明志，他的鱼“白眼向人”。《鳜鱼付厨》里这条鱼，口大张，鱼鳍奓着，眼白多于黑，眼珠小而居中，凶猛，将入锅烹炸，心有不甘，却无可奈何。

酱的形而上和下

一

那年我八岁，放学回来，饿得难受，姥姥熬好了秫米饭，米香味儿虫子一样钻到全身各处。我巴不得一口吞下去，长身体的年龄，又没多少吃的。我端着“二大碗”秫米饭急匆匆地往屋外走，一脚把姥爷特意做的“关门”踢开，结果门弹回来，一碗烫乎乎的秫米饭整个扣在胸前。我疼得直喊姥姥，一边不知所措地乱抓，愣是在胸前挠出了三道印。

这种伤一般不找医生，都是用土法子治，姥姥用香油调了草木灰，糊到伤口上，然后让我在礓礤上晒太阳。我闭着眼睛，四周都是酱坯子的味道，旁边是羊圈，羊圈与礓礤中间，架着一个笸箩，里面是和我一起晒太阳的“酱球球”。

土法不是百分百的有效，或许有的孩子就因此发炎、流脓、高烧，伤情恶化。姥姥也知道，所以她还要求神佛保佑，对着灶王爷像不住地磕头祷告。

当然这也是偷偷摸摸的，不能让人看到，遇到多嘴的，传到村干部那里，准得说姥姥迷信。在那个人定胜天的年代，人们偷偷地信神，大概是人太不可靠了，虽然神也经常不靠谱，但总比人靠谱。

烫伤好了，却在我胸前留下了三道鲜明的瘢痕，正在我的心口部位，像草书的“川”字，川乃河也，这条“河”以独特的姿态伴随了我的少年和青年。这三道瘢痕也仿佛一个符，只是我不明白其中的含义，它的出现、消失冥冥中预示了什么，和一个人的苦难有关，或者和一个时代有关。山川壮丽，我们民族是一个格外重视山川文化的民族，山为父，川为母，黄河是我们的母亲。虽然泥沙泛滥，几乎是稠稠的泥浆子，但再苦的环境也要孕育、生存、发展。

说来也神奇，自从三道疤痕出现之后，我的功课也发生了变化，数学一塌糊涂，语文却如同得了神谕。初中有篇课文《卖柑者言》，李老师辛辛苦苦讲解了一节课，第二天一连提问了二十多名同学，居然没有一个同学能完整地译为白话文。李老师高大的身躯矮了下去，嘴唇围了一圈白沫，他急得爆了粗口，恨不得拿教鞭把每个人抽一顿。终于轮到我，我流利地用白话把课文复述下来，只见李老师一下子跌坐到椅子上，挥着右手，一字一顿地说，我这节课有一名学生懂了，就没白讲。

二

过了清明，街上就有人吆喝“有鸡蛋的换小葱来……”潴龙河北口音，侉声侉气的好听。

姥姥从小坛子里摸出一个鸡蛋，递给我，说：“丫头，去换小葱吧。”我跑出门，踢倒了门旁的笤帚，姥姥拿个小黑碗，扭身拉出床底下的酱瓮盛酱。薄薄的棒子面饼卷阳春的小葱，是庄稼人春天最开胃的饭，看了一冬天的白菜、咸菜，早已腻歪透了，黄绿棕相间的小葱蘸酱卷饼，让人觉得生活还是有色彩的。

姥姥做的酱只能划到面酱里，味道咸香，没有甜味，口感略粗粝。一年分到手的黄豆不过几瓢，年节要换点豆腐，平时生个豆芽改善伙食，哪舍得都做了酱。

那些黄豆长在潴龙河边的沙地上，靠天活着，稀疏的叶子上常常被蝈蝈咬得花一样。

姥姥每天都在家里慢慢拾掇，力所能及地干一些活儿，她患有高血压、肺心病。

有一年，风传“白仙姑、青仙姑”下凡，到了我们潴龙河边的东孟尝村。村子里的老人们偷偷地跑到东孟尝村的大坑边烧香。在我老家蠡县，蛇的名字很形象，叫长虫。我平时胆子特小，看到长虫带花纹的身子在路上扭动，会吓得一口气跑过三条巷子。那时候，尽管知道白娘子施药救老百姓，盗仙草救许仙，又听说“白仙姑、青仙姑”就是白娘子和小青化身的，还是忍不住怦怦心跳。可是，人们都说仙姑特灵验，包治百病。我也要去讨药，治好姥姥的哮喘病。

于是，就在一个傍晚，跟着同学跑到了东孟尝村。

那时，月亮还没出来，只能瞄见黄黄的土墙，墙的青苔衣裳隐在暮色中。一圈大树围着大坑长得很欢实，已分不清是杨树还是柳树了。沿干涸的大坑两侧，燃着星星一样多的蜡烛，风吹着蜡烛，掉下很多泪。香烛的气息淹没了酱香气，很多姥姥一样年纪的老太太跪在香烛前，不住地磕头，无声地祷告着。老人们面前的供品，有的是一把江米条，有的是三块槽子糕，还有的像我一样带着一颗鸡蛋。我手里的鸡蛋还热乎着呢，我在鸡窝边等了好久，直到姥姥养的老母鸡咯咯着报功，才偷偷地将它捧在手里，这可是我给姥姥讨药的唯一筹码，我没有香烛。

六月的天有股焦躁的热，我跑了一路，一身大汗地跪在仙姑面前，我将那颗鸡蛋放在别人燃剩下的香烛下面，祈求仙姑们能让姥姥好起来。可以像小满的奶奶一样走路带着风声，说话隔着一条小胡同都能听到。这样，我捉迷藏的时候，姥姥就不用去碾子旁等我。她隔着墙头喊我，我就伴着月亮回家。

月光透过稠密的树枝照过来，与地上的蜡烛相互映照着。临来时，我学着讨药的老人们用纸折了袋子，我围着香烛绕了三圈，嘴里默默地祷告。在看到白白的纸袋里有黑面面时，我高兴得一跳。

我居然没害怕，穿过了一个大村子。一进我们西孟尝村，就听到姥姥焦急地喊我。晚饭，姥姥犒劳我，酱炒鸡蛋，这是稀罕的菜。

我从竹皮暖壶中倒出水，看着姥姥将我讨来的药吃下。月光从窗户格子中钻到屋子里，我趴在被窝里听着姥姥的呼吸声。那一夜我很兴奋。

三

琴表妹很乖，可是她从娘肚子里出来的时候，却淘气得很，让接生的茹姐姐等了两三天。姥姥除了煮鸡蛋，熬小米粥，就是在佛龛前不住地祷告。琴表妹生下七天，姥姥让我去招呼我的同学，来帮忙糊五彩的小纸鞋子。姥姥说，这些鞋子是给天上的老奶奶的，是神仙们保佑了妗子和小表妹，姥姥要还愿。

姥姥把五颜六色的纸叠起来，剪成小鞋子的样子，我们围着小炕桌，用糨糊糊成鞋子的模样。姥姥在佛龛前点燃纸鞋子，火光跳跃一会儿，化为灰烬。姥姥说，这鞋子本来该送到老奶奶庙去烧的，但是庙没了。

孟尝村起码有两千年历史，战国时，孟尝君曾在此开店，后修有孟尝君庙，故名孟尝。有历史的村子少不了庙，几座庙宇中有座老奶奶庙。姥姥说，老世界闹天塌地陷，地上都是洪水，没人了。老奶奶就用黄泥捏泥人，开始的时候有耐心，鼻子眼睛都周正都好看。老奶奶捏累了，就不仔细眉眼了，这人就有好看的有难看的。那些缺胳膊瘸腿的啊，是阴天下大雨的时候，老奶奶来不及搬运这些娃娃，又怕被雨水淋坏了，就用笣子往庙里搂，这就有碰到胳膊腿的了。我说，呵！这可真神奇。人身上总有搓不完的皴，因为人是泥捏的呀，姥姥接着说。

和老奶奶庙一起拆毁的还有孟尝君庙、三官庙等。中孟尝村旧小学原来是一座寺院，我上小学时，这就是一所纯粹的学校了。如果没听过老人念叨，并不知道这原来是一座庙，传说乾隆下江南时住过。

神像早没了，大雄宝殿做了课堂，我看到的教室，是青砖卧板房，是翻修过的。我记事的时候，只余下两只驮石碑的残缺的赑屃。院里那棵古槐有年头了，几个人合抱，曾遭雷击死去半个身子，另半个身子不仅活着，枝杈还覆盖了半个院子。可是这棵“神树”度过了天灾，终究抗不过人间的灾难。听说，这座庙，曾供奉着一尊高大的弥勒神像。有一年，笑眯眯的弥勒佛被一个小伙子狠狠地敲了一锤子，然后在笑眯眯中被砸碎，填到炼钢的炉子里。

事后不久，小伙子的父亲竟然一头栽倒在酱瓮跟前身亡。乡亲们都说是报应。可是这报应不该发生在他父亲身上啊。这也许是巧合，人生就是由无数个巧合，或者说是无数个偶然组成的，也许每一种巧合都有它的特殊用意。就像我身上偶然而来的三道瘢痕嵌入我的身体时，就构成了我生命的一部分，甚至是灵魂的一部分。

四

小舅的婚事总是不成，高不成低不就的，姥姥请来我兰表姨给小舅算卦。那天晚上，家里就姥姥和我。炕桌在中午就被姥姥刷洗一新。兰姨围着纱巾，带着一股香胰子味儿，风一样来了。轻手轻脚地在炕桌上铺了一层白面，一张罗托在手里，罗的帮上别着一个小卡子。兰姨念念有词，什么仙姑下凡。其他细节我不记得，就看到那张罗在面粉上不停地画画。那些一圈套一圈的神奇图案，我一点也不懂，平时干庄稼活、编簸箕的兰姨在我眼里也变得神奇。结果，我至今都记得，小舅在年初结婚，媳妇家在正北。顺带给姥姥算了一卦，姥姥高寿，能活到八十四岁。这是个非常令人满意的结果。

小舅的婚事顺理成章，妗子家在孟尝村正北，确是在初夏结婚。兰姨真好，这卦可真准。我以为姥姥会活到八十四岁。

时光是那般美好。

看上去，“时光”两字很美妙，却托不起岁月的沉重。

姥姥家养着四五只羊，一头猪，还有几只鸡。姥姥不爱吃肉，她舍不得杀鸡吃。姥姥更见不得小动物们流血，她家过年也不杀猪。有病死的鸡，姥姥就给我家吃。那时候人们舍不得扔掉死去的鸡鸭，至多扔掉内脏而已，余下的剁丸子吃。可是姥姥会给鸡“做手术”，那时候粮食不多，老鼠却成灾，人们短不了下老鼠药，鸡误吃了会抽搐，发现不及时会死去。姥姥如果发现了，会剪开鸡的嗉子，倒掉里面有毒的粮食，用水冲洗干净，然后戴着老花镜，用针线缝上。姥姥救过很多鸡的命，包括邻居家的。可是姥姥救不了自己的命，她六十八岁那年，我十八岁，姥姥突然得了脑出血，当时表舅在县医院内科当主任，他是心脑血管病的权威，我在内科实习，眼睁睁地看着姥姥不再喘息。

姥姥突然逝去，我做过无数次关于姥姥的梦，每次姥姥都穿着生前有点褪色的毛蓝偏襟大褂，好像没家，在外村陌生的街巷漂泊。娘却梦不到姥姥，娘甚至都嫉妒我能和姥姥在梦中相遇。记得一次我在梦中哭醒，姥姥屋里四壁皆空，光秃秃的炕上只有一床破炕席，连炕被子都没有。可是炕上满满的都是圆圆的酱坯子，正在长出绵绵的霉絮。

五

关于酱在古人生活中的重要性，有据可循，颜师古云“食之有酱，如军之须将，取其率领进导之也”。就是说，没有酱，这顿饭就吃不下去了。落实到庄户人家，那就是堂屋床底下那一瓮酱，有酱的日子踏实。

酱的起源大概不迟于周。酱的成分中，五谷有二——豆、稷。古文献记录，酱为豆面合成。古人以炙、烹为主，直到一千五百年前，有了食用油，人们才吃上了滚油快炒的菜肴，并逐渐形成中国特有的饮食文化。而酱又有甜面酱、豆瓣酱之分，北方人爱吃葱，东北人更有各种时令蔬菜蘸酱吃的习惯，南方人做辣椒酱，川菜就依赖麻椒和郫县豆瓣酱的厚重滋味。其他如芝麻酱、虾酱、果酱，有酱的形态，有的并不具备酱的咸鲜味，却扩大了酱家族的“人丁”。如此解剖，与酱有关的枝枝杈杈太多。不容置疑的是，酱有着看似简单的构成，品之却是不可替代的佐餐佳品，让粮食和盐融合，发酵，脱胎换骨，咸、鲜，滋味二元，却无穷，犹如生活里的多重内涵。

现如今没人再做酱，村村户户离酱香四溢的日子远了。

酱牛肉，是我的拿手菜，薄薄的一层酱包在牛肉上，蒜拍碎，做点缀，也提味。爱人、同事酒酣时，酱牛肉锦上添花。做酱牛肉，不放其他作料，取的是酱的本真之味。确是偶尔为之。

小关是满族人，一手好厨艺，她的酱猪肘，佛闻也跳墙。此酱非彼酱，这个酱，其做法，离真正的酱甚远。肘子被小关酱得筷子一戳肉即离骨，捞出骨头，放凉。汤凝结成冻，肉红棕色，肉皮卷曲，美得琥珀一样。

酱猪肘，大概是满族独有的做法。小关祖上是清西陵的守灵人，虽然不阔，毕竟也是吃皇粮的。我曾到过沈阳故宫，在皇太极的寝宫里，进门左侧居然有一口硕大的锅。清朝这些马上的勇士一边大口吃肉，一边议战事。肉香，香烛味，萨满诡异的舞蹈交叠……这奇特的民族风情。问小关为啥叫酱肘子，她说祖上传下来的。这个酱已超越了物质本身，是厅堂到草堂的过渡。

这酱里的悲欢。

六

我在乡医院上班的时候，邻居家娶来一个媳妇，人漂亮，也贤惠。新房里的棉门帘、单门帘、炕单子，都是新娘子自己做的。门帘上有咧嘴笑的红石榴、戏水的鸳鸯、荷花，还有炕单子中间的牡丹、四角上的青葱。新郎新娘是姑表亲，亲上加亲，按理是好姻缘。

可是偏偏这天成的一对最终以离婚告终，而离婚原因只是一件小事。据说，小两口亲亲密密，晚上互相逗着玩，媳妇占了上风。大概动静大了，被婆婆听到了，掀门帘进屋扇了媳妇一个耳光，媳妇是她嫡亲的侄女。

天晓得婆婆出于什么心理干涉小两口的闺房之事，也许见不得卿卿我我。媳妇性子烈，扭头就回了娘家，再也没回来。

婆婆在人前说媳妇是“酱阎王”，不过日子。别人家的是非，或许只有风知道。婆婆守寡多年。这是人性里的善恶，还是命运中的偶然和必然。穷有逃脱不了的原罪，酱只不过是个掩人耳目的借口。

媳妇走了，嫡亲的亲戚也成了仇人，婆婆有点傻眼，又张罗着给儿子买了一个贵州媳妇。这个媳妇人高马大的像北方人，干活也算泼辣，只是贪玩麻将，不大会过日子。且一气生了俩儿子。过日子懒散，孩子的脚指头常常露出鞋外，婆婆又看不到眼里，却没有办法，各自起火做饭，四间房子，婆婆两间，儿子四口人两间，孩子小将就着过。男人没啥本事，又馋懒，编簸箕零花，小葱拌酱是家常。

孩子大了，男人除了干地里的活，就爹着两手瞎转悠，女人还是噼里啪啦玩麻将。大孙子好歹跟着老头班（上岁数的没有技术的人）打零工，二孙子整天仨饱一倒图舒服。婆婆成了八十多岁的老太太，还是独自一个人霸占着一条炕。任儿子一家四口挤在一条炕上。

村里的男孩本来就不好找对象，有两套房子的人家都发愁。老太太无计可施，整天坐在街角的碌碡上看车来车往，再也没有原来的神气。我回家的时候，看到她手里握着白面饼卷葱，慢慢地咀嚼着。见到我停下来招呼，她站起来的时候，一滴酱从嘴角溜下来，渗到她干瘪的下巴上的皱纹里。

那年的新房子、新绣花门帘、新媳妇，和眼前嘴上带酱汁的老婆婆。

这一霎让我觉得无言……

我胸前的三条瘢痕，早在十几年前完全失去了踪影。可是，我总觉得它们还在。

蛙 事 儿

在河北省博物院的文物展柜里，有十几只拇指盖般大小的中山古国的蛙形小玉兽，长得和我家乡潴龙河里的小蛤蟆一样可爱。展厅幽柔的灯光，难掩它们温润的光泽。一、二、三、四……一共十九只，分为两组，以列阵的姿态出现。它们是中山国的保护神，还是中山国的图腾？我不得而知。

在我的家乡，没有“蛙”的文雅叫法，青蛙叫蛤蟆，蟾蜍叫蚧蛤蟆，还有一种不能招惹的气蛤蟆，一生气小小的身体会膨胀好几倍。

家乡也没有吃青蛙的习惯，再清贫的日子也没人打蛤蟆的主意。小时候雨水多，蛤蟆满地乱蹦。每年夏天潴龙河泛滥，河水淤到新堤与老堤之间那个大坑里，不仅留下鱼虾，还养活了成千上万只“呱呱呱呱”叫唤的蛤蟆，这块地于是叫蛤蟆洼，名字起于何年何月却不知。你背着草筐走在河边或大堤，青蛙从青草丛里，或者庄稼地里蹦出来，又飞快地跳过去，好像人类的街坊。土黄的蚧蛤蟆行动比较慢，好像久经沙场的老兵，又像一个将要临盆的孕妇，慢慢悠悠地穿过乡间的小路。

那时候，潴龙河起伏的沙滩上是割不尽的茅草，河沟里长着很多矮矮的水萍花、香附，水鸡尖叫着，野鸭远远地在河面漂着，时而潜入水中。河水淤的浅水沟里，长着当年生的小柳树，黑色的蛤蟆卵，用白膜包着，链子一样一串一串地挂在小柳树或者香附上，香附开着驼色的花，水萍花粉艳艳的。我用脚搅动河水，白白的链子也一漾一漾的。过几天再来看，就变成了甩着小尾巴的小蝌蚪。坐渡船过河，河对岸的红荆条丛里，有叠成宝塔形的蚧蛤蟆。在河底挖地梨的时候，常常有小蛤蟆蹦出来，吓人一跳。街里巷里也蹦跶着大大小小的蛤蟆，庄户人家院子的菜畦里，时常也蹿出一两只蛤蟆。阴雨天来临之时，或者大雨过后，蛤蟆的合唱能把天吵个窟窿。

众蛙喧闹，却也有沉默的。官坑里的蛤蟆不叫，说是乾隆爷谕旨所封。听说原来坑里的蛤蟆叫得欢实，乾隆下江南时住在孟尝村的大寺里，究竟哪个寺，父亲说不清楚了，沿官坑有孟尝君庙、三官庙、关公庙、菩萨庙、老奶奶庙、招魂庙（这座庙的名字很少见，也可能是我父亲记错了）。那晚蛙声不断，扰了圣驾清梦，乾隆随口说：这坑里的蛤蟆太扰人。自此“官坑”的蛤蟆统统变成了“哑巴”，有好事的人特意从村外逮来蛤蟆放入官坑，也不见叫唤。

潴龙河边，旱地居多，那时候还靠天吃饭，乡亲们对雨水的感情无与伦比。每逢大旱之年，在六月二十四这天（荷花的生日），会组织隆重的祭祀祈雨的活动，村里的寡妇们沿“官坑”清扫，口中念念有词，孩子们扮蛤蟆，蹲在地上，学着蛤蟆叫，唱着“老天爷快下雨，收了麦子供养你……”的歌谣。有时真的很灵验，是夜，乌云滚滚，电闪雷鸣，憋了一夏天的雨，一下子倒了出来。大地喝饱了水，庄稼伸展了腰，村外的蛤蟆呱呱叫得响亮，仿佛在感恩上天的恩赐。

于我遥远的桂西北称蛤蟆为“雨神”。每年正月初一，冒着寒风寻找蛙王。然后抬着乘坐着蛙王的五彩花楼，敲锣打鼓，祭祀蛙王，以祈求蛙王保佑这方土地风调雨顺，稻谷满仓。这是我在别人的文章里了解到的。我们这地方，小孩子的红色肚兜上绣着五毒图案，绿色的蛤蟆大模大样地位列其中。

在《中国工艺美术史》中，田自秉先生对铜鼓的纹饰有专门的诠释。蛙纹是铜鼓最富色彩的装饰，最初，是蛙形，有的就是我看到的叠罗汉的样子，后来变成纯粹的纹饰。古人也用蛙求雨，有的地方认为蛙是天公的少爷，具有图腾的意义。我想，这神圣的铜鼓也是在借用蛙的神奇力量吧。在我的人生经历中，蛤蟆活跃的时候，必定是风调雨顺的年头。这古中山国的玉蛙，被深埋在墓中，又起什么作用？

哦，远古祖先有生殖崇拜的习惯。蛤蟆多子，蛤蟆大腹便便的姿态，与怀孕的女人何其像啊，蛤蟆是古人信仰的图腾。出土文物中，从马家窑的蛙纹罐，到良渚文化的玉蛙，地动仪，我最喜欢王厝墓中这些形神俱备、憨态可掬的小玉蛙。处于燕赵之间的中山国，是小国，开疆拓土，兵强马壮是他们的愿望，这些做工精湛的玉蛙也许就代表着某种祈愿。身为河北人，我觉得与这些玉蛙有扯不开的渊源。每次到博物院参观，我都会在玉蛙面前耽搁很久，不仅是古人的聪明才智让我流连，我觉得，这些玉蛙肯定有着不为人知的密码，它们的存在有着特有的意义。仔细端详这些玉蛙，有的局部已有沁色，若历史沁入蛙的心脾，却依旧神气活现，仿佛没有玻璃的阻挡，一下子就会跳出来，跑到水塘里生儿育女，繁衍生息。

人们喜爱蛤蟆由来已久。六朝时期，文人雅士研墨的瓷水注，常制成蛙形，取蟾宫折桂之意。贵州的平坝马场曾出土过一个瓷蛙形水注，这只瓷蛙具有粗肥的四肢，圆鼓鼓的身体，神态似静息，但双目又欲闭尚睁，好像看到飞虫就会射出去。我小时候的割绒花鞋，鞋面是黑条绒的，左右脚对称趴着一只绿色带黄花纹的蛤蟆，走起路来都觉得神气得很。

娘病的时候，蛤蟆就见少了。原来去四队场院必经的两个大坑差不多都平了，水坑里，撑着大绿叶、开着黄花、举着籽的苘麻也消失得无影无踪，残存的小坑里是破塑料布、旧衣服鞋子等垃圾。再早，大坑边有一家人，大夏天也穿着长衣长裤，手上脚上像长着疥，白擦擦的掉白渣。村里人说，他家住水坑边，撞到蛤蟆精，得了怪病。这都有道理，无论大坑里有多少孩子玩耍，他们哥俩都不下水。奇怪的是，坑里没水了，他们的病也不知道用什么法子治好了，还娶到了花枝招展的媳妇。我从医以后猜测，也许他们就是患了常见的皮肤病湿疹。

关于蛤蟆精的故事，我长大后又听到过。小时候总有孩子磕到、碰到、惊吓到，或者莫名其妙地昏睡，叫都叫不醒。大人就说，丢魂了，赶紧去找吧，不然蛤蟆精就吃了。有人说这是迷信，我却觉得这有可能是老辈人对古代祭祀万物生灵习俗的传承。

或许就是这些神秘和敬畏，在一定程度上保护了这些物种。这些所谓迷信没啥不好，最起码，蛤蟆们可以自由地活。不知道民俗里的五毒源于什么，蛤蟆不会伤害人，还能救人，却背上了毒物的恶名。

那年麦收后大旱，天干得冒火，柳树都懒得动弹，枝叶耷拉着，知了也不叫唤了，蛤蟆们也没了踪影。路面上的土，一脚踏上去，噗噗地飞起来。来回担水种地的人脚印很深，却马上被暄土埋半截。地里的草干得一把火就能点着。娘带着我们姐弟种棒子，沙土地刨坑不太难，只是一镢头下去，带起一股股黄土，呛得人不住咳嗽。邻家地里的人也和我们一样地劳作。机井浇地要排队等，节气不等人，娘决定坐水点种。七八岁的弟弟喜欢赶着驴车拉水，娘在机井那灌好水，插近路回来掘坑，我和妹妹一个浇水、一个点棒子种。能听到弟弟吆喝小驴的稚嫩的声音，一会儿，小驴拉着水罐车沿着沟过来了，却不见我弟弟。一家人急得四处望，以为他去捉蚂蚱，却原来他一脚踩空，倒在车辙里，小驴拉着几百斤的水罐从他身上碾过去，只留下一个白的痕迹，毫发无损。娘双手合十，对着北方不住地祷告，感激神灵救了我弟弟。

我家这块地夹在大堤和徐家坟的大疙瘩之间，地势更低。有一年大水，这块地的棉花长疯了，足足有一人半高。蛤蟆在这里安营扎寨，日夜欢喜。等秋后，水干了，大大小小的鱼有的腐烂，有的变成了鱼干。坐在徐家坟疙瘩阴面歇息，旁边有个洞，钻出一只疥蛤蟆，披着一身土，眼睛也不亮了，短脖子鼓囊囊的，一会儿瘪下去，一会儿鼓起来。娘高兴地双手拍在一起，说：“蛤蟆出来了，兴许要下雨了。”

那晚，乌云紧急集合一样罩在头上，雨哗啦啦报仇似的往下跳。

沉默了一夏的蛤蟆们开始唱歌了。

有几年，外地人开着大卡车来收蛤蟆，只收青蛙。他们管蛤蟆叫田鸡，说味道美极了。孟尝人对这美味不动心，千百年的饮食习惯不容易改。但逮一只蛤蟆可以挣几毛钱，一晚上可以有几十块钱的收入，种一季庄稼也卖不了几个钱。村里很多人动心了，弟弟也加入逮蛤蟆的行列，并为此配置了行头，三节手电筒和长筒胶鞋。每晚夜深人静时钻到庄稼地里去逮蛤蟆。弟弟说，蛤蟆很老实，用手电筒照过去就一动不动，随手就可以扔到塑料包装袋里。每天或多或少都有收获。

和弟弟一起捉蛤蟆的伙伴叫小黑，乡亲们打趣说，他从刚果来。浑身和眼珠子乌黑，牙很白。小黑小时候就爱捉弄蛤蟆，每次雨后街巷里会出来一些小蛤蟆，小黑用小木棍捅它们，小蛤蟆会气得肚子鼓得像一面小鼓，嘴里不停地呱呱大叫。他好像蛤蟆的克星，白天徒手也能逮到蛤蟆。村里人眼红，说，小心啊，蛤蟆会报仇的。小黑才不管这些，每天早晨蛤蟆骨碌碌从湿漉漉的编织袋里倒出来，一堆钞票塞到他的上衣兜，鼓鼓的，像一只肥嘟嘟的蛤蟆。每个夏季是小黑的收获季，他黑黑的小手，仿佛一架捉蛤蟆的机器。

娘听说南方人收蛤蟆剥了皮吃肉，说什么也不让弟弟再去。说好歹也是条命。娘的病越来越重，整天需要吸氧，终于连走路都不能了，弟弟脱不开身出去，也就罢了。

没几年小黑病了。他大口喘气，却憋得要死要活的，仿佛有一只无形的手掐着他的脖子。他眼看着两个才几岁的孩子，不甘心地走了。去世时，圆睁着大眼，肚子鼓鼓的，像藏着无数只疯狂的蛤蟆。也许一切都是人们的臆想，对于没有信仰的人来说，哪里会惧怕因果报应。

具体到小黑的病，是如今常见的癌症。也许和蛤蟆压根就没有半点关系，有害的农药害了小黑，也驱赶走了蛤蟆。大量的农药上市，庄稼已不再需要蛤蟆来保护。

疥蛤蟆长得难看，却是一味好中药。女儿小时候曾患过鹅口疮，流口水，吃不了东西，日夜啼哭。那时候正好我娘带她。用了冰硼散等效果也不好。娘说，还去找堤内陈村的某某叔吧，你小时候长鹅口疮就是他给治好的。说来也神奇，药到病除。我也从医，知道这类民间祖传验方的妙处。我听说，这家人每到夏天都逮疥蛤蟆，那时候没人吃这个。我猜，这治疗鹅口疮的药里面有蟾酥，蟾酥很珍贵，疥蛤蟆的皮也是宝贝。疥蛤蟆能治疗一切湿疮，还能治疗破伤风和疯狗咬伤呢。

如今，世人只知田鸡腿美味，我吃过牛蛙，听说还有烧烤吃的。《本草纲目》载有吃蛤蟆的坏处，书上说："妊娠的妇人食蛙，会令胎儿夭折。多食幼蛙令人尿闭，脐下酸痛，甚至死亡。"

听说，自贡盐商们自创了一个特色菜——落汤青蛙。将青蛙放进盐水罐，闷六个月，再风干，蒸食，味极美。还有一种炒蛙肚，一盘就需要杀死数百只蛙。这不是简单意义上的奢侈了，比之《红楼梦》里的茄子还令人咂舌。

潴龙河干涸了差不多有二十年了。就在去年夏天，突然有水了。我看到潴龙河流水的图片，潴龙河还是老样子，河面宽阔，流水平缓，两岸的青纱帐依然茂盛，居然飞来了白鹭，它们是天堂里的鸟啊，这在潴龙河长流水时也是难得一见的景观，蛤蟆们肯定也在。另一幅图片，潴龙河笼罩在夕阳里，河面金灿灿的，河岸、大堤错落有致，一副张开罩到河面的渔网让家乡的画面更生动。这情景，模糊了我的双眼。

等我抽出时间去看潴龙河，它已经又断流了。这个理由，并不能阻止我去看它。河道的低洼处里还有水，尽管河边的柳树被水冲倒了，也着实让我欢喜。我打着伞，赤脚走在滚烫的沙地，长果秧子早淹死了，变成干巴巴的枯藤，可是这沙土地、这河水还是让我停不下脚步。一块足足有几亩大的地块还残存着河水，一些脚印印在淤泥里。歪倒的柳树，足有两层楼深的大水沟，这看似平静的河水，也曾汹涌过。

一台柴油机日夜不停地工作着，在重播二十多年前潴龙河边竭泽而渔的画面。表妹告诉我，已经连续抽了五天了。表妹表弟的脸和露出的胳膊、腿都变成红色。数不清的鱼在浑浊的水里摇头摆尾，不知道危险在逼近。我没看到蛤蟆，也许是天太热它们躲在洞里、潜伏在水里。这河也是蛤蟆们的家呀。

这潴龙河的水，原来是泄洪的水。现在的潴龙河，只是防治水灾的通道。

蛤蟆喜欢水，我也喜欢水。买房子的时候，特意选择了三面环水的地方。坐在阳台，可以俯视南水北调波光粼粼的水。出北门，过三环，就是沿太平河一个接一个的公园，各种草木以各自独有的姿态，扮靓这个世界。鸟语花香，景色宜人，可是总觉得缺少点什么。

水离我很近，蛤蟆还是离我很远。我不希望活蹦乱跳的蛤蟆静止为玉蛙的形态，仅仅作为图腾和标本存世。

现在回老家也很难见到蛤蟆，难道被人们吃完了？老家的年轻人说起蛤蟆的美味，如数家珍。我自己也曾是牛蛙的“杀手”。可是蚧蛤蟆去哪了？它们看上去很倒人的胃口。黄唧唧的颜色，还疙里疙瘩的，嘴叉子更大，肚子浑圆，只会呱呱地低声叫唤。

在一个雨后，我走在太平河畔。洁白的玉簪花开着，香得醉人，树上有知了在叫，鸟也在唱歌，突然，我听到了久违的蛙鸣，就在河边的芦苇丛“呱呱呱呱”。原来，这蛤蟆也和我一样，迁移到了城市。

鱼事杂记

一

读王祥夫先生文集，读到先生在山间人家“坐席”，箸子伸向盘中的鱼。这条鱼，浇了汤汁，身上撒着橙色的胡萝卜丝和绿芫荽叶，煞是好看。先生一夹，两夹，夹不动，感到鱼怪硬的。席上的当地人笑着说：“是看盘，只能看不能吃！”我不禁失笑。想着先生在黑黢黢的细雨天，盼着天晴，盼着看山里斗大的星星，却见识到了木雕的浇着汤汁的鱼。

读到“看盘”，想起爹给我讲过的鱼事儿。

爹说，旧时候过年，时兴请新媳妇、新女婿。日子虽然清苦，却都不失礼。几户准备请女婿的人家，你家准备丸子、灌肠，我家准备凉拌猪耳朵或猪肝，一桌八个菜，好凑齐，反正请女婿也就是个礼数，新女婿吃不了几口。有个外村的新女婿被人簇拥着转了两家，看出了里面的门道，桌上的菜几乎一模一样，连盘子的图案都一样，就伸箸子夹了一口鱼。到了第三家，鱼冻附在鱼身上，他故意又夹了一箸子。到下一家，鱼没上桌，陪客也显得不如前两家热情。簇拥他的那些人，大多借故散去，村里人都说这小子嘎咕。这条鱼看人性啊。

其实，平常年景孟尝人不缺鱼吃，附近人都说“臭鱼烂虾孟尝是家”。五天一个集，官坑边上有卖鱼卖虾的，傍晚还有白洋淀那边来卖酥鱼的。和我差不多大的孟尝村男人，谁没下河摸过鱼，谁家的水瓮没养过几条鱼呢？我奶奶做鱼是一绝，那时候除了盐和酱，没有别的调料，奶奶照旧可以将一锅鱼做得满街飘香。爹说，因为我爷爷是打鱼高手，四叔吃鱼很狂，只吃白肉，带红肉的部分都不下箸子。那是个鱼比粮食多的年代。如东哥和四叔差不多大，两个人天天腻在一起。有一天，四叔吃着秫面饼（高粱面）卷炖鱼跑出来玩。如东哥馋得追着四叔围着碾子跑，边跑边央求尝一口，四叔毕竟知道自己长一辈，把饼卷鱼递到如东哥嘴边。不料，如东哥一口下去，四叔“啊啊……”哭起来。敢情如东哥耐不住鱼的诱惑，咬得口太大，咬住了四叔的手指头。

潴龙河到底有多少鱼呢？爹说，你大叔念大学时，一个月才五块钱，就这家里也供不起。爷爷愁得没办法，对你大叔说，春儿，爹去打鱼，卖了钱你就继续念书，打不上来你就认命吧。爷爷大早起出去，过晌午还没回来。奶奶在家担心害怕，派爹和大叔去河边找爷爷。当时潴龙河的河面很宽阔。爹老远看到一个人站在河中心吃力地拉网，是爷爷。爹和大叔连拉带拽才帮爷爷把渔网拉上来，鱼到岸上还“吧唧吧唧”地甩着尾巴，多得像一个大粪堆，以一斤八分钱的价格卖给了河务会。这河里的鱼，让你大叔的大学多坚持了一阵子。

爹的鱼故事很多。爷爷的时代，村里还少有自行车，人们去县里都凭借脚力。从蠡县城到我家，要经过仉村，这个村子里早就没有仉姓人了。村子中间有个大坑。爷爷走到大坑边，想在大柳树下歇歇脚。他坐在坑沿的柳树下，手里擒着烟袋锅，眯细着眼，吞云吐雾地陶醉。眼光无意识似的，却看到了大坑里的异常。本该只有水波纹的水面，居然有一条条鱼翻腾，激起一个套一个的圆圆的水花，爷爷再也坐不住，挽起裤腿下了坑，鱼多得捉不过来，一条两条三条五条……爷爷在大坑和坑沿来回，鱼很快就成了堆。爷爷看着发愁了，空手怎么弄回家去呢。最后，脱下裤子，灌了满满两裤腿，将两条裤腿褡裢一样骑在两肩，沉甸甸地也满怀喜悦地背到家。爹说，那两天吃了个鱼饱，这辈子也就那次。那地方与潴龙河隔着大堤，不知道哪里来的鱼子，出来这么多鱼。老辈人都说，雨水大的年头，草籽都变鱼。

我觉得这是上天对老百姓的恩赐。

二

我小学时，遇到上游发水，水倒灌到大堤与老堤之间的蛤蟆坑，一地的高粱豆子全泡在水里。立秋后，水撤了，蛤蟆坑里成了一洼死水，高粱不怕旱涝，长出了沉甸甸的高粱穗，有的秸秆因为浸泡折了下去，燕子不时掠过水面，捕捉蠓虫，鱼也不甘寂寞地跃出来。大队组织四叔小舅他们一拨年轻人开始捕鱼，蛤蟆坑被土埝拦成三节，柴油机嗒嗒嗒地叫个不停，筛子里的鱼虾蹦跳着，蛤蟆们早吓得不知去向。银光闪闪的小鱼，弄了好几大笸箩。那晚，整个孟尝村都是香的。

河里有麦穗儿、小埘鲢儿、鲶鱼、鲂鱼、小鲫瓜儿、泥鳅，还有现在挺金贵的嘎鱼，那时候，我们这的人不吃这黄黑相间带须子的小玩意儿。可是煎小鱼儿一直是河两岸人的最爱。我读左志国的《逝去的甜甜根》，有一章说他和父亲去河里捞了很多小鱼儿，不会做，喂了猪。我拍着桌子说可惜，多好的吃头儿啊。

饮食习惯是个很有趣的问题。东北的赫哲族靠渔猎为生，能做鱼皮衣。南方人普遍都爱吃鱼，会做鱼。北方有满汉全席，南方有全鱼宴。我尤其喜欢川菜里的水煮鱼，它红艳艳的辣椒给人视觉冲击力，白嫩嫩的鱼肉让我百吃不厌。人到中年，味觉仿佛变得不太敏感，对于吃，却偏于清淡了，或者说追求一种简朴和本质。那年去了长春，大街上除了一个挨一个的烧烤摊子，还有许多在住宅楼一层开的小饭店，门窗玻璃上打着招牌，红地金字，简洁明了——“江鱼”，我被这两个字吸引，猜想这江鱼来自哪里，也许是松花江，也许是嫩江吧。问过饭店老板，还是没记住产地，但有一点我记得清清楚楚，那就是江鱼的滋味，那可以简练地概括为“鲜香味美”四个字。而这种鲜香，是停不下筷子的香，是吃了这次还想着下次，是吃的鱼与生俱来的味道。最好吃的是江杂鱼，三四寸长，样子像嘎鱼，味极香，大鱼的滋味差些，也许是肉太厚不好入味的缘故。在江西横峰，几乎每顿饭都有一种小鱼干做的菜，伴有青红色辣椒段和香芹段，油汪汪的，上面撒着香葱花，好看又好吃，离开横峰后再也没吃过。多年的城市生活和游历，让我的食谱也丰富多彩，冬至后，我也学着做腊鱼、腊肉，这都是南方的特色美食，我这北方人也喜欢。冬日的阳光，晒在阳台，暖暖的，腊肉腊鱼泛着好闻的腊香，腊肉甚至都冒出了油，腊鱼弯曲着，鳞片随着鱼肉失去水分而减少了光泽，摸上去硬硬的，这时候就该收起来了。爱人喜吃腊鱼，我用力斩成段，一块块用保鲜膜包好，码在冰箱里，等他回来蒸着吃。

爱人喜欢吃鱼虾类，我的食谱也逐渐有了变化，从爱吃肉变得爱吃鱼，煎小鱼、炸带鱼、水煮鱼、炖鱼、鲶鱼炖豆腐、酱汁鱼、酸菜鱼、剁椒鱼头……做得得心应手，各具滋味。养了旺仔墩墩后，突然不敢看杀鱼了，每每看到墩墩明亮无邪的大眼睛，我就不敢对视小生灵的眼神。自此家里的餐桌上拒绝鸽子、兔子、狗肉。这与信仰无关。

在早市看到卖酥鱼的，毫不犹豫地买了三条，给爹下酒。石家庄的酥鱼带着鱼冻，全身骨头都是酥的，和记忆里的酥鱼有所不同，家乡的酥鱼，一寸到四寸不等，焦黄色，干干的，在炎热的夏季放三五天滋味也如初，是一种独特的酥香，难以形容的好滋味。到家，赶紧招呼爹尝尝，先给爹夹一个鲫鱼头，爹眉开眼笑，他知道我懂得吃鱼的奥秘，"鲫鱼头鲤鱼尾鲶鱼尾巴一兜油"。这是潴龙河边人共同的记忆。

所有的鱼，带给人们的几乎都是美好。至于河豚剧毒，这不能怪它，你要人家命，还不许人家反抗吗？

四五年级的时候，四叔从河边路过，捡到一条大鲤鱼，是外村人炸鱼崩到了岸上。奶奶用秫面饼卷了一块给我吃，这是一辈忘不了的味道。那时候河水就断流了，只有渡口这还存有一些水，不久，潴龙河就徒有其名了。

一九八八年八月份，大雨小雨连阴雨下了好几天，潴龙河泛滥，水溢到了大堤根下，将我家的棉花地淹了。水是养育生命的，这棉花疯了似的生长，足足有一人多高，但是并不结棉花桃，徒长成高大的棉花柴，只是让土炕暖和了些。水干涸了，一家人去收棉花柴，惊异地发现，沟垄里很多鱼干，腐臭了，没有一条完整，大鱼小鱼交叠着，挣扎的姿态。蚂蚁啃食着这些鱼，排着队运输着天赐的食物。

弟弟和表弟用纱窗做的简易抄网去河里抄鱼，一晌午弄回来一盆小鱼小虾，正赶上娘的表叔带人来我们村，爹请他到我家吃饭，娘熬的小米稀饭，烙饼，把小鱼虾用盐腌了，裹上棒子面，下锅煎，那呲啦的声音就馋死人，小鱼黄灿灿的，带着饹馇，虾红彤彤的喜人，一桌子人都挑着大拇指说好吃。去年，断流近二十多年的潴龙河又来了水，表弟他们捉了半拖拉机斗的鱼，鲶鱼、鲫鱼，喜人啊。我炖了，觉得没有小时候好吃。跟着流水，飞来了很多水鸟，居然有白鹭栖在被水冲得东倒西歪的大树上。水很快逝去，棒子、花生、麻山药河水一样溢满河滩，只有三座桥横跨河道，证明河曾经存在。

三

鱼在地球上的时间比人类要长。

有幸去过位于东北、河北边缘的朝阳市。这座城市不大，却蛮有历史，红山文化、三燕文化，让它成为东北文化底蕴最深厚的城市，它最具实力的是化石。硅化木在博物馆以树林的形式呈现，硅化木的茶台，古朴而美。朝阳也是著名的上谷玛瑙产地，吊坠的纹理各具特色，颜色也各有千秋，尤其让人震撼的，是鱼化石。这些鱼化石大都镶嵌在木制相框里，有的两条一幅，有的三五成群凝固在相框。化石博物馆的鱼化石，千奇百样，更让人唏嘘。这些鱼显然还活着，历经数亿年，它们的身姿还灵动，鱼鳍和鱼鳞清晰可见，有的在觅食，有的在悠悠地游弋。白垩纪生物大灭绝时，它们不幸与恐龙一同变为化石。这也可以说是一种幸运吧，化为石头，其生命可以无限延长。而另一部分鱼更为幸运，摆脱了自然界物种灭绝的厄运，并繁衍成庞大的家族，滋养着人类。站在这个角度，人类真应该感激鱼。

且不说历史上鱼带给文人们的灵感，入诗入画的鱼，不胜枚举。《诗经·小雅·南有嘉鱼》中有“南有嘉鱼，烝然罩罩。君子有酒，嘉宾式燕以乐……”我觉得北方也有鱼，有《山海经》中“北冥有鱼”为证。我承认南方人比北方人更会吃鱼，内蒙古有好友来石家庄，我特意要了家乡的油炸小鱼，他惊讶地说："河北人吃小鱼苗，这也太奢侈了。"这真是南北风俗不同的体现，内蒙古人性格爽朗，尚肉，吃鱼不多，怕被鱼刺卡了。青海湖盛产湟鱼，但我听说湖边的人不吃鱼，是信仰使然吧。

小时候吃过一种橡皮鱼。海鱼，肉厚，无细刺，是记忆中除却家乡所产之鱼虾外不多的美味之一。带鱼当然更好吃，但价格比橡皮鱼高，这也是我家饭桌上橡皮鱼多些的缘故。也是母亲在贫寒的日子，对正长身体、需要营养的我们的一种滋补。至于后来吃鲅鱼，是很久以后的事儿了。很多年见不到橡皮鱼了，那年在宁波看到了久违的橡皮鱼，个子小了很多，因为住宾馆，没法亲手做着吃，颇为遗憾。

在远古，鱼是一种图腾或者说礼仪必需之品。这至今还有传承，年节祭祖鱼还是一马当先的祭品，无鱼在河北也不成席，鸡、鱼、肘子、丸子是宴席的必备菜。其实，祖先很早就以鱼类为食，在数千年前的史前文明遗址中，出土有很多鱼骨化石，著名的红山文化虽然是农耕文明，但其中不乏渔猎生活的影子，并有出土的渔叉、鱼钩为佐证。我见过邢窑的双鱼纹瓷片，也在辽宁博物馆见到鱼纹铜镜，双鱼图案居多，有的肥硕，有的秀气，但均是美好的象征，这些传世的珍品，记录着先民们的渔猎生活和对美好生活的憧憬。鱼不仅出现在年画中、绣品里、瓷器上、文献中，并被赋予美好的寓意，鲤鱼跳龙门是祖祖辈辈人的梦想。和田玉、翡翠、岫玉等玉雕的鱼，也屡见不鲜。鱼甚至出现在佛堂，化为木鱼，伴随着寺庙的晨钟暮鼓。上海博物院有件春秋时期的青铜器，名字叫子仲姜盘，里面有几条青铜圆雕鱼，鳞片呈圆形，上有小点，鱼鳍纹理清晰，如果不是附着的铜锈，几可乱真。更为神奇的是，盥洗时，水流到这些小动物上，这些鱼呀、鸟呀、青蛙呀，就开始旋转。

鱼，余也，寓意美好。是绘画史上常用的题材。早期青铜器上有鱼纹，有鱼形高古玉，《鱼图》《鱼乐图》《落花游鱼图》都是宋代名画，元代也有画鱼的名家名作。至明末清初，八大山人之鱼堪有特色，画也明志，他的鱼"白眼向人"。《鳜鱼付厨》里这条鱼，口大张，鱼鳍奓着，眼白多于黑，眼珠小而居中，凶猛，将入锅烹炸，心有不甘，却无可奈何。代表着朱耷的心声吧。我朋友说，八大山人是没落的王孙心态，有丰富的文化涵养，家国变故，在绘画上才能出类拔萃，独具特色。深以为然。

我最爱张志和的《渔歌子》：“西塞山前白鹭飞，桃花流水鳜鱼肥。青箬笠，绿蓑衣，斜风细雨不须归。”鳜鱼我倾慕已久，尤其徽州的臭鳜鱼，那是与江浙地区的臭苋秆子不同的滋味，该是超级的无上妙品。没想到，我品尝鳜鱼，居然在东北松原，一个椅子上铺满大红底子凤凰图案坐垫的东北特色鲜明的饭店，滋味没有预期的好，也许是南菜北做，失去了应有的风味。

犹记得，在乡医院工作的日子。月光在屋外撒下一层“白霜”，凉爽的秋风，穿过纱窗送到床上，我和女儿伴着蛐蛐的鸣叫，在灯下诵读：

江南可采莲，
莲叶何田田。
鱼戏莲叶间，
鱼戏莲叶东，
鱼戏莲叶西，
鱼戏莲叶南，
鱼戏莲叶北。

敲门声轻轻地传过来，打开，是惊喜。爱人乘着月色归来。他抱起孩子，高高举起，说：“明天爸爸带你去赶集，买鱼，咱们煎鱼吃……”

读过严歌苓的《母亲与小鱼》，一直不能忘。她在文中写道，父亲在干校时，“几百条小鱼被串起来，被盐轻腌过，吊在屋檐下晾”。母亲剖鱼的动作很美，雕花般的，一条小鱼也没请哥哥和她吃过。这种鱼酥、脆，连骨头都可口。作者的父亲落实政策后，离婚再娶，她母亲还是一如既往地做鱼干，让她捎给父亲。而父亲对鱼干显然没了兴趣，只是在酒醉之后，轻声呼唤她母亲的名字……原来，这鱼关乎爱。

四

女儿三四岁的时候，河水隔断了孟尝村到潴龙河对岸的路，收割对岸的庄稼要绕行几十里。弟弟开着拖拉机拉着一家人，带着烙饼、果子、水，还带着一高压锅绿豆大米稀饭。拖拉机沿着弯弯曲曲的潴龙河大堤，南行，向西过潴龙河大桥，转而往北沿着河堤继续走，再东，几乎画了一个圆。女儿觉得很新奇，眼睛盯着飞速闪过的树、高粱、黍子、河，不停地问。刨长果（花生）这活计在孩子眼里开始有趣，久了就是件枯燥的事儿，女儿吃了几颗长果后，眼神转到小河潴留的小水洼里。一个个脸盆大的水坑，零散地铺在河底，茅草近水长得茂盛，远处的潴龙河水正缓缓地流向下游的白洋淀。水坑里水浅浅的，有小鱼露出小脊梁，甩着小尾巴。女儿高兴地用碗去舀鱼，半碗水里，居然有数不清的小鱼苗和小虾仔。真可怜，这些小东西，女儿说。这也是潴龙河留给女儿有水有鱼的唯一记忆。

到石家庄后，为了弥补女儿鱼乐趣的缺失，我特意买了一个小个儿的虾篓子，买了火腿，带上女儿和小侄子来到秀水公园。我手把手教孩子们装火腿块儿，把虾篓子沉到水底。然后，坐在石头上给孩子们讲我的鱼故事。孩子们急不可待，提起网。里面居然有四条小鱼，这让他们乐得直拍手。连下了几网，网到了十来条小鱼，用小桶带回家，他们不停地在小桶旁转悠，兴奋得不得了。养了两天，发现有的小鱼翻了白肚皮，孩子们才万分不舍得送到楼上邻居家，喂小乌龟。

爹总给我讲他的“潴龙河”。河上有运载的渡船，顺风时，渡船顺风而下，逆风时岸上走着纤夫。河边有黑压压的树林，蓝靛颏儿、红靛颏儿、老鸹、白玉鸟、大老家（麻雀），树下的鸟粪多得一把抓不透。爹十来岁的时候，立冬后，有白洋淀那边的人在河岸打大雁。小船窄窄的，怕惊醒大雁，两个人都凫在带冰碴的河水中，发现雁群，先发火枪，惊大雁。大雁身体肥硕，不像麻雀可以一下子飞起来，而是摇摇晃晃地慢慢腾空，“咚”又一抬杆，将要飞起的大雁纷纷落地，有的死去，有的受伤奓着翅膀扑腾。爹正是贪玩的时候，抢拾受伤的大雁，白洋淀人追着他们央求，把死去的大雁翎拔下来。白洋淀人打大雁，主要是要雁翎。至于雁翎做啥，爹说长的做扇子，短的絮被子，和鹅绒鸭绒一样啊。大雁肉不好吃，丝丝缕缕的肉丝多。

我见过大雁南飞，人字形，秋天往南，春季往北，大雁爱吃麦苗，在麦田里，能看到大雁粪。潴龙河干涸，鱼虾都没了，大雁也失去了影踪。

父辈人起早到河边的芦苇丛捡鸭蛋，而我记事时，只有我们刘家坟上有两大片芦苇，潴龙河也早不再是航道。鱼倒是常吃，一来潴龙河虽然时常断流，但距白洋淀不远，二来家乡人编簸箕，每个集市卖掉簸箕，都会称点鱼或割点肉改善一下伙食。

曾有朋友自东北快递来月亮泡的白鱼，二尺来长的鱼，细鳞，本该灵动的身躯被冻得成为板形，但肉质细腻，鲜香，是难得的美味。爱人手机里也保存着月亮泡冬捕的视频，那场面可以说很震撼，捕捞出来的鱼成千上万条，刚出洞口还在跳跃，瞬间就冻僵，零下二十多度的温度比冰箱冷冻还迅捷。那鱼也太大了，一条足足有二尺多长，鱼鳞包着一层薄冰，像铠甲，这些鱼散乱地堆在冰上，拉了一车又一车。让人看得喜悦又难过。

去年元旦前，爱人来电话说，假期来看冬捕吧。我是个土生土长的暖温带动物，惧怕寒冷，可是我想亲近鱼，亲近海量的鱼，或者说，是想回味儿时捕鱼的场景。于是，乘飞机先到长春，而后坐越野车奔赴查干湖。我有备而来，穿着加厚羊绒衫套着羽绒坎肩，厚打底裤又套上一条深粉色带黑色碎花的驼绒裤，外面是厚实的羽绒大衣，围巾、墨镜、帽子全副武装。越野车在冰上小心翼翼地开着，东北的风胜过雕刻刀，近岸的冰面被雕琢成波浪状，黑白相间，层层叠叠，有一种独特的美感。湖太大，打听了几次才找到冬捕的大概位置。远远地，可以看到湖上的汽车，一二三四五六辆……慢慢地汇成几列车队，纷纷奔向冬捕的地方。

太阳像在南极以南的地方，刺眼却没有一点温度。汽车在冰上驰骋，让我不再担忧会掉落到湖里，可是走在如镜的冰面，还是有点胆战心惊，爱人拉着我，避开冰上的裂痕，小步挪动着走向人群。

挤到人群中，先看到了几匹久违的马，马蹄已将坚硬的冰面踩成积雪一般，马以转轮为轴心划着同心圆，马蹄印带着深沟，转轮呼呼地，拉动着巨大的渔网，网上圆圆的浮标大过乒乓球，渔网带出的水，在冰面行成一股泥流，偶尔可以看到几只小虾米从网眼漏出来，居然没看到鱼，这是多么令人失望的事情。数千里奔波，只为能看到儿时捕鱼的场景，场景依旧，却没有鱼。突然有人惊呼，“鱼！鱼！”是的，一条半尺多长的鱼被人从网里取出来，并高高地举过头顶。这是我在这次冬捕中看到的唯一一条鱼。听当地的老乡说，湖这边的水草不好，就是在夏秋也没多少鱼。我试图用这个理由平息自己的沮丧。“棒打狍子，瓢舀鱼”的大东北“渔猎图”成了历史，凝固在书里，或者青铜器上。

晚上，浑身酸痛，居然发烧了，这场与鱼有关的感冒，持续了二十多天才痊愈。

更难为情的是，好友知道我到东北看冬捕，电话托我买一些白鱼，快递给她。我说，没问题。但是，我没办法兑现承诺，这和白鱼价格不菲没有关系。好在多年知交，她相信我。

查干湖冬捕，与我的童年记忆时常交汇，只是我已模糊了潴龙河上的诸多细节。沙滩茅草根上的蒹蘑菇、溜溜棵（大名砂引草），河西岸的红荆条，叠罗汉的疥蛤蟆，水面上成双成对的野鸭，鸣叫不停的窝灵（音，叫声似百灵鸟），河底的淤泥上的水鸡脚印，小河分叉处，柳絮生成的小柳树，细小的树干浸在水里，黑色的蛤蟆的卵，包在薄薄的白膜里，一串串地缠绕在小柳树上，一丛丛香附依附在水萍花边，一艘渡船和披蓑衣的渔者，这些意象把我的家乡打扮成水乡一样。记忆在笔下交叉重叠，模糊的脉络逐渐清晰，往事被时间切割，零碎地呈现，却隽永耐人寻味。

潴龙河给我的记忆已残缺不全，爹关于鱼的讲述也是碎片化的，他嘴里的勺挥（谐音）、旋网，我见过，至于叉网，我没一点印象。我们都被河浅水处的一种叫“大脑袋时候（谐音）”的鱼咬过脚丫子。爹当大队长时，有一次用扬水站浇地捡回来一碗小鱼。爹说，打鱼也有说道，发水后，鱼由下而上过滩，先来的站在下游，后来的依次往上游排。三代人的鱼记忆偏差太大，千百年的潴龙河，没有了影踪。这样说，似乎偏颇，因为潴龙河还是王快水库泄洪的一条通道。只是航道、渡船才远去不久，就变成了传说。

现在孟尝村二十岁以内的孩子，一听到我们念叨小时候的潴龙河、潴龙河里的鱼，河上的渡船和大雁、水鸟、野鸭，觉得是说“天书”。

面食的个人史及其他

饺子是味药

一

上班路上看到一篇文章《扁食》，先不说文章的好，单是“扁食”二字，就让我动了心思。一直以为扁食就是饺子，是带古意的饺子。

作者说，扁食不是饺子。福建的扁食，与天水的扁食不同。作者恰好是我的朋友王选。在天水，扁食代替了过年的饺子。它的做法和吃法，糅合了西北的风味，放辣椒油醋甚至臊子什么的。

扁食既然是过年的食品，大抵与河北的饺子差不多。

小时候被饺子撑到过，高烧，差点死去。家大人屡次说起这事儿，说我站在桌子边左右手抓着饺子吃。那时候，父母盼儿子，妹妹生下来，叫多。经过我的这次事故，妹妹的大名才叫起来。古人说，大难不死必有后福，或许我该感谢饺子。

第一次见挤饺子是在粮站工作的兆庭叔来我家。他一个人挤饺子，我和母亲两个人轮换着擀饺子皮都供不上。兆庭叔摆饺子也是工人的样子，横竖斜着都整齐，这些饺子像列队的士兵。我盯着兆庭叔的手，试着挤饺子，不是露馅，就是馅太小。那时候就羡慕工人与农民的不同，排列也可以破旧立新，一个饺子都收拾得这么齐整。

大概除了我父母，天底下再没有人吃过馅里有煤油的饺子。

那年我十来岁，忙碌了一年的父母，终于可以盘腿坐在炕上包过年的饺子。那时虽然穷，却讲究，初一初二甚至破五的饺子一下子都要包出来，三十晚上也算大工程。毡条已经翻起来。案板和馅盆都在炕上，昏暗的煤油灯在靠东墙的灯龛里，或许是父母觉得黑，嘱咐我把灯挂到屋子中间炕沿上方的秫秸灯挂上。我一个趔趄，灯油都撒到饺子馅里。母亲忍住没打我，却忍不住哭了起来。我闯了大祸，吓得后面的事都不记得了。犹记得，二月二的时候，父母吃的三十晚上的带煤油馅的饺子，谁先吃的，也记不清楚了，只记得母亲说，没事，死不了人，煤油治虫子（蛔虫）。

那时候吃顿饺子也不易。大人们忙着生产队的活，没时间也没多少白面可用。分田到户后，日子才舒展了。每次我从距家几十里地的单位回来，母亲会急火火地跑到园子里摘来西葫芦，剁上几瓣蒜，这样的饺子就有了韭菜的味道。每当下饺子的时候，母亲会念叨“南边来了一群鹅，扑棱扑棱下了河……”这白生生的饺子，真像一群在汤池里俯仰的白鹅。

饺子和扁食一样是敬神的供品。每年的大年初一，母亲是无比虔诚的。她按照神三鬼四的传统，把第一笊篱饺子，三三供在天地龛和灶台上，供天地神仙，四个的是给祖先的，并在父亲点燃鞭炮的同时，点燃一束香。年复一年，母亲的祈愿并没有改变什么。直到有一天，那天晚上老鼠闹腾得厉害，父亲几次披衣到对间屋查看初一的饺子。却还是在起五更时发现，满满一箅帘饺子，初一上供和过年的，居然一个不剩，都被老鼠拖走了。自此，母亲成了一个无神论者。她觉得那些祈愿，没有一点作用。这与当时无神论的社会环境契合了，尽管后来她纠结了很久。

二

婆婆属于不会做饭的人，更是不会享福的人。

搬到石家庄后，每年烧寒衣纸时，我都去看看她。正是大白菜下来的时候。婆婆用带着青叶的白菜帮子做馅，连香油都舍不得放。饺子馅里放了一点干粉头，一看就吃不下。

年轻的时候，不爱吃饺子了。尤其是婆婆包的厚皮、一点点馅的饺子。饺子下到锅里，棒子铺面像稀粥。这个阶段，最不爱吃的大概就是饺子了。辜负了婆婆的苦心。六十出头的婆婆公公显得老迈，天天吃白面，二老就觉得很知足。每逢集日，我会称点肉或买点鱼改善，公公不舍得，劝我攒钱，省着花。二老的改善，就是大白菜、一点油星的饺子。每天晚上，不是这样的饺子就是饺子粥。我常常用筷子扒拉着饺子发呆。

公公去世的时候，正是伏天。供桌上，有朱家当院人们的供品，一盘四个饺子，伴着一炷香，伴着烧纸的味。更多的饺子放在礓礤上的盆里，苍蝇叮着，饺子成了摆设，成为活人对逝去的人最后的慰藉，是一个逝去的人最后的烟火，是悲伤的味道。如今，没有人再用饺子去当供品，节省了时间，简化了程序，悲伤也风一样，旋一个旋，滞留一会儿，就无情地刮过去。

婆婆也曾来市里，住过很短的时间。她的胃似乎消化不了鸡鸭鱼肉，她的胃属于乡村，属于二十世纪六七十年代。她不会问饺子的来历，更不知道扁食，她遵循的是朴素的家庭主妇的为人之道。公公的大男子主义，或许这是我强加给老人家的，他们不懂得什么主义，执着地吃苦受累，为了给孩子们盖房子娶媳妇，陷在种地种地再种地盖房盖房再盖房的循环里。能吃上肉饺子，是他们那辈人的心愿。

时光的皱褶里，饺子的影像并不少。喜欢过年，一家人十几口子，挤在一间屋子里吃团圆饺子，这样的事自婆婆去世画上了句号。大哥大嫂电话一起过年，也没有了心思。离乡多年，越发强烈地意识到，饺子吃的是团圆，是家的感觉。饺子皮包的是酸甜苦辣，融的是五味的情感，是对美好生活的憧憬和祈愿。

我在外地吃过无数饺子，还是感觉自己包的合口味。

每次包饺子，越发体会到母亲的不易。早先是缺乏食材，现在是面对挑剔的口味。我每次包饺子至少两种馅料，甚至三种。也不觉麻烦，看到家人吃得喜欢，甚是欣慰。

余下的面和馅，我还是包成饺子，做成饺子粥，它有个让人喜欢的名字——小鱼钻沙子。充满文化味，让俗常的食物升华。

北方饺子与南方水饺不同，不仅是馅的醇厚与清淡的不同。是饮食习惯和饮食文化的差异，我爱吃饺子，但一个人时我不吃。饺子是团圆的象征，打破孤独坚冰的利器。

三

这辈子吃了多少饺子，数不过来。母亲讲的故事还在，有个财主的儿子，生来爱吃饺子，他每天要吃一个肉丸的饺子，吃得也奇特，只吃肉丸。剩下的饺子边皮，老仆人看在眼里，悄悄地晒干攒下来，居然攒了满满两囤。这个家被败家子吃败了。饺子皮又支撑了几年。这个财主哥终于饿死。

老辈人都说“谁家过年不吃顿饺子”。

电影《白毛女》中，“卖豆腐攒下了几个钱，爹爹称回来二斤面，带回家来包饺子，欢欢喜喜过个年……”很经典。电影的拍摄地就在石家庄平山的洪子店。那年去洪子店附近玩，居然吃到了山药面大饺子，萝卜干馅，乡村味道。

关于饺子，传说是东汉神医张仲景首创，起因是为了治疗病人耳朵上的冻疮。我记得张仲景是因为《中医学基础》里他的《伤寒杂病论》。来石后，有一年老乡的小孩从二楼掉下去，我跟着跑到二院急诊科，恰遇卫校杨老师，她两地分居调到省会工作。我们谈起卫校的老师、同学，还有食堂的大师傅。食堂大师傅姓啥我一点也想不起来，一个瘦瘦的高高的，时长弓着腰，抬头纹像老虎，另一个矮矮的胖胖的，满脸油光，满月脸，说话仰着头。刚进卫校，一周五天棒子面窝头，白水煮白菜，漂着一点花椒油，真难吃。那窝头面不知道是多少年的，一股子霉气。那时候，真盼着吃一顿饺子。快毕业的时候，或许是前期每月十五元的补贴剩得太多，天天有肉吃，正是麦收前后，没有冰箱，蒜薹炒肉经常带着一股怪怪的味道。谁也舍不得扔掉，蒜薹炒肉、洋白菜炒肉就蒸大米饭是农家没有的饭食。在卫校吃过一次饺子，一群二十岁左右的男生，没有几个能把饺子包得像艺术品，不破就算不错。有个男同学不会包饺子，分给他的面和馅，他就包了两个饺子。一口大锅，水花翻腾，两只巨型饺子像两艘浪里的船。这个画面，我一直忘不了。而这个同学，已于前年去世。那次的饺子，其实吃得没滋没味的，并不是大师傅们的馅不好，是破的太多，好滋味都漏到汤里。还有一次，俩大师傅张罗着改善伙食，白水汆丸子，我第一次听说这名字。从上课的党校走到卫校大门，就闻到了香味，刺鼻得香啊，好馋人。可是胖胖的矮矮的天天笑眯眯的大师傅垂着脸，在分丸子的时候，嘟囔着“不知道为什么，丸子都烂了，好在肉烂了在锅里。”我第一次吃到的白水汆丸子没有一个完整的丸子，像稠稠的秫米饭，一粒一粒的。但是，真的很好吃。我一辈子忘不了的丸子和饺子。三十多年，这两位老人如果还在世，得九十来岁了。

我也奢侈过。亲家公的大姐在江阴，每年清明节回北方，会带来用冰包裹的刀鱼馅。刀鱼鲥鱼河豚是著名的长江三鲜。亲家剁了姜末、切了韭菜，精心包成饺子。实话说，刀鱼饺子的味道我没有特殊的记忆，唯记得大姐的情谊。

我和一位朋友聚会，每次都点鲅鱼馅的金山饺子，一盘十五个。三十岁前我没有吃过羊肉馅饺子，我姥爷养羊，家人拒绝吃羊肉。多年后，我第一次吃羊肉馅饺子是邻居嫂子端来的，羊肉胡萝卜馅，真是鲜香味美。王祥夫先生说，吃过西葫芦羊肉馅的饺子，才叫过了夏天。

在北方，除夕如果不吃饺子，还叫过年吗？

婆婆在世的时候，每年过年包饺子，她都要包几个小老鼠形状的，饺子的花边在中间，合成麦穗一样。孩子争着抢吃，婆婆数着，一个两个三个……

山西饺子牛肉面，是我接触山西的媒介，那是第一次吃带汤的饺子，香菜味，酸酸的醋味，牛肉味被压下去不少。是一种吃法。

记忆中的年集上有一笸箩一笸箩的片粉，用老粗布盖着，像中秋的月亮对折，半透明，颤巍巍的。我在刘震慰先生的《故乡之食》上才知道片粉是绿豆做的，和带一层肥肉的熟肉皮剁碎，拌上韭黄包饺子。可惜至今没吃过。

在距天水不远的武威，有一种麻腐饺子。所谓麻腐就是土豆泥和磨成末的麻仁做馅。当地的于文华老师特意带我们吃了一次。我不知道该怎么描述，软糯糯的土豆，加上麻仁特有的香，很奇特的感觉。这样的饺子，大概是绝无仅有的，有地域印记。麻腐饺子和三义庙，以及炽烈阳光下的明长城，成为麻腐饺子的背景。在记忆的纵深处，嵌下去，成为一个永远也消失不了的瘢痕体。它们和我的两位母亲的饺子一样，聚合成三个支点，并连接成温暖我生命的曲线。

饺子是记忆往昔的符号。那些白鹅是幸福童年的象征。

每年腊八我都泡腊八蒜，等到过年一家人团圆，白鹅一样肥胖的饺子，就着碧绿的腊八蒜，是新年最好的滋味。扁食与我的饺子具有一样的疗效，治疗思乡病，治疗亲情恐慌症，治疗孤独和寂寞。

骆驼祥子说过“哑巴吃扁食——心里有数儿”。这扁食，北京也有。

面条似经络

一

出门饺子进门面。面条是饺子的兄弟。

其实，我不算是爱吃面条的人。在记忆中梳理，母亲做的冷汤最好吃。所谓冷汤，用井拔凉水，面是母亲擀的，稍厚，宽窄似用尺子量着切的。

和面的大瓦盆墩在小方桌上。一股葱香味儿、蒜醋味儿勾得馋虫就要出来。盆里漂着大大小小的黑色油花，细碎的葱花成为陪衬。半盆清水下是豆角凉面。连水带面吃上一碗，是我最幸福的童年。多年后，我自己学做冷汤，却不是母亲的味道。不仅是没有黑油（棉花籽油）的缘故。

冷面古已有之，杜甫有诗“槐叶冷淘”。

很小的时候，吃面条并不多。只在夏天吃几顿冷汤，再则就是过生日时，母亲会蒸馒头、擀面条，以祝福。在瓜菜时代，吃白面条和吃饺子一样稀罕。

面条和饺子是一母所生。饺子上得厅堂，有通天地鬼神的作用，面条却属于厨房，属于平民。当然，面条也有隆重的时候，那就是一年一度的生日。

家里人过生日，母亲一定会擀长寿面。我爱人的生日恰是元宵节，这一天早起我家吃饺子，按小年的流程，中午熬大锅菜，晚上给我爱人过生日，再煮一锅元宵。正月十五，母亲忙碌的一天。

母亲走后，我的生日也煮面条，有时候吃着面条会流泪，这辈子再也吃不到母亲做的手擀面。二十多年过去，这好像是对母亲唯一的牵念。其实思念母亲有很多方式，这碗面却无可替代。

在今天，面条已是再平常不过的饭食。可是在五十年代的时候，我的大爹临终想吃一碗面条，也没有得到满足。

在海联医院工作时，大师傅以省事为主，极爱做面条。我常常吃几口就放下碗。掏垃圾的三马车拉着红红绿绿的大塑料桶，桶里装满稠稠的面条馒头面条汤，三马车嘟嘟嘟的，不记得有多少个来回。现在想来，真是后悔，糟践了多少粮食。

我曾在寺院吃素斋。素炒面，加点黄瓜木耳黄花菜之类。清淡，却可口。更难忘的是饭堂里的人对食物的敬畏感，对食物的珍惜，莫不是对万物的怜悯。

二

一直以为最好吃的面在北方。

我这个口口声声说不爱吃面条的人，其实，是因为没有可心的卤，才厌烦面条。有一阵最爱吃西红柿鸡蛋面，父亲种了满院子的菜，西红柿沙沙的瓤，生着都好吃得不得了。黄的鸡蛋、红彤彤的西红柿，是面条上盛开的花朵。院子里也有黄瓜长豆角，这两种菜最好配芝麻酱，二十世纪八十年代，还舍不得天天吃芝麻酱。很小的时候，我就吃过麻酱面，那还是姥爷特意淘换来的。

在我家，夏天凉面当家。这几年，黄瓜豆角麻酱面成了爱人的当家饭，葱蒜切成小丁，大辣椒切成末，做出了味道，我暗暗夸奖，比我做得都好。其他季节，还是馒头粥炒菜为主。

刀削面、油泼面相比，我更喜欢油泼面，时常做一次解解馋。白生生的面条，红艳艳的辣椒，配上绿油油的油麦菜，单是色彩就让人陶醉。

记忆深刻的有甘肃的牛肉面。那年冬天，到武威开一个作品研讨会。作者家开着一家牛肉面馆，这面做得地道。一清、二白、三绿、四红，这牛肉面名不虚传，是面条食谱中的佳品。

还是在武威古浪，看过明长城后，去了沙漠边缘的黄花滩镇的大漠风情旅游景点。晚饭是臊子面，其他菜早不记得。这碗面，土豆木耳黄花豆腐丁猪肉卤，好吃，却贵在面条上。仔细咀嚼，还真的是小时候麦子的香味。据讲，这种麦子产于祁连山中，叫红秃秃麦子，没有麦芒，靠天生长，亩产仅二百斤左右。以后再没有了，那些山里人已遵照指令搬迁到山外。沙漠南边成片的新住宅，就是山里人的新居所。晚饭后，穿过养着大鹅的池塘边，趁着月色看了三义殿、清凉寺。这里属于土门镇，我的现居地不远有个土门关，都是有厚重历史的地方。那个晚上的清辉和面条是一辈子也忘不了的。三义殿西侧供着马神，从灯火通明的三义殿出来，整个院落是空阔的，满院子都是月光，院子的西南，是一棵古柏，它和月亮对应着，促成我对丝绸之路的重构。

而南方，上海金山的鳝鱼面，可说是上品。它的味道，前所未有，鳝鱼上桌，雪白的蒜片、翠绿的葱花、鲜红的辣椒，在瓷盆里堆成盛开的花。厨师端上来热腾腾的油锅，滚烫的油“嗞啦”泼下去，鳝鱼卷曲着，像活了，一股异香鼓荡起来。——这道菜叫“响油鳝丝”，本与面条无关。鳝鱼快吃完的时候，厨师把面倒入盆中，黑白相衬，鳝鱼的香浸入面中，文静的食客全都剥掉了矜持的面容。打动我的，是面，又不是面，或许是这庄重的仪式感。

十多年前，在西安第一次品尝到浆水面。曾多次读过浆水面，向往已久。特意咨询陕西朋友，嫩芹菜面条汤焯过，窝在面盆里，倒入煮面条的清汤，发酵几天即可，但要干净。或许我做得不成功，家里人不大喜欢，也就罢了，尽管我自己总是馋得慌。前不久，读王祥夫先生的《山上的鱼》，原来山西也有浆水面，作家玄武老家就有。好的浆水，也是放芹菜，用滚开的煮面条的汤烫过，让它慢慢发酵。看到精彩处，我是屏息静气的，却突然忍不住笑起来，先生说他为了做浆水，经常招呼人来家里吃面，只有稠的面条汤才适合做浆水，吃面的朋友心照不宣，嘻嘻哈哈说“我们实际上是帮王先生去做浆水的”。我想，如果这伙人爱吃浆水面，肯定是兴高采烈的。浆水面立夏开始，立冬后就停，山西的“头脑”立冬开始，立夏停，都是季节性的。这饮食习惯也是文化。武威古浪的于文华老师说，他小时候，渴了就舀浆水喝，解暑开胃。做浆水面要用大油才香，写到这里，真想立刻就吃到一碗浆水面。

三

第一次吃焖面时，我二十一岁，正谈恋爱。

在乡医院上班，在乡政府蹭饭。乡医院后面正对着派出所，派出所新调来个干警，带来一个漂亮媳妇和一个五岁的男孩。

漂亮女人来乡医院看病，派出所所长和乡医院院长陪着，让我叫她雅姐。她穿着一件好看的粉色连衣裙，她的大眼睛更好看，她哪都好看，像电影明星。做完皮试，跟着去她的宿舍输液，一来二去就熟了。她爱人做了饭，总要叫上我去吃，拒绝都不行。第一次吃烤鸭也是在她家，那个小薄饼都是她男人自己蒸的。焖面是长豆角肉丝的，那种薄薄的细细的手擀面，带着黄色的棒子扑面，没想到面条还能这样吃。

这个男人满眼都是她。

我起初很羡慕，在我家只有大年初一父亲才做饭。

知道我爱吃焖面，雅姐家隔三岔五就吃一顿，当然少不了我。也就是从那时候知道美了，买衣服有雅姐陪着，雅姐送了我两件衣服，一件肉粉色带斑点的长袖真丝上衣，一件上海产偏襟无领方口短袖上衣，颜色也靓丽，橙色，绣花，这件衣服我保留到了现在。我结婚的衣服也是雅姐指导着买的，红色羊毛衫、咖色呢子长大衣，绣花包边雪花呢上衣，毛蓝色毛料西服，大红绣花锦缎中式棉袄，都是雅姐陪我保定北京买来的。

在保定工艺美术馆，买了双鱼形工艺镜子，还有一对相亲相爱的小瓷人，也许从那时候起开启了艺术审美之旅。

有一阵雅姐没在家，我没着没落的。我和对象的点滴，我都和雅姐说的。

突然乡里就有了闲话，说雅姐被某大款包养着，去庐山旅游了。雅姐回来的时候，是秋天了，长豆角没有了，我也有了不去她家的借口。

不知道是因为流言，还是正常调动，雅姐一家搬到了县城。我钟爱的焖面再也吃不到了。我不知道是不是人们冤枉了雅姐，几年后，在县医院门口，突然有人叫我，是雅姐，她欣喜地一下子抱住我。

雅姐没有因为我的冷落而疏远我。

四

单位西面临街有家饺子馆，它的面条、饸饹更好吃。同事几个各自挑爱吃的点上一份，慢慢品尝。油泼饸饹满屋飘香，是我的最爱。店主是正定人。在石家庄，以正定、行唐的饸饹最具盛名，也有好朋友专门开车去正定古城吃饸饹。刘震慰先生说正定有三宝：扒糕、粉浆、豆腐脑。如果我说，一定是饸饹、扒糕、豆腐脑。饸饹一定在三宝之首。为什么？就因为喜欢吃饸饹，还是油泼饸饹。

油泼饸饹，荞麦面做的，配油菜或油麦菜豆芽，葱姜蒜切末，辣椒粉要粗粝一些，留着籽，热油泼上去，香得人忍不住打喷嚏。配上古城特有的崩肝、热切丸子，听着隐隐约约的常山战鼓，你可以回到二十世纪，或者赵子龙时代。在清代，正定的南厂白菜、西关韭菜和龙王庙的“紫菜”是贡品（此紫菜非寻常紫菜，紫色乃小萝卜是也，也是用来打汤的）。多次去过正定，一是馋饸饹，再是那里的古建筑。在我看来，古城正定与赵州不分伯仲，各有千秋。

如果不想跑很远，就在大经街附近，一个歪扭扭的小胡同里有家老饸饹馆，店名我忘了，闭着眼睛也能找到。这家饸饹店门面极小，进门左手是作坊，往里几张桌子，光线不好，加上长年烟熏火燎，黑黢黢，烟气腾腾，但是食客不少，常常要排队等候，服务员和大厨都是老头，朴实得就像刚从地里收工回来。饸饹煮得恰到好处，牛肉软而不烂，切成薄片，入口鲜香。我特意看过制作流程，饸饹分大碗小碗，大锅煮饸饹，小锅是冒着香气的大骨汤，香菜段、牛肉片各就位。这样的环境，居然维持三十年，而且还很兴隆，是个奇迹。其实简单，不外乎味道好，老汤的功劳，不是调料味，价格公道，大碗十元，小碗八元。当今，能做到这样的不是很多了。

有一段时间，常去马路对面的超市吃担担面。面条就是普通的机器面，煮得爽韧，作料也无非冬菜、榨菜丁、豆豉、花生碎、芝麻、麻油、辣椒油、酱油、香油而已，这个店主会来事，允许食客自己加花生米和冬菜。可时隔不久再去，这个摊位已撤走。

俗话说南船北马，也可以说南米北面。听说在新疆有一种拉条子，用蓬灰水和面，饧面，用油搓，经过摔拉掼托等工序，面劲道无比，吃罢面要喝面汤以助消化。在《故乡之食》中，刘先生大概和我一样，没有品尝过拉条子，他重点写了手抓饭，其实拉条子更平民化，也更实惠。

说面，离不开陕西山西，我喜欢臊子面。我见过一幅标语——面条是陇东人的命。其实在河北，喜欢面的人吃起面来也不要命。对门大哥，每次喝酒回来，都要吃一碗面才能安睡。

北方的炸酱面、刀削面、打卤面、烩面，属于粗放式的，像烧火丫头杨排风。南方的面多以精致见长，阳春面、炖鸡面、葱油面、虾面、鱼面是面条里的小家碧玉，《红楼梦》里的丫鬟，即使上不得大堂，站在那，也是一道让人流连的风景。

食物是储存记忆的载体。出生于河南兰考的赵瑜先生写过《手工面，个人史，以及城市记忆》，他说，所有好吃的食物里，都住着一个母亲，一个故乡。是这样，是真的。

女儿爱吃炸酱面，很简单，这是我的保留节目。酱香配上鸡蛋的香味，黄瓜是面条的点缀，圆白菜也可以做菜码。爱人经常在家煮一碗白菜炝锅面，那是他对母亲的留恋。我也爱上了面条，各式的菜被我用作面条的配伍，君臣佐使，面条是君王，是打通游子思乡症结脉络的灵丹妙药。

多年后，在女儿的记忆里，也有一个尽心打理饭食的母亲，可是她的故乡在哪里？

豆腐的乡村伦理

一

我并不爱豆腐。

乱翻书，看到“锅塌豆腐”，北京风味。步骤有必要复述一下：豆腐切长方块，厚薄随意，裹鸡蛋液、芡粉，油炸至两面金黄。浇酱油料酒汁，如有虾子羼入更好。我还没吃过这样的豆腐，立刻就想买块豆腐试试。

接着还有一个“鸡刨豆腐”，鸡刨的比喻让我发笑，我仿佛看到一块水嫩的豆腐，被鸡爪子刨得乱七八糟的样子。

固然了解了豆腐的一些做法，我并没有立刻实施。我不喜欢吃城里的豆腐，甭管南豆腐、北豆腐还是水豆腐，我都兴趣不大，偶尔吃一次，也动不了几筷子。

等回老家，到三叔那讨几块解馋。

三叔的豆腐是卤水的了。电磨一转，雪白的豆腐渣就流出来，三叔边干活边和我唠嗑。临走，要让我带几块豆腐，我谎称家里有，他塞给我一嘟噜用线穿着的冻豆腐，还有一些豆皮。我不好再拒绝，带回石家庄，吃了好久。幸亏是熬大锅菜，不然这冻豆腐真没法打发。三叔如果知道，会不会伤心呢？三叔早年在生产队干活，改革开放初，村里成立老调剧团拉过二胡，后来跟着定州的盖房班在北京待过，再后来，三叔种地当泥瓦匠。很辛苦，攒一点生活用度的钱。每年秋后，我叫三婶的那个女人就回一趟陕西老家，一年的积蓄就没有了。

我的文章里数次提到的潴龙河——我的母亲河，它是滋润我童年，承载我乡愁的载体。但不可否认的是，它是一条情绪化的河，高兴了，风平浪静，鱼虾丰裕；生气了，会毁掉一季的庄稼。因为它，每年裹挟着沙子的大风呼呼地要刮上几个月。我卫校的同学曾经领略过它的“风采”。那年春天他们来我家帮着种长果（花生），晴朗朗的天，突然就来了西北风，风仿佛真被黑风怪操持着，潴龙河道弯弯曲曲，风从下游冒出头来，黑压压的，犹如海啸般冲杀过来。太阳躲了，大杨树也没了，天一下子像夜幕低垂的黄昏。我们十几个人互相拉着趴在地上，唯恐被大风卷走。大风很快就过去了，大伙都成了土人，一笑脸上都掉沙子，牙齿像用沙子镶了边。松软的黄土上留下一个套一个的旋，隆起的小沙包鱼鳞一样排列，杏大的田螺壳从沙子里露出来。

这样的地，无疑是贫瘠的。靠近大堤，还能种麦子棒子，近河滩的地方，每年只能种一季黄豆高粱。而这黄豆，大多时候也并不饱满，皱巴巴的，像个不到日子就出生了的婴儿脸。每年分上一簸箕黄豆，生豆芽吃。那时候的豆腐还是稀罕，平时舍不得吃，过年的时候，大锅菜里有它，母亲总是提前油煎出来，撒上盐，码放在淡青色的搪瓷茶盘里，白花花的豆腐犹如穿上了高贵的老虎皮。那时候，我最感兴趣的是肉，碗里的豆腐，扒拉来扒拉去，最后挑到父母碗中。虽然，黄豆来得不容易，我还是不喜欢豆腐，太寡淡，不如白菜有滋味。

生豆腐，别人吃着说清香，我却觉得有股豆腥气。

二

我在家乡医院工作的时候，三叔还没做豆腐。

三叔右手残疾，三根残缺的手指，是他小时候自己碾炮药的意外。还好，这只残手并没有影响三叔干活，这只手也曾经灵活地拉二胡、京胡，三叔是村里老调剧团的琴师，是受学员尊敬的老师。那时候，三叔的婚事还没着落，曾有学员与三叔有过瓜葛，但不知是因为家贫，还是什么原因，这段韵事随着风在街巷左摇右摆，成为村里人的笑谈。

三叔娶亲的时候，我已经结婚了。三婶是个陕西婆娘，她并没有陕西人的勤谨和厚道，塌着半边脸，整天呜呜哇哇的，除了带着两个女儿做点饭，并不能给三叔的生活搭把手。两个小丫头，几岁就来了三叔家，三叔视如己出，在刘家长大。三叔在四十出头的时候，也有了亲生的儿子。我这个小堂弟，比我的女儿还小两岁。孩子们聚在一起玩的时候，我女儿瞪着眼睛惊奇地质疑：“为什么他比我小，我还要叫他小舅？”如果按绘画的脉络解释这件事，可以比喻为老树酿出来的新枝，三叔终于有了自己的孩子，这也是他的奔头。

三叔种地，编簸箕，当泥瓦匠，挣点辛苦钱。每到秋收或多或少能攒点钱。每到麦苗从地里露出头来，这个干瘦瘦的三婶会以各种理由回陕西，每年微薄的收入，就在太行山与秦岭的曲线之间消磨殆尽。三叔虽然不情愿，但也通情达理，三婶的借口大都是回家看老娘。一年又一年，直到堂弟十一岁的时候，她带着二丫头一去不回。留下了刚上小学的堂弟和一个有点痴的丫头羽。三叔一封信一封信地寄出去，央求媒人给联系，三婶铁心不回来。

这个三婶，原来陕西还有家，还有男人。

这个笑话，似乎比当年三叔在剧团搞对象还有戏剧性。因为，三叔的媒人是他的小姨子，三婶的亲妹子。直到如今，我还是捉摸不透这件事，当年三叔给的彩礼，究竟谁要了？这件让三叔伤自尊的事情，我没有追问，而是以粗粝的线条一带而过。

如果生活是一帧画，三叔定是那拱肩用力拉车的人，车上坐着三婶和三个小孩，边上拉梢的，是我腿脚不便的五叔。

戏剧性的是，没过几年，这个三婶又回过河北，要回三叔家，跟三叔过日子。三叔自己打定主意拒绝，又怕伤了我堂弟的心。堂弟长大了，对于母亲的事也明白一二，他甚至没去姨家看看他的母亲。可是他和我说这件事的时候，说着说着，突然说不下去。把手插入笸箩中滴溜溜圆的黄豆里。这一大笸箩黄豆，是三叔做豆腐用的。

这时候三叔翻盖了旧房子，五间房子的最东头，隔成了两个小间，外间屋按了一架小电磨，还有豆腐模子、苫布、大缸等一应做豆腐的东西。一个柴火灶，通着屋里的炕。

虽然没有了磨黄豆的石磨，我却觉得三叔还在生活的磨道里挣扎。

三

雪粒一样的豆腐渣盛了满满一桶，我看着真眼馋。王祥夫先生的《四方五味》里写过炒豆渣。他说猪油要多放，葱花儿也要多放，最好是猛火大炒，就着玉米面窝头最好吃。我小时候经常吃棒子面饼子，唯独没吃过豆腐渣，那时的豆腐渣于我也是奢侈品。还是近年在农家院饭店吃过炒豆渣，味奇香，红辣椒、韭菜点缀，大概是羊油炒的，不是平原人家的味，这大概就是传说中的麻豆腐。麻豆腐是豆渣成仙，不记得这是谁的话，我看作是知己。

豆渣饼，又叫豆炙饼，为武进独有。在苏州观前街吃过一种豆腐干，棕黑色，滴着汁，甜香味，典型的苏州风味，我带给同事，都吃不惯。这大抵就是饮食习惯问题。

在我小时候，家乡有一种臭豆腐。每当街上有“臭豆腐来……”的吆喝声起，孩子们大多数是坐不住的，央求大人给五分钱买几块臭豆腐解馋。深灰色的臭豆腐装在一个木匣子里（我记忆里是木匣子），像微型的砖块，比现在的王致和臭豆腐小许多，很袖珍，贫瘠年代的标配。臭豆腐一排排地码着，你买几块，小贩用小叉子插几块，分毫不差。我不知道这味道有没有火宫殿的好吃。村里有个人叫玉龙，据说他爱极了臭豆腐，每天下地窨子编簸箕都要带几块搁在棒子面饼上的臭豆腐，编几道绳，就在裤子上蹭蹭手，端起臭豆腐来闻一闻，说闻着就来劲儿。到天将过半，玉龙才拿起臭豆腐，一口一口山珍海味般享受起来。

三叔的豆腐没有变成臭豆腐。我问过三叔为什么不在夏天做豆腐卖，不受罪。三叔说，一来得忙活几亩地，再者夏天豆腐容易坏，过一个黑夜就馊了，卖不了就赔了。一个豆腐指一个工，半天的工夫。

我在《故乡之食》发现一种“腊八豆腐”，嫩豆腐做成球形，弄凹在里面放盐，日晒，并在外面反复抹盐汁。白天晒，晚上收，很辛苦很费工夫。三五个月后，削去豆腐球外皮，豆腐干起酥一样好吃。刘震慰先生说，徽州歙县一带饮食考究。另有霉豆腐、油豆腐，也是安徽长江以南一带的名吃。我想，三叔如果知道我想吃“腊八豆腐”，也会做。他养着狗，养着八哥。我每年吃到的柳芽、荠菜、豆角干都是三叔给的。

喜欢吃四川的豆花，豆豉豆瓣酱芝麻油泼辣子，清白也清爽，这个清爽是味觉里的挑战，是我豆腐食谱里的新元素。

在乡医院工作时，芳婶给端来一碗她自己做的豆腐脑。豆腐削成薄片，云朵一样，火腿丁和香菜点缀着，是我喝过最好喝的豆腐脑。在阴天农活不忙的时候，我母亲也给我们做豆腐脑，用白面做，洗成面筋。这两种豆腐脑这辈子是没法再吃到了。

南方山里有一种豆腐，忘了用什么叶子做成。豆腐颜色碧绿，是另一种生活的智慧，或者说食物匮乏时的填补。现代人吃这种豆腐，不仅是追求原生态的滋味，我想，更有一种返璞归真的情愫在里面。

绿豆腐是用一种树叶做成的，我记不起来树的名字。在遥远的南方有一种像橡子的乌槠子可做豆腐。

豆腐本无味，却可融合酸甜苦辣咸，变成人间至味。形而上地说，是一种源自中国的豆腐文化。与这些豆腐美食和文化相比，三叔的豆腐是沉重的，生活像一个茧，紧紧地把他束缚在里面，化蝶的日子还遥遥不可及。

张王李赵遍地刘。传说中豆腐的缔造者淮南王如果有知，看到刘姓后人还在做豆腐养家，心里该是什么滋味？小葱拌豆腐，香椿拌豆腐，是豆腐，也是春滋味，却不是豆腐伦理的肌理。

四

三叔凭着辛苦，翻盖了旧房子。原来的三间一跨，扩建为五间正房。西头的两间是给我小堂弟结婚留的。尽东头那间一分为二，里面住着五叔，外面做豆腐。五叔去敬老院后，屋子就空了。这院子里的声音就只有电磨的呜呜了。三叔一个人住着，老调远了，晚年近了。

还是在旧房子的时候，三叔一个人养着五叔、小堂弟和没有血缘的羽。并用做豆腐积攒的钱，把羽嫁了出去，不是亲生的，也当亲生的看待。每年冬季的白菜、豆腐都要给傻丫头送过去。

其实三叔不是好脾气的人，这也是三婶跑的一个原因。三婶好吃懒做三叔不说啥，这个三婶趁三叔不在家的时候，不让五叔吃饭，最后张狂到当着三叔的面对心智不全的五叔不依不饶。五叔心眼不灵活，执拗、犟，三叔忍不住了也会轻轻地打五叔两下，但容不得三婶欺负五叔。

三叔种东西不惜力气，却不太用心。与邻里一样种紧俏的麻山药，人家亩产过万，他的收入还是不高。有一年他的麻山药长得不好，堂弟催促他趁还没开始收麻山药赶紧雇人刨了，三叔固执，等他明白过来，刨麻山药的人工费太贵了，他合计着不合算，计划等一阵儿再刨，人算不如天算，何况三叔本来就不是精明人。那年蹊跷，很多年不下雪的大平原一晚上披上了厚厚的雪被子，三叔的两亩麻山药被雪封到了地下。等开春刨时，发现都冻了，挖出来的麻山药，软塌塌的，像一条条蛇蜕。

三叔攒个钱真不易。二丫头来河北时才三四岁，三叔亲生的一样看待，却也挡不住她背叛的步伐，义无反顾跟着她的母亲回了陕西，投奔了她亲爹，结婚时给三叔打来了电话。亲戚们都劝三叔别给钱了，白眼狼喂大了，不欠她什么。三叔不听，还是紧着做了半月豆腐，攒了一千块钱寄了过去。

这半月，小电磨疯了似的转，三叔也机器人一样。

我复述这些事，力求平静，忍不住还是带了情绪。

送五叔去敬老院，是父亲哥几个商量的结果。五叔跟三叔过，是早年分家的约定。但现在一家三口，一个老爹，一个残疾的五叔，小堂弟的婚事成了问题。卖豆腐的钱显然承担不了婚娶的大事。五叔被送走了，三叔有些空落，几次要去接五叔回来。我父亲开导他，以小堂弟的婚事为主。现在村子里的男孩很难找对象，一个条件很一般的女孩子也要县城有楼房，家里有汽车，外带十二万元的彩礼。三叔翻盖房子已伤了元气，在县城买房实在没有气力。

村里来了两个马来西亚姑娘，不要楼房。会说流利的汉语，给十万彩礼就行。绝望的三叔动心了。

当三叔张口向我借钱的时候，我拿出来了两万。其实再多一些也不是不可以，下意识里也是担心媳妇跑了。村里先后来过几个马来西亚姑娘，有的早有了孩子，本分贤惠。邻居家曾娶过一房儿媳妇，那天我恰好在老家。那个马来西亚姑娘，看上去有三十多，宽脸，深眼窝，化妆品也掩盖不住密集且深的皱纹，厚嘴唇抹着大红的口红，穿着雪白的婚纱，却夹着烟卷，不停地吐着烟圈。

三叔送来的豆腐，在大铁锅里咕嘟咕嘟冒着泡。全村的人都可以吃。这看热闹的街坊们都说，这怕是只鹰。

这只鹰不走，每天两盒香烟，每天要吃大虾，最低消费几十元。不干活，却指手画脚。这家人养不起了，要送她走。

娶亲时白菜豆腐大锅菜的味道还没散尽，这桩婚姻就走到了尽头。

五

小堂弟去了两次马来西亚，终于相中了一个姑娘。

几经折腾，小堂弟的婚姻终于有了法律保障。为小堂弟结婚，三叔又拖了饥荒。几间屋子面目一新，全部换上了三叔几十年也没用过的新式家具，本就宽敞的屋子更加敞亮。大红的囍字催开了三叔的笑脸。新棉袄新裤子，却还戴着一顶旧毡帽。

猪肉干白菜豆腐大锅菜的香气飘了半道街。三叔递给我一碗熬菜，我忍不住说好香啊！三叔笑得眼睛成了一条缝，捂着半边嘴，小声说，如果是我做的豆腐更好吃。三叔曾瞒着其他表姐妹，给我一些小米，他说很好吃，打得不多，只给你一点。当我熬了粥，并没有感觉如三叔所说的好吃。三叔不会骗我，他没吃过多少好东西。

三叔还是农闲的时候做豆腐卖。

缺手指的厄运仿佛还跟着他。本以为娶了儿媳妇，他会轻松些。却得知弟妹阿玲一次无胎心停孕，最近又宫外孕，刚做完手术。

那次去看他，豆腐坊里，泡着一大盆黄豆。三叔和我说话，也不停歇，一会儿磨豆浆，一会儿烧火煮豆浆。锅开了，豆浆咕嘟咕嘟地冒着花，三叔抄起黄澄澄的铜水瓢，舀起豆浆，高高扬起来，慢慢流到锅里。我问三叔这是什么程序？三叔说，扬豆浆。这道工序做得好豆腐才香才好吃。豆浆开两次，三叔舀到大缸里，稍微降温，开始点卤水，我以为倒到里面就行，三叔说，使不得，得不停地搅。原来点卤和输液差不多，一滴一滴的。眼看着豆浆越搅越稠，成了硬糊糊，三叔搬出早刷洗好的豆腐模子，铺上屉布，一瓢一瓢地把豆浆舀进去，再用屉布包起来，并压上石头。三叔做完，出了口长气。

三叔很知足，开导我似的说，做豆腐很省事，不用推磨，合闸就行。

我进一步了解，十六斤黄豆出一模子豆腐，大约五十斤，能赚四五十块钱，供零花的。娶了新媳妇，开销大了。弟妹阿玲的饮食习惯和内地迥异，三叔又当婆婆又做公公地变着花样做菜，阿玲却不大爱吃，她喜欢白水煮鸡肉，吃油炸的线辣椒酱。三叔做的豆腐，阿玲也吃不惯，三叔爱不够豆腐，凉拌、荤烧、素炒都吃不厌，三叔也喜欢吃炒豆渣。去年春节我们姐弟十几个在三叔家聚会，一大盘子炒豆腐吃了个干干净净。三叔眯着小眼睛满是自豪，带着酒意说，你们在外边吃不着这么好吃的豆腐。说起豆腐，三叔眼里都是光彩。最后，三叔补充道："阿玲喜欢喝我做的豆浆。"

羽原来订过一次婚。可是因为一次意外改变了命运轨迹。而三叔气得心脏病发作。这是让我们家族集体蒙羞的事件，具体情况三叔难以启齿。一个与三叔年纪相仿的人，"欺负"了羽。三叔是父亲，为了孩子他差点拼了老命。

羽虽然不太俏，也是豆腐一样清白的人。做了半辈子豆腐的三叔，哪里能容下有人往珍爱的豆腐里扔沙子。清水濯了黄豆，时间淘洗了记忆。随着羽的孩子长大，三叔的伤口慢慢愈合。

三叔去集上卖豆腐，经常遇到羽，每次都给切一大块豆腐，羽的女儿长得伶俐，一口一个姥爷，三叔把还没揣热的钱掏出来，拉着跑到卖火烧夹肉的摊子前。

朴素的豆腐，被三叔刷新了灰比土热的乡村伦理。

这个新冠肺炎病毒肆虐的正月，三叔遵令在家没有做豆腐。倒是乡亲们电话催他，想吃豆腐了。三叔怕给村里添麻烦，编起了簸箕。我给三叔打电话的时候，他刚编完一个，要喘口气。年纪大了，浑身疼，一天能编四个簸箕。电话那头的三叔有了笑声——你三叔要当爷爷了！呵呵……

梁实秋和汪曾祺先生都写过豆腐，他们笔下的豆腐是美味，是见地，更是才华的凝聚。我写豆腐，有点忐忑，豆腐于我不过是可有可无的东西。但是，三叔之于豆腐，是不可或缺的生活依托。

三叔做豆腐，挣钱养家，是三叔下半辈子执着的真理。麻婆豆腐、八珍豆腐、鱼香豆腐、罗汉豆腐，我猜三叔都没听说过，诗意里的豆腐，更与他无缘。青菜豆腐保平安，是三叔的家常和真实写照。也许豆腐里有哲学，有我和三叔都参不透的秘密。也许三叔就是一块老豆腐，不管生活怎么揉搓，即便老皱，也还是清白本真的姿态。

饽饽简史

一

“饽饽”一词古已有之，旧时长安称“毕罗”。

我老家管干粮叫饽饽，不管是白面烙饼、馒头，还是棒子面窝头饼子，包括火烧、黏糕，凡是粮食做的，便于携带的都算。

蠡县的饽饽什么来历，我不清楚。满族人多称饽饽，我家北院的邻居祖上是旗人，跑马占圈来到蠡县，据知情人讲，“文革”时证明他们身份的旗子被烧毁了。登记民族，改写为汉族，成分多是地主或富农。有的人家房子与平常人家无异，青砖，平顶，有的是逼仄的青砖四合院，带着雕花的小门楼。吃喝和我家一样，也是棒子面饽饽居多。

我家把熘山药当饽饽，岫姨家也是。她家在我家东边，隔着两户人家。岫姨的父亲在她很小的时候跳楼死了，她们住在娘舅家两间西屋里，妈妈是个裁缝。过年或者娶亲时，人们会说到楼里去“砸衣裳”，老辈人说她家原来有二层小楼。岫姨家曾把萝卜丸子当饽饽，半屉冒着热气的萝卜丸子，勾得人馋虫都要跳出来。一家四口一个丸子一口粥，细嚼慢咽，几乎没声音。是有教养的人家。“文革”后落实政策，她的大姐成了一名工人。岫姨的舅舅家，就是隐瞒身份的满族人家。

格致老师是满族人，她写了《皇帝的乡愁》。一个章节里写着椴树叶饽饽，这是六月六虫王节的食品，也是贡品。实际上，在东北椴树叶饽饽并不是稀罕物，糯米或大黄米包豆沙馅，椴树叶擦上油，对折，蒸熟即可。她说没有椴树叶饽饽，整个夏天会淡而无味。椴树叶饽饽是离乡背井人的念想，也是大清皇帝的乡愁解药。

满族人说的饽饽也指点心，饺子叫煮饽饽。除了清朝，再没有哪个国家把面食当国宴。大内单有饽饽房，祭祀大典时，上好的白面、白糖、奶油等制成各式饽饽，每桌三到二十一层，最多的一层有二百多个。礼毕，这些饽饽被做成酱，供皇宫食用。除去椴树叶饽饽，慈禧爱吃的有栗子面窝头、豌豆黄……五月节，满族人祭祀萨满用时令供品玫瑰饼（五毒饼）。

满族人最正宗的饽饽是黏糕，人神共享，这也是他们渔猎生活及攻城略地的干粮，跋山涉水，耐饥耐寒。在清朝，饽饽具有无上的地位。最高级的是奶饽饽，用料考究，有牛奶、奶油、奶豆腐。

老百姓家的饽饽，当然不像宫廷那么讲究，普通干粮居多，河南陕西称馍。更西北的新疆，有《诗经》记载的馕“乃裹糇粮，于橐于囊”。

锅盔曾是军粮，也是行走西域必备的干粮。陕西民风彪悍，听说在乾州有一种锅盔，直径三尺多，厚达四寸，可称作饼中之王了。锅盔的特点是，干硬，耐嚼，耐饥，适合远行。我曾在古城西安买过石子饼，带着花椒的嫩叶子，满嘴香。

北京丰泽园有三样好吃头，银丝卷、烤馒头，再有就是杠头。山东的杠子馒头是也。这种馒头有嚼劲儿，香甜，是戗面的。王祥夫先生第一次吃杠子馒头，累得腮帮子疼。我在天津吃过一种银丝卷，绵软且香，是奶香，银丝面条似的。

在江南之地，我曾数次在街上徘徊，寻找家乡的驴肉火烧，可惜南方人不识北方驴肉火烧之妙，居然没找到过。河北名吃驴肉火烧，以河间府、徐水最负盛名，赵县、大成等地也有。在石家庄，满街都亮着驴肉火烧的招牌。单说火烧，河间府的，长方形，酥，带着芝麻。徐水的是硬面，圆形，厚墩墩的，塞上肉，午饭吃俩，到天黑也不饿。那还是年轻时候，现在吃一个就饱饱的了。

二十世纪七八十年代，在家乡最常见的是贴饼子，贴饼子熬小鱼是上好饭食。尤其饼子被母亲启开，趁热在饼馇馇和饼相连处放一筷子头大油，能香死人。

在河间府，有句话叫“好大包子好大面”。牛肉馅包子，一咬一口油。我相信，盗御马的窦尔敦是吃包子长大的。这样的包子，豪气，是滋养义士的好东西。

少年时光里，我的胃里棒子面饽饽多，饺子、黏糕、粽子、花糕，一般都在年节时才有，是贫寒生活的盼头。

二

突发的新冠肺炎疫情来袭，被封闭在家中，过春节备的饽饽吃完了，我发面蒸花饽饽。揉好的馒头坯子，剪出刺，按上花椒籽，就成了刺猬；小块面团剪出长长的耳朵，头部左右按上两颗红小豆，剪一个嘴巴就是小兔子。如果不是疫情，还真不知道对于面食，我居然有无师自通的天赋。小时候过年，母亲会使出十八般武艺，煎豆腐、炸丸子，还要摊耨耨（谐音，有的地方叫饼折），蒸花糕、黏窝窝、豆包。我是烧火丫头。

母亲没更多工夫把红小豆弄成澄沙，我家的豆包石榴一样满是开花的红豆粒。蒸花糕的红枣，是一颗一颗挑出来的，一层面一层枣，取步步升高之意。再忙，母亲也会蒸花饽饽。初五后的馒头已掺了棒子面，用硫黄熏得白白的，壮门面。

蒸百岁不能掺棒子面。百岁取长命百岁之意，与面做的寿桃意义相似。百岁用于小孩十二晌或者满月，寿桃用于老年人祝寿。

婷姐的女儿十二晌，我们坐铺着褥子的牛车，拉着一圆笸箩百岁，走了六里地，跨了一个县界。百岁，就是大个儿馒头。此刻，这些百岁个个顶着红胭脂，担负着使命，只有孩子十二晌或者满月时，亲戚家才蒸，里面包着红枣，没有红枣包上两粒花生米。这五十个大百岁，一半归婷姐家，一半归我家。分几个给左邻右舍，家家都稀罕。

不知道从谁家起，也不知道从啥时候起，隆重的百岁变成了面包，而后又成为钱币。一些秩序被打破，一些规律在形成。

在老家，过年除了饺子，就是大锅菜了。大锅菜最好的配伍，当然是白面卷子（方馒头）。一般红白喜事，也是卷子熬菜，只是喜事的熬菜讲究些，肉多豆腐多，也稠。白事上，稀汤寡水，也没人计较，都理解。卷子就成了顶门面的东西。

如今，不再有卷子的说法，不管半圆还是方的一律叫馒头，就像南方管豆包包子叫馒头一样。

小时候，过年很隆重，几乎每家都要蒸花饽饽。不外乎手巧的精致，花样多些，手拙简单些。

母亲一辈的人大都老了，年轻的忙于生计，没有人再蒸馒头，更毋论花饽饽了。有一年在沧州南大港，居然见到了模子印制的花饽饽，我十分惊喜，一桌子海鲜也没有了吸引力。找服务员要来塑料袋，装了几个回家，让孩子认识一下。

母亲不识几个字，读书时正逢吃大食堂，姥爷在外地工作，姥姥劳累过度得了哮喘。母亲扔下书包，跟着生产队干活，拾山药、采野菜、捋稗子籽，帮姥姥度过了饥荒年。我初中的时候，蠡县腈纶很兴旺，母亲跟着潴龙河北的人背着腈纶线腈纶毛衣跑遍了半个中国，云南、贵州、四川、湖南，也到过东三省。同去的人有时候赔钱，母亲多少也会有点盈余。有一次听她们说话，有的人在多雨的江南住旅馆吃烧鸡，母亲则揣着几个烧饼馒头披着塑料布上路。一个不识字的平原人，每天冒着冷雨，钻到山沟里。每次吃烧饼，就会想起风雨中山路上负重独行的母亲。

烧饼是饽饽里的贵族，说其贵，可以想象水泊梁山或者瓦岗山上的草莽英雄。石家庄有一种缸炉烧饼，我同事爱不够。我更倾向于油酥烧饼，层层酥，香得不得了，如果配上小米粥和炒枸杞芽，是春天里的好味道。

棒子面饼配煎小鱼，或者卷开春的小葱，是吃鲜呢。不亚于河豚和松茸。

初到石家庄很吃惊，街头的烙饼师傅左手端着搪瓷茶缸，里边竟然是油，右手的刷子在茶缸里蘸过，再在饼铛上刷，先是大圈小圈，然后没规则地横竖交叉，香气四溢。老家烙饼从不外面刷油。

那个冬天，父母在外地，姥姥来做伴，不知道鸡鸣几遍姥姥就叫醒我，让我烙白面饼当午饭。我欣喜。可是我擀这张饼，急了一身汗，擀出一寸缩回半寸，硬得像皮条。黑灯瞎火，饼还半生不熟。

揣着张半边煳半边生的热乎饼，一路小跑，到学校大门，上课钟声已响。饼折了，也凉了，像两块不规则的石板。

三

我记事时村里已没有了寺院。老辈人在年节还是要上供的，没有神像，哪怕是对着月亮，对着神龛也要虔诚跪下去，不仅是祈求，更是感恩。那年中秋，谷子地里，月亮明晃晃地照着，谷穗像收纳了月光，闪着晶莹的光，地头的谷穗袋子堆了一垛。我的父亲，好像不知道累、饿，一袋子一袋子的谷穗，从谷秸子挪到地头。谷穗扦完了，父亲没有急着拉车回家，而是把手绢在地上铺开，把卷子和月饼平放在上面，东南西北各拜了一次，口中念念有词。父亲在跪谢上天恩赐。这与我在寺院吃素斋时的场景，相同又不同。

《悯农》耳熟能详，真正体恤粮食的有多少人？

乡医院宋医生经常给我讲老世界的事。他说胖墩娘吃杏核死了，药房里的山药、山楂、车前子，甚至干姜，都被人们吃了。宋医生说，奇怪，那时候没有闹胃病的。

父亲有张照片，留着三七分头，中山装上衣兜插着一支钢笔，眼里闪着青春神采，那年他二十岁。几年的北京生活，父亲已是一个意气风发的城市青年。我曾问理发多少钱。理发一元，月工资八元。简单的算术题。爷爷去世，一家子人等着吃饭，八元钱实在不够，父亲卷铺盖卷从北京回到了农村。

过年，父亲买了十斤面蒸饽饽。奶奶蒸一锅，叔叔姑姑们吃一锅，十斤面蒸完，没有留下一个。一家人怎么难过，这个年怎么过的，我不敢问。

连云港的木集兄说，饽饽叫窝窝头。玉米面做的，粗粝磨牙，十分难吃。

他的母亲每次吃都说有一股玉米香，他们很难理解。陕西叫馍馍，黄米馍馍，里面包豆沙，是当地的主食，用发酵的方法处理玉米，玉米面就显得绵软，可是外地人不懂其中之道。

表弟家嫁姑娘，熬干白菜配窝头。小小的窝头人见人爱，一把能抓四五个，黄澄澄的窝头上有碧绿的葡萄干和红枣丁，咬一口甜津津的。一笸箩窝头一下子见了底。眼下粗粮饽饽更让人爱。

饽饽从历史中一路走来，路径好像是圆，从粗粮到细粮，细粮再到粗粮。款式和名称也五花八门，万变不离其宗，充饥是核心。现代社会，温饱不成问题，人们更追求食品的原生味道。花饽饽多作为一种文化展示，而花饽饽非麦面莫属。

大周朝之后，麦子多了起来，新麦祭祀宗庙，国君品尝叫“告麦”。

写这篇稿子的时候，我犹豫着，要不要以馒头、烙饼、饼子、烧饼各自为章，想来想去觉得没法分清楚。这些饽饽都是兄弟，打断骨头连着筋呢。譬如烧饼，黄桥烧饼、周村烧饼、武大郎烧饼、赵县烧饼、丰县烧饼等等，他们是分家单过的烧饼兄弟。在丰县，小儿种牛痘七天后，姥姥自带烧饼等物前去看望，俗称“揭疙瘩”。此等风俗比比皆是。关于烧饼，有班超自西域带来说。在凉州，有满族饽饽，为满族人戍边带来。

在蠡县，没有烧饼的叫法，火烧是大名。如果非要给烧饼、火烧验明正身，烧饼穿着芝麻外衣，火烧是素袍，本色。

历史上曾有多次民族迁徙。烧饼和众多的饽饽走在或逃亡，或迁徙，或征战，或贸易的路上。饽饽也因此遍地开花。

《露从今夜白》作者说，最喜北人的馒头和辣糊汤，北地盛产小麦，面粉之优远为南方不及。风物所钟，北人面食极香及筋道，花样又繁复。令人不念大米起乡愁。

远在广州的文友张治龙参观叶剑英元帅生平展，看到一只粗陶碗，盛着两个饽饽。出生在梅州客家的叶帅，戎马半生，何时何地爱上了北方的饽饽？是在战火纷飞的疆场，与战友分享过饽饽，才爱上的？还是客家人在数代迁徙中自行带到梅州的日常食品？

馍馍在北方人的食谱中举足轻重，生有百岁祝福，去有花馍馍等白面制品送行。终其一生，走不出馍馍的福泽。黄河以北，有着无垠的麦田，金灿灿的麦子成就着燕赵威名，家乡曾有孟尝君庙，我记事时，孟尝村一寺皆无，我常常想，孟尝君是战国四君子之一，他的疏财仗义彪炳史书，家乡人为其立庙，肯定有长年的香火及时鲜，花馍馍也是不可少的。至于代代相传的花馍馍，我倾向于祖先们自山西大槐树东迁时带来的手艺，山西面食在面食史上独树一帜。

在河北，有荆轲、樊於期、高渐离等燕赵风骨，风萧萧兮易水寒，千古之绝唱。我想，离别的宴席上肯定有馍馍，远行的行囊里也有。

馍馍成就了一代代英豪，也养育了我等草芥。

炕田记

一

对于土炕，我起先并不依恋。我曾在大上海过春节，本想好好领略一下大都市风采，不料却患了重感冒。整天囿在屋里，呼呼响的空调，厚实的毛毯棉被，也抵不住那份侵入肌骨的湿冷。大年初二，在杭州坐游览车看西湖，断桥，雷峰塔，冻得浑身哆嗦，连一杯豆奶也拿不稳，上下牙打战，话都说不出来，我才念起土炕的好。

土炕边角四直，或长或方，一爿爿土炕联结在一起，就像整齐的阡陌。

称为炕田，恰如其分。一批批小苗，顶出母体的壳，炕上生，炕上长，像大田里的庄稼一样，一茬接着一茬，生生不息。世世代代的人，在炕上落生成长，接续烟火，繁衍家族血脉，演绎着人世间的悲欢离合。

在北方农家，土炕与锅灶联结在一起，做饭的余热暖火炕，一举两得。土坯是土炕的血肉，也夜夜与人的血肉相连。旧炕坯带着黑乎乎的焦油，是抹房顶的好东西。加上胶泥土，是庄户人家的“天”。也有人把陈年炕坯做肥料，白菜因而长得格外欢实。父亲曾把陈年炕坯做烟的底肥，那年的烟叶子比我还长，淡粉的花也分外娇艳。

在更北的北方，炕的取暖作用更强，我住过大同的土炕，里间屋外间屋都各有一爿土炕，屋里的土炕连着外屋的灶台，灶台上安着一口锅，锅台里侧还夹着一口小瓮，存放水，通过做饭的余火温热小瓮里的水，以备日常洗手洗脸洗衣服洗菜之用，用雁北伏天的机井水洗过手的人，会懂得灶上小水瓮的好处。外屋的炕，很干脆，就是靠北墙垒着半截炕，炕两面接地处有三个炕洞，可以同时烧炕。这就是大同特色，天冷，煤多，舍得烧热炕。

沈阳故宫最抢眼的制高点，就是那个高耸在清宁宫房后的巨大烟囱，屋内三面都是炕，叫“万”字炕。在很多描绘北方的画或文字中，炊烟袅袅盘桓于雪后的小平房上空，木门两侧贴着红对联，有的门口还挂着大红的灯笼。土灶台、炊烟、土炕，是北方农村的几个标志性符号，如今已成为记忆的底片，不可复制。

犹记得，土炕席美丽的席花，带着芦苇的清香。冬天，炕席下铺了厚厚一层麦秸，暄腾腾的，很是舒坦、熨帖。风刮得窗户纸呱嗒呱嗒响，我黏在被窝不想动。娘早捅开了煤火炉子，温了洗脸水。我披着棉袄，赖在炕上看窗台玻璃上的霜花“丛林”，树干是白的，树枝是白的，树叶也是白的，形状像柏树叶，又像海底世界，那些斜斜伸展的纹路，也像聚在一起的藻类。这玻璃和霜花可真神奇，一愣神的工夫，丛林变成了将要融化的雪山，从顶部往下逐渐模糊成冰瀑，如梦如幻，奇妙极了。

炕围子是淡蓝色，丝绒般的质地。炕上铺着厚厚的毡条，毡条上是我发的炕单子，米黄的，中间是一架葡萄，叶子正绿，紫葡萄好水灵，这炕的温度是春天。早起做顿饭，这炕又要暖和半天了。我在炕上伸个懒腰，看到立秋媳妇担着水桶进了大门。

边往院里走边喊了句：“坤丫头，还没下炕啊！”

二

立秋媳妇照例放下水桶，竖起扁担，抱在怀里，袖着手，和做饭的娘说会话。扯着扯着，又扯到她家的老雕花木床上。

老雕花木床是立秋媳妇的骄傲。据她说，是她奶奶的宝贝。床帮三面雕花，四角有四根雕花立柱，挂着白色的纱帐。最重要的是，床是她爷爷年轻时亲手做的。睡在那床上，把纱帐拉下来，蚊子都被隔在纱帐外，外面的世界也被隔开，那才叫舒坦。她说起她家的老雕花木床，脸上一会儿灿如春花，一会儿又失落得如同霜打的茄子。地理课上的四川，于我是个概念，遥远，也模糊。在她的描述中，四川有了温度和烟火，一年四季有吃不完的青菜，家里没菜了，到河边走一遭，顺手就有野芹菜、薄荷，可以下锅，还有好吃的腊肉、腊肠、腊鱼，平时藏在稻谷里，或吊在堂屋房梁上，来了客，切几刀，或蒸，或煮，或炒，都是下饭的好菜，山上还有冬笋和春笋……土炕不如雕花床，不卫生，睡到土炕上不踏实。言外之意，是北方不好，她是被人骗来的。

当初，她以为是嫁到北京郊区，媒人是那样说的。奶奶问她愿不愿意的时候，她倚在床的雕花立柱上，忽闪着大眼睛没说话，只是重重地点了点头。

立秋媳妇说受骗来了河北。我承认，以她的姿色，确实可以嫁一个才貌双全的郎君。立秋长相配不上她，家庭成分也不好，立秋爹蹲过监狱，并在监狱上吊死去。听说，立秋爹被生产队派去邻县县城买东西，因为是借来的自行车，他没记清楚，推错了车子，被当地人逮住，村里人都说他平时手脚也不干净。有的乡亲说，立秋爹勾结着外村的人偷东西，反正没人说他家好儿。听说立秋爹上吊死了，我们跑去看热闹，胆子小，不敢进去，站在他家小过道口，只听到了院子里的哭声。他弟弟手脚也不干净，是我们游行的第一对象，在监狱几进几出，那时候游行，也就是掰了几个棒子，折了几穗高粱。立秋媳妇来时，家里只有婆婆一个，弟弟也死在了狱中，据说是越狱被击毙。这样家庭出身的人，如果不是川妹子们来北方，只能是打光棍的命运。

我家打了压水井，四邻八家的都来挑水吃，立秋家与我家不远，立秋媳妇爱洗衣服，常来。立秋女儿出生后，要认我娘做干娘，娘还是找理由拒绝了。下意识里，还是对他家人疏远，甚至有点戒备。

初见立秋媳妇，我愣了一下。她身上有一种波斯血统的样子，皮肤略黑一点，鼻梁高，脸庞很生动，眼睛仿佛都会说话，细高挑的个儿，微卷的头发，是个很洋气的美人。

她初次来我家挑水，院子里的美人蕉篱笆一样站成一行，她的眼里闪着兴奋的光，高兴地拍起了手掌。我以为，她会夸美人蕉火把似的花、舒展的大叶子画一样美，不料，她盯着美人蕉不错眼珠地说：“美人蕉根烧肉好吃极了。”我心里一万个不愿意，在我家乡，还没听说过谁家馋得吃美人蕉根呢。

爹倒没有舍不得，说：“好，等秋天吧，给你留着。”

我嘟囔爹不该答应给立秋媳妇美人蕉根，吃花的根，这是糟践花呢。爹说，这孩子大老远嫁到这里，吃喝肯定不习惯，想吃就给她一些。不耽误明年给你种。

那个夏天多雨，雨滴噼里啪啦打在美人蕉叶子上，居然有了雨打芭蕉的意境。来挑水的立秋媳妇，却几次对着美人蕉眼圈发红。多年后，我在江西横峰的地脚田头确实看到过一丛一丛的美人蕉，有红花的，也有黄花的，在雪白的桐华开满山野，荷花布满池塘的南方，在远离村庄的地方，栽种美人蕉显然不是为了观赏。畐头地边，有几棵美人蕉开着花，还结了圆圆的带棕红色肉刺的籽。我特意问询了江西和四川的文友，他们两人都没吃过美人蕉根烧肉。以前一直以为美人蕉根烧肉可能是南方，尤其是四川的地方菜，又打听了几次，没有人再度证明美人蕉根可以烧肉吃。

可这，确实是立秋媳妇念念不忘的一盘菜。

我突然明白，这美人蕉根烧肉，是立秋媳妇的乡愁啊。一如我在大上海思念家乡的土炕，并为春节该团圆时没守着老爹而落泪。

立秋一家，早在二十年前就去了南方，立秋娘过世了，他家的红砖房子已经易主，变成了贴着淡青瓷砖的小卖部。立秋媳妇肯定如愿了，可以睡夏季有风吹的床。我后悔，当时没问问立秋媳妇，她家的老雕花木床是什么材质，是不是那树身上带着青苔和草药骨碎补的大香樟？那张床，是不是带着老祖母的气息？而立秋，是炕田里移栽的作物，从北方的炕迁到南方的床，在阴雨的南方冬季，是不是也像我一样怀念老家热乎乎的土炕？

火红的美人蕉，老雕花木床，土炕，是我心头挥之不去的意象。立秋媳妇就像我印象里的一株美人蕉，她坚决离开北方，是像植物一样患了水土不服的病吧。村子里对立秋一家人的冷淡，或许让她找不到属于她的气场。

水土不服，也是我的病。

三

我愿意回乡。田野上，那葱茏的绿意，让我心情舒畅。凝视冬季的大地，活像一爿爿连在一起的土炕。

土炕，大概算不上是建筑，只能算民居的附属物。我读《中国古代物质文化》，据作者孙极先生考证，甲骨文中有“床”字，《诗经》里有床，考古也发现了战国墓出土的黑漆床。在这本书中，炕是被忽略的，说到床，也含糊“床起初大概是为了防潮”。土炕真没地位。土坯，更为卑微，不如砖结实，遇水就化为一摊泥，土里来，土里去。

土坯在土炕里有一定的排列秩序，这是泥瓦匠们公开的秘密。一爿炕，暖和不暖和，烧起来省不省柴火，煸不煸烟，是三大硬指标，达标全凭盘炕人的技术。这在传统手工的时代，是对泥瓦匠手艺的考量。

文英叔称得上一名称职的泥瓦匠，我家的土炕就是他和三叔盘的。

我遇到文英叔的时候，他正开着崭新的三轮车卖馒头，见到我，一踩刹车，跳下来，脸早笑成一朵花：“大侄女到我家去吧，让你婶子给你做好吃的。”

这个晚春，我要去文英叔家看土炕。街上早没有了柳树，电线杆上吊着路灯，却又不知哪里跑来的柳絮，滚成团，在水泥路上转悠。文英叔家对面是一处新盖成的房子，裸露着砖，还没装修，村子里到处都是新房子。

文英叔家房子不太新，却宽敞，进深大，铺着地砖，吊着顶。堂屋隔成两间，外间堆着几十袋子面粉，也不显凌乱。屋里是组合柜，床挨着北墙，床头靠西墙。南边原来盘炕的地方，是两个单人沙发。我问文英叔，别的屋还有炕吗？

“都没了，好多年就没炕了。”土炕的“土”字也去掉了，后来的炕是砖砌的。说起土炕，文英叔说烟道很较劲儿，弄不好不好烧，还煸烟。

文英叔曾开过大队的拖拉机，绿色的是什么牌子我忘了，红色的是铁牛55。这也算文英叔人生经历中的辉煌。改革开放前，孟尝村人的腰杆子直过。

打井队、柳货队、盖房班，还有大型拖拉机，这在当时绝对是一座传统村落的传奇。文英叔一脸自豪，说当年他有做楼房施工技术员的机会。这事儿发生在天津大港区的北边，可是文英叔最终选择了做一名泥瓦匠，这是受村人尊重的一门手艺，他当时也以为能养老。从天津回来后，文英叔腰里掖着瓦刀，将军一样威风，四处给乡亲们搓忙，酒没少喝。文英叔经常帮我家干活，有时候没菜，就着白糖拌菜瓜喝几口酒。

文英叔的描述让我忍不住笑了。你奶奶蹬着一双小脚来找我，说："英，你明天给我抹一个洋灰瓮吧。"奶奶吩咐，文英叔立刻答应了。

第二天，太阳才一树梢多高，墙头上的青苔还隐在树影里，文英叔穿过高低错落的旧房子群，来到我奶奶家，三叔蹲在礓磜一边，头上的香椿树叶子，鱼一样在风里翻腾。文英叔进院子，三叔也没察觉，瞪着一个灰乎乎大鱼篓子状的东西，双手还比画着。原来三叔琢磨着抹了一个洋灰瓮，软塌塌的，像一个扶不起来的阿斗，佝偻着，口还收进去，哪像大瓮啊，鱼篓一样。文英叔说，三哥，你要想学，我可以带你。三叔还真成，跟着十几岁的文英叔满村子助工，居然也学得像模像样。从此和文英叔成为好搭档，"焦不离孟，孟不离焦的"，盖房子，抹洋灰柜、洋灰瓮，抹水泥过木，垒墙头，盘炕一绝……

两个人的泥瓦匠生涯，维持了三十年左右，村里时兴新式房，变为包工。三叔种地，拉二胡，年前兼做豆腐，一"个"豆腐赚五十块钱，做半个月过年吃喝就够了。当初，不知道三叔的豆腐计量单位为啥叫"个"，而不是一锅或者几模子豆腐，原来做半天豆腐称为一个工，省略为一"个"豆腐。

文英叔打理着家里家外，他的儿子，在外县包了几十亩地，种麻山药，小日子很滋润。

三叔的儿子在北京打工，过着寄居蟹似的生活。村里很多人家，在县城买了楼房，把在城镇生活当成一种荣耀。也有一些人家，因为孩子找对象，楼房是个必备的硬件，不得已在县城买楼房。炕所孕育的传统血脉，自此断了，伦理观念也似是而非。

村里的新房，配置的都是现代的床。炕，早因为翻盖房子扒掉了，只有一些很老的房子里才有土炕，只有老人们还验证着那句古话，“好吃不如饺饺，舒服不如倒倒”。那年坐月子，在单位住了一周，突然就觉得胳膊酸，下地走路，膝盖不得劲。娘说受凉了，在热炕上焐焐就好了。酸溜溜的胳膊腿，在暖乎乎的炕上缓了几天，果然就好了。

炕成了传说，与之相伴随的生活方式也发生了巨变。我享受着现代文明的便捷，却纠结于炕和床的物质转换。叔叔一辈的人们，对炕的态度，是无所谓的。爹总是嚷嚷着要回旧房住，贪恋热乎乎的土炕。年轻人对炕，是抵触的。我想，也许是炕世世代代所传承的基因，在工业化进程中发生了突变。

这一茬炕田里的庄稼，在炕上育苗，炕上长大，却情愿随风去漂泊。

四

土炕，已融入我的血脉，以为很快会写完，没料到，却如此艰难，甚至写得心情郁闷。朋友说，写忆旧的文章容易郁结、难过。诚然，往事已封在时间的壳里，社会发展也有既定的规律。我为什么要写土炕？与土炕匹配的是砖土结合的老房子，旧式的躺柜、阁子，还有被黄土埋没的人，以及在生活中沉浮的长辈和同辈们，还有一个传统的农耕时代。土炕是我与家乡的纽带，光阴隔在中间。

为了找炕的感觉，我买了老榆木罗汉床，我更愿意叫它罗汉榻。它雕花的帮，看起来就像小时候的炕围子，中间的炕桌，堆着一堆待读的书。这些年，我买的最中意的东西，当属这个罗汉榻。我盼着带着孙辈，坐在上面，读书作画。只是，稍有遗憾，这个罗汉榻远没有土炕大，也没有土炕的温暖温度。

思念炕，不是留恋清苦日子，而是思念那些给光阴吞噬的亲人。

土炕和家谱一样，浸润着家族血脉和家族气息。

二十世纪末，大哥推倒了分到我爱人名下的旧房子，翻盖一新，并在里面娶儿媳，生孙子。我们回家，就睡在大嫂的热炕头。大嫂想卖掉她家的旧房子，我赞成，但还是有点不舍。我割舍不了的，是故土，是乡情。

隔着窗户，看婆婆的屋子。房顶黑黢黢的，墙角和屋顶都结着蜘蛛网，年画耷拉着角。炕上的席子黑乎乎的，蒙着灰尘，已辨不清席子的纹路。炕头炕尾也不见了被褥，一丝人气也没有。院子里长满了半人高的杂草。婆婆生于土炕，卒于土炕，像一棵庄稼在炕田坦然度过一生。

这座建于二十世纪七十年代的房子，已破旧不堪。房子一头有了裂缝，前后山拉着钢筋。躺在炕上，单薄的檩条，稀疏的竹竿椽子，总让人担心这房子的牢靠度，土墙皮虽然粉白了，依然掩不住它的简陋。婆婆和房子一样老了，二哥过世后，她一个人住在这个院子。数次想接婆婆出来，却屡屡被她找理由推后。

婆婆推脱的借口，是城市没有热炕头。

我知道，这仅是一个似是而非的借口。故土难离是老一辈人的通病，婆婆的世界，已经局限在炕上和小小的院子里。这幢红砖做表、土坯做里子的房子，也是一家人省吃俭用几年才换来的。那年，大哥拆了婆婆的土炕，把旧炕坯和了泥，重新抹房顶。大哥负责抹，我爱人往房顶系，大嫂往泥兜子里出泥，我拎了半天泥兜子，晚上胳膊疼得没法安置，压着举着都疼得要命，用汤药熏洗了几次才好。这爿土炕，每三年拆掉，重新盘一次。数次重生的土炕，盛着婆婆的半生。

婆婆去世后，这房子一直闲置着，土炕也如土地般荒芜。三间屋子，娶过两房儿媳妇，大红的囍字贴在墙上，带红双喜图案的被褥，整齐地叠在炕头。它最有力的意义，是收纳了一家人的艰辛和聚散，也证明婆婆在这个世上来过。婆婆在，这是个家。

思索土炕，查阅资料。《诗·匏叶传》和《汉书·五行志》均有记载，考古也证明，炕古已有之。我想，就算没有任何记录，也不能否认土炕是乡村最重要的元素。“老婆孩子热炕头”是北方男人的最爱。

我读到任慧文先生一句话：“一度看起来最真实、最本原、最自然的东西，往往是一种文化建构的产物。”土炕，不仅是一种文化符号，它有既有的存在意义和价值，隐到时光中，是社会发展的必然。土炕上所演绎的悲欢、世态、是非，还会在床上继续。恍然，不再纠结。

土炕能治思乡的病。

看盘炕，是很久的事情了，我无法再结构炕的脉络，土炕的温度也渐次消退。土炕上泛着草木本色的炕席或者凉席、棉被、荞麦皮枕头，有时候是立体的，有时候是平面的，我也只是土炕上的一个剪影。往事变得缥缈，土地、草木的气息也疏离乃至虚无。

当我用文字抚摩土炕，这一切如此鲜活。土坯，砖，排列组合，组成炕田，接纳天地间的万物。莫名的，总感觉那一摞摞土坯，像一列列文字。黄土、土坯、砖、土炕，在时光中沉寂，却在文字中复活。

茅 草 记

就在城市楼房的一角，有一片草，嫩绿的叶子刚冲出枯叶的包裹，白色夹杂着褐粉色的毛茸茸的穗子，就这么随意地定格在眼中。茅草，我的第一感觉。它的根，甜津津的，有地方叫甜甜根。也是一味中药，白茅根，有清热凉血的作用，具体配伍，我不记得了。但甜甜根的滋味是一辈子也难忘的。

过了清明，柳树叶子一下就冒出来，柳芽几天就没法吃了。大堤上的杨树穗穗刮得满地，我叫它们毛毛虫，你看，它棕褐色的肉乎乎的样子，俨然是杨树上生的虫子。这时候，河底的老鸹筋正肥大，荠菜已结了三角形的籽。孩子们嚷嚷着跑向沙滩。起伏的沙滩上，长着望不到边的茅草，刚返青的茅草上长出了嫩嫩的锥锥。这是极好吃的东西。是童年时春天最早最称心的吃头儿。

一伙人跑到茅草地，扔下割草刀子和筐，扑到茅草上，拔锥锥。几乎同时，几张小嘴巴都在咀嚼着茅草锥锥，一股淡淡的清甜味道溢满嘴和心。茅草锥锥有时令，几天工夫就开成了毛茸茸的谷荻，这就没法吃了。

夏季的时候，盼着下雨。哪怕零星的几滴雨，茅草根上也会生出一种小蘑菇。这种蘑菇，只生在茅草根上，蘑菇的盖很薄，好像一把撑开的微型小伞，一根茅草也就长着三两个蘑菇，捏到手里，很不起眼，小半天也捡不了一个筐头底。还得轻拿轻放，一不小心，蘑菇的伞盖就碎了。到家，洗呀洗呀，洗很多遍，炒熟了，还不足半碗。洗了很多遍的蘑菇，一吃还会沙沙的，牙碜，但是贼香。于是盼着下雨，盼着茅草根上长蘑菇。长大后，再也没有吃到过那么香的蘑菇。姥爷一直管茅草叫蒹草，是有根据的，这蘑菇就叫蒹蘑菇。姥爷识文断字。我原来误以为是“菅”草呢。字典上关于蒹草是这样诠释的：古书上指尚未秀穗的芦苇类植物。芦苇的穗子很美，故而《诗经•国风•秦风》中有“蒹葭苍苍白露为霜……”的优美诗句。家乡也是《诗经》的流传地。春风里，沙滩上的茅草穗摇摆着，像一群小狗摇动着的小尾巴。坐在沙滩上，旁边是平缓流动的潴龙河，河上漂着一艘渡船。我想，也许古人曾经吟诵着“蒹葭苍苍……”在这河滩上浪漫过。而家乡的名字叫孟尝村，恰是因为孟尝君曾在这里招兵买马开店的传说，历史不仅仅是传说，它的组成或许就来自历史的真实。我也想，骑白马的剑客，或乘船投奔孟尝君的谋士们，也许就在这茅草地歇息。

大姥爷有一件茅草做的蓑衣。平常的茅草也就半尺来高，这做蓑衣的茅草长近一米，是大姥爷一根一根从村南的杆子林中、潴龙河北沙滩上割来的，不知道积攒多久才够做一件蓑衣。

大姥爷无子，大舅过继给了他。在我记事时，觉得大姥爷比姥爷对我还好。姥爷喜欢男孩子，一说话就瞪眼，我们表姐弟都怕他。姥爷开口就叫我“大门楼”，我虽然还小，也觉得很难为情。大姥爷脾气好。

大姥爷的小院子里长着杏树和枣树。鲜小枣我没少吃，一咬甜得牙都快掉了，大姥爷不让我们上树摘枣，一怕我们摔坏了，也怕枣树上的巴狗蜇着我们。他用一根长长的大杆子打枣，噼里啪啦，雨点似的掉下十几二十多颗红玛瑙一样的小枣，每次也不让多吃，怕伤了胃。那棵杏树，正对着大舅屋子的窗户，而大姥爷家的窗户恰好是活的，可以拉起来挂到铁钩上，这窗户框就像一个相框，这棵杏树就是固定在画里的风景。枝头的杏子黄澄澄的，三个两个地趴在叶子里，蒜辫子一样。这棵杏树结的杏个很大，发了暄我们就偷着吃，熟了会发出诱人的甜味。麻野鹊有时候会趁人不在，飞过来啄杏吃，大姥姥踮着小脚，吆喝着挥着笤帚轰它们。我不记得杏背到集上卖钱，大概都让我们表姐弟几个吃了。

我喜欢大姥爷，也喜欢大姥爷那件蓑衣。我盼着下雨时在大姥爷家，这样我就有借口穿穿他的蓑衣了。这蓑衣很厚，肩上那部分用茅草结着网状的花，这花我不知道该怎么形容，是做连接用的，很好看，蓑衣下面一层一层的有规则。蓑衣可以遮风挡雨，能铺能盖，是稀罕物件。下着雨，带着大姥爷的斗笠，穿着他的蓑衣蹚蹚水，是很开心的事。

这是茅草给我的特殊记忆。至于旧时的茅草房子，我没见过。家乡有配房是土坯垒的，但屋顶是用旧年大炕坯加麦秸抹的，比茅草屋顶防雨也结实。杜甫的《茅屋为秋风所破歌》是他在成都草堂时所做，不知道这茅草与北方家乡的茅草是不是一种，也许川地雨水丰厚，茅草长得高大。

我不记得大姥爷写春联，也许那时候我急着穿过年的新衣服，吃好吃的了。大舅说，大姥爷帮村里人写春联，给人“化疙瘩”。大姥爷也给我画过。在这里，我觉得“化”和“画”通用，化即没的意思，画呢，是将一种墨用毛笔画到孩子们长疙瘩的脸上。这疙瘩俗称痄腮，临床医学上称腮腺炎。那时候，正是桑葚成熟的时候，同学们把桑葚泡在瓶子里，带到学校喝，全班人都得了痄腮。那时候不知道是传染病，都说是喝桑葚水喝坏了。桑葚无辜成了“罪人”。记得大姥爷的墨好香，画上去清凉凉的感觉。大姥爷并不画符，也没有咒语，我想这古墨里大抵含有冰片，有芳香味，能解毒。有一年我得了带状疱疹，村里人都说是长虫流（谐音），也有人生的流为蛤蟆流，还有蜘蛛流，不同的是形状，疼痛程度都差不多，不小心让衣服蹭着，像一把钢针同时刺着我的左脊梁。先是大姥爷用墨给截，不管事儿，针扎似的疼让我忍不住哭，大姥爷也掉眼泪。

还记得那个春天，我坐在礓礤上帮大姥爷捉毛衣上的虱子。毛衣在绳上晒了一晌，那些虮子都长了腿，带着一根毛探出头来，大姥爷的眼看不清虱子虮子。我捉一只，大姥爷在礓礤上碾死一只，好解气。

大姥爷的蓑衣，表姐弟们都记得。可是蓑衣是不是大姥爷自己做的，成了一个秘密。大姥爷的另一件事儿，只有我听说过。吃集体食堂那会儿，大姥爷饿着肚子跟着生产队锄地，耪到半截，居然发现地里长着一棵北瓜，藤上结着一个带棱的小北瓜，大姥爷竟然生着吃了它。生北瓜肯定不好吃，因为长得不熟不面的北瓜在锅里煮上几个滚，有油盐当佐料也难吃。大姥爷曾经在保定工作，冬天还是习惯戴一顶城市流行的毛蓝帽子，不像村里其他人箍一块黑乎乎的白羊肚手巾，打算盘记账的手，拿起锄杆来，再劳累也不发牢骚，我喜欢静静地陪他坐着。

老家离药都安国不足百里，乡亲们有采草药的习惯。血见愁、香附、白茅根等等，这白茅根就是茅草的根。开春，父亲背着筐带着铁锹到沙滩上，一铁锹下去，盘根错节的茅草根就露出来，父亲挖，我抖去沙土。然后在河里洗洗，雪白雪白的，掐一节嚼嚼，细密密甜。

二〇一四年，得到一本《逝去的甜甜根》，里面都是二十世纪六七十年代的事儿，文笔朴实，却是一部难得的地域风情图和社会史。作者笔下的甜甜根，就是我家乡的茅草，这是我们共同的乡愁。看到这片茅草，再也忍不住，一口气写下这些字。

每年清明节或者寒衣节去上坟，都要在大姥爷坟前点上几张纸钱。虽然我是无神论者，但唯有以这个机会能和大姥爷说上几句话。大姥爷的坟上没有茅草，长着茂盛的爬山虎。很奇怪，这爬山虎从何而来，四周都是庄稼地。西面的潴龙河早已断流，沙滩变良田。这生命力旺盛的茅草，是对现代文明俯首称臣自动撤出它的阵地，还是迫不得已迁徙他地呢。

读书时读如火如荼，哪知道这荼就是茅草呢，我吃了多少荼啊。茅草的花古称“荼”，荼首形容老人的白发，荼曾做过大姥爷遮雨的衣裳。荼锦、荼火、荼白、火红。荼，我是该忏悔，还是该喜悦呢？

探 亲 记

一

顺山坡有一排红砖简易平房，比工棚略好一点。平顶，面北，这就是爱人他们的住处。对面是正在施工的黍地沟牵引变电所。唯一可入目的，是门前一棵一人多粗的大柳树，它是雁北的“土地神”。比之京包线大同南沿线的树木有更大的冲击力。

每间小房子门旁都伸出来一节白铁皮烟囱，烟囱下对着一个灶口，有烟熏的痕迹。房子仅高出门两排砖，门本身就不高，近一米八的爱人要低着头出入，以免碰到脑袋。

屋子里仅有两张床，两张桌子，砖砌的煤火炉，灶口就垒在门外烟囱下面。墙还是扎眼的红砖，屋顶裸露着树枝和席子，隔壁有人打个喷嚏，我都能分辨出来自左邻还是右舍。

全作业队只有一个大哥大，信号不好，每次打电话都要爬到山上去。到节假日，等着打电话的工友排着队。狂风大雪中，这些想和家人说几句话的热血汉子们。有位领导来过黍地沟，看到工地的艰苦，特意组织机关人员过来参观，看看工地上的人有多苦。爱人曾写过一封《重返黍地沟》的信，刊登在单位的报纸上。工友们都依葫芦画瓢写信给家里人，家属们读了，眼泪汪汪的，我读一次，哭一次。

去黍地沟是突然决定。当时，我和孩子都病了，一个白天在医院输液，一个晚上在家输液，爱人分身无术，就和我商量，别上班了，去黍地沟养几天吧。随即，他赶回来，带着病后初愈的我和刚刚痊愈的孩子，来到了黍地沟。

六月的黍地沟，还在春季里。大柳树的叶子还没有茂盛起来，风比内地的性急，一片云彩过来，就下几滴雨，这雨，不解旱情，是让人打寒战的冷雨。更多的时候，我就带着孩子坐在树下看蚂蚁，或者望着对面即将开通的牵引变电所，林立的电塔上下，爱人和他的兄弟们正在忙碌。

每天盼着吃饭，盼着太阳西沉。这也是一家人相聚的时候。

我也去食堂帮灶，其实就是想打破与此地黄土一般的寂寞。逼仄的小屋子，没有电视，爱人的书籍，都有关围棋和施工专业，我偶尔翻翻，和我是两个世界。做饭的阿姨五十多岁，长得好看，白净，高大。阿姨最拿手的是大同熬菜，土豆、洋白菜、几片五花肉，最好吃的居然是粉条，雪白雪白的土豆粉条熟透了，棕色，透明，琥珀做成的一样，带着诱人的香味儿，仿佛家的味道。

那时候，只知道浑源县的悬空寺和大同市的云冈石窟，却错过了黍地沟村北的方山遗址。或者说，北魏在我眼里只是一个短促的历史符号，模糊，抽象。十多年间，我先后到了儒道释三教合一的悬空寺、云冈石窟、龙门石窟，以及处于河北境内的响堂山石窟等，才将我模糊的历史概念，勾连成一条曲线。

小小的黍地沟，居然与北魏有割舍不了的渊源。方山遗址，是北魏文成帝拓跋浚之妻冯氏之墓地，俗称祁皇后墓。

黍地沟，联系到墙上的“黄糕炖肉”几个字，顾名可思义。土地贫瘠，天旱少雨，只能种一些耐旱的黍子。我想，如果不是工作需要，谁愿意待在这么荒凉的地方。吃水靠拖拉机送，冬春季风大极了，不小心，能被风翻个跟斗。

大柳树下拴着一条大狼狗，整天气势汹汹的。听工友们说，这是条怂狗，晚上有小偷来，都不敢叫唤。工地丢过柴油，那是供发电机用的。

我与黍地沟的缘分仅一周。

六月十号，这个牵引变电所开通完毕。就在这个节点，爱人最好的哥们宏在京郑线一个配电所触电身亡，年仅三十岁。接到这个消息，我和爱人都呆住了，不相信是真的。随后，不约而同地做出决定，立刻回石家庄，送他一程。当夜，赶大同返石家庄的火车没票，赵队长特意给火车站协调，可先行上车，候卧铺，再给我们娘俩补票。趁列车未到大同站，在大准线指挥部短暂歇息了一会儿。大同早晚温差大，又为好友突然离世难过，我竟忍不住浑身发抖。时间太紧张，来不及去买御寒的衣服，还是指挥部的张师傅把一件厚厚的夹克衫送我，衣服我如今都记得，蓝色，劳动布面。列车的灯光很柔和，乘务员直接带我们去了通勤车，这半夜，我和爱人都没睡，闭上眼，就是宏的样子，还有关哭泣、无助的脸。关可怎么办？我止不住落泪。灯光是暖色调，包厢安静，温暖，心却冷疼冷疼的，像黍地沟一般苍凉。

很多年，黍地沟在我脑海都是黄乎乎的，就像谁在这片本就沉寂的土地扬了一大把沙土，每次回想，眼都像被沙子硌了。在大同前前后后待过两个多月，但黍地沟再也没有进入我的视线。意识里，好像也刻意躲避着什么。其实，黍地沟除了贫瘠荒凉，有什么原罪。

二

我写完黍地沟的时候，爱人发来一张照片。赵队长身着短袖衫，双手背在身后，站在一排灰砖房的门前。灰砖卧板，屋瓦是有些褪色的土红色，屋脊上安着一个锅形家用电视天线。院子一侧用铁丝圈起来，看不出种了什么，也许是养鸡用的。屋前零散的东西，有大塑料水桶、小塑料桶等杂物。鲜红的春联，蓝色的窗帘，打开的窗户，证明这里还住着人。

爱人说，党留庄。

我说，不是吧？没有那棵大柳树。

是现在的党留庄。

二十年的光阴，在赵队长身上仿佛没留下多少痕迹。我恍惚觉得还是一九九七年。

当年，我再次返回大同时，爱人作业队的驻地已转移至距离大同二十华里的党留庄农场，住宿环境好于黍地沟。赵队长住北屋，伙房在北屋最西头，大师傅是一对二十出头的小夫妻。我们住西屋，靠北头是当地人。因为电气化人住在这里，临时卖小孩爱吃的火腿肠和大人的香烟。贴着白瓷砖的灶台，被女主人擦得一尘不染，一个灶台大小两个灶，大灶做饭，小灶上是一口小缸，温水用的。迎门是一个两节红躺柜。

往南，紧邻她家，也是里外两间，外间屋靠北墙是半通炕，西南两面有好几个烧煤的炕洞，也有大灶小灶排列在门左侧，通到里屋的大炕上。里屋是一通大炕，与河北一样，占半间屋子，屋里没其他摆设，北边靠西墙是两张拼在一起的单人床。这是我们一家三口的临时住所。

屋前，是同事们种的大葱，葱地一角有棵杏树。隔壁是凤海一家三口。小曹禺那时候还不足三岁。他家屋前用砖垒着一个兔子窝，打草喂兔子，是孩子们开心的事儿。四只兔子有名字：王浩、赵程、朱珠、曹禺，每次喊兔子的名字，大人孩子都哈哈大笑。人们故意逗曹禺，要炖兔子肉吃，憨厚的曹禺信以为真，每次都摇晃着小手，喊："不能吃兔子！不能吃兔子！"

家属们散心一样，去村里赶集，需穿过由高大的夯土墙、低矮的土坯房构成的街巷，这些建筑，颇像另一个世纪的产物，极具沧桑感，塞北的荒凉气质。集上并没有想象的人多，不记得有没有卖衣服鞋帽布匹的了。赶集的当地女人，看电影一样盯着我们，我们彼此都打量着对方，她们的穿着显然比男人们光鲜，让我惊奇的是，这些女性不管大人孩子，人人均戴着银手镯、银耳环，大人无名指上有银戒指。看着比我们阔，可这家园看上去并不富裕。一方水土一方人吧，大同养女人。

农场里长着茂盛的苦菜，当地人并不稀罕，我们采来，在食堂焯水，用蒜末香油醋凉拌，开胃清火。孩子们蹬着小眼睛，看着我们翻飞不停的筷子，理解不了为啥大人们喜欢吃苦苦的东西。

孩子们正长身体，赵队长想办法买来土鸡。随作业队工作的民工们给杀了，晚上满院子都是鸡肉的香味，满院子也是孩子们的笑声。那些民工，得到了杀鸡余下的血、内脏、鸡胗和鸡肠子，鸡肠子在北方是没人吃的，我远远地看着他们收拾，清洗，兴高采烈的样子。一阵阵热嘟嘟的腥气飘过来，我一阵阵犯呕，心里难过，觉得他们更不容易。

大同、阳原、化稍营，是我陌生又熟悉的地名。这些电气化人，在这个时段，负责着跨越山西和河北的大秦线二期工程。那时候条件艰苦，施工人员需要乘坐敞篷卡车出工。我在大同是夏季，阴天的时候，队员们戴着安全帽，还要披着棉大衣，腰里系着钳套，迎风站在车厢里，向着工地跋涉，车后卷起滚滚黄土，这个景象至今定格在我的记忆里。

家属来探亲，是整个工作队的节日。大人们出工回来，喝酒、打双升、抽烟，逗孩子，甚至摔跤玩。

他们有时候一出去几天，大风刮得门咕嗒咕嗒直响，吓得睡不着觉。这是玉梅的记忆。我和玉梅经常带着孩子们走出农场，给兔子打草。其实农场院里的草更茂盛，我们爬那些小山包，完全为了看景和玩耍。小山包低矮，并以波浪的形式复制着，庄稼依附在或高或低的地上，远处山包上竖立着巨大的电线塔，是陌生的景观。小山包上，长着一丛丛柳树类的植物，只要下雨，在布满羊粪蛋和干枯草茎的地上，会冒出很多黑褐色的地皮菜。这是让平原人惊喜的东西。

快三岁的曹禺，大眼睛，红脸蛋，平时爱穿咖色条绒背带裤。叔叔伯伯喝啤酒，也给他喝一点，然后故意逗他，他捧着盛着啤酒的带嘴水杯围着葱地转圈，摇摇晃晃的，说："我没喝醉！我没喝醉！"

短暂的相聚，然后是漫长地分离。

一晃孩子们都大了，这些事儿他们大概都不记得了。

他们的郝叔叔早离开了电气化，在外打拼。整天和郝叔叔斗嘴的阿板叔叔也离职多年。听说大病了一场，先是父母短时间双双去世，然后是离婚，他接受不了这一系列变故，精神失常了一阵子。那时，每月开支后，阿板肯定要回家看媳妇，只要回家他立刻像变了一个人，脸白净了，头发光滑，衣服也整洁。同事们起哄说，阿板怕媳妇，回家交钱去了。郝叔叔和阿板叔叔的"相声"，这辈子大概是听不到了。

远看精气神十足的赵队长，已因强直性脊柱炎调回办事处。

三

驻地在清水河的一个村庄，往北隔着峡谷，是一脉山。南总指着那个方向，淡淡地说，听说山上有明长城，我们太忙，没去看过。我对着即将沉入暮色的山头，沉思了一会儿。电气化人为了国家铁路建设走南闯北，全国各地的名胜古迹甚多，但他们的心思都在工作上。

我们住的简易楼在公路东边，院子里的棒子已有一人多高。清晨，这里满是凉意，我带着女儿，穿过长满北瓜、茄子之类的菜地，走上东边的小山坡。这山很奇怪，没有一棵高大的树，有一种灌木有规则地布列着，四周的山头也很荒凉，很久以后，我才知道，这些灌木是防风固沙的沙棘。

我没有看到村子，觉得纳闷，南嫂说住处在村子里。沿着狭窄的公路，零散的有几所房子，马路对过，不断有高出平地的烟囱状的东西，我奇怪，穿过公路，果然是烟囱，等我醒悟过来，居然已站在别人家的屋顶上。院子里，鸡们正在啄食。时隔多年，已记不清楚村子的名字，也不知道是不是山陕地区黄土地上特有的建筑地坑院，只记住了路上的两个地名：上喇嘛盖、下喇嘛盖，还有来清水河宽广的空无一车的大马路，因为找不到人问路，耽误了不少时间。

从清水河过和林格尔到大同，弯来拐去的公路，路边不时有散落的窑洞，有的晾晒着衣物，有的似有人烟，但看不到人，有的三五间土坯房子颓废地立在路与山的夹缝。路不宽，车很少，沟壑一个接一个。山沟里，有三三两两茁壮的大柳树。能看到河的痕迹，但没有期望的潺潺流水。也许也是这一路荒凉的原因。

进入大同界，见杀虎口，倏然明白，刚才走的，是走西口的路。新修的关隘，崭新的“杀虎口”三个字，沿着山的长城垛口，散立的电线杆。这杀虎口已非往日的出塞路。店铺里的音乐格外悦耳，却透着几份喜兴似的“哥哥你走西口，小妹妹我泪花流……”电气化人的每一次出行，不是离家舍业的？这一年一年，有几天团聚的日子？

这大概就是日子，也是电气化人和家属的宿命。

在大同，一下子觉得回到了人间。

午饭后，由苏工带我们去云冈石窟。那个午后，日头照在石窟上，我对石窟的印象，唯有那尊大佛，以及排队摆姿势、用手托佛像照相的游人们。关于缺失的佛头，不外乎历朝历代的战争、灭佛运动，或者盗窃，我当时还听导游讲日本人来石窟挖走佛像琉璃眼珠的故事。云冈石窟很沧桑，曾电话特意咨询曾强老师，他说，石窟建在砂岩上，硬度差，加上风沙和污染，所以很多佛像才面目模糊……苏工一路跟随着，话不多，其实我们住楼上楼下，但并不熟悉，电气化人一年在家也待不了几日。这也是我与苏工说话最多的一次。一路苏工都是笑眯眯的，特意给我女儿买了大同特产，接着，带我们游览了九龙壁。龙象征皇权、天子，北京是帝王之家，故而北海、故宫有两座九龙壁，大同的九龙壁为明初代王朱桂王府端礼门前的照壁，是国内最早的九龙壁。听苏工讲，原来的九龙壁前有个水池，风推波动，九龙的倒影在水中，似在碧波中嬉戏。可惜，因修路挪了位置，尽管复原得完美如初，但池中再无龙影翻动。

翻看相册，居然找不到云冈石窟和九龙壁的照片。苏工一家搬到北京，自此再没见过，而且今生不可能再见面，苏工已于几年前去世。

第四辑　花落之院

在春天，我趁杂草还没长起来，提水洇了灶台大的一块地，用铁锨深翻了，试着种过荸荠，撒过鱼籽一样的罂粟种子，却都没有发芽。后来，先后种过几沟油菜，几沟紫花苜蓿，这些都是我乡医院记忆黑白底片里的暖色调。它们和泡桐花、楝籽、皂荚刺、茵陈、金银花一起构成我独有的青春岁月。

1990：延伸和终止

一

回溯一九九〇年，——鲍墟乡医院，我生命中的重要节点。那个时段，那块天空让我见证了世相和人生的无奈。

那年我怀着珠儿，预产期是十月二十八号。生珠儿的前几天，乡医院接到了新任务，需要接待一批做输卵管结扎的人。我们把简陋的妇科门诊重新进行了清理，清洗了窗帘，安装了紫外线消毒灯，掉土渣的房顶，早在前几年借着为病人服务的名义吊上了白布顶子，雨滴从屋瓦的缝隙渗下，在白布顶上留下圈圈块块的黄渍——画下一个个具象又抽象的图案。

除了日常的护士工作，我还要负责那批手术对象的术前血常规检验。其实，我只能看看血色素，做一下白细胞计数。我对领导说，做不了，我做得可能不准确，不能糊弄人。领导说，只要不发烧、不贫血的都没事。忐忑地接下了这个任务，挺着临产的肚子，忙忙碌碌地投入进去。当时的主刀是县医院的外科大夫，他们都是我实习时的老师。

乡医院的医疗设备相当简陋，常用的 X 光机都没有，显微镜是县医院临时带过来的，最先进的仪器是一台流产用的吸引器。注射器针头要循环使用，一直使用到针头严重弯曲，针头很钝了才能换新的。我们每天用铝制消毒盒在煤火炉子蒸煮消毒。煮沸消毒是当时乡级医院最常用的消毒方法。输液器还是橡胶管、玻璃接嘴的，头皮针也是反复使用。每天上班第一件事就是捅开煤火，冲洗输液器，蒸煮消毒。头皮针冲洗后，盘好泡进百分之七十五的酒精中。经常这样，输液器橡胶管容易老化，稍微一用力，就枯草一样断为两截。

药房里，水泥柜台闪着黑黝黝的光，咖色、白色玻璃瓶子盛着相对名贵的中药，人参、麝香、薏米、山萸肉什么的。柜台中间，是留着称（包）中药的地方。正对柜台房梁上，吊着一个盒子，捆绑中药包的纸绳从里面垂下来，裁好的毛头纸码在柜台边。每天，宋医生都用戥子称中药，一味一味中药有序地排列在包装纸上，称完，再核一遍药方，包好捆扎交给病人。日积月累，柜台的边缘像涂上了一层油，中间的颜色像小麻的种子一样黑亮亮的。柜台下放着一个沉重的专门碾中药的铁制器皿，叫药捻子；捣药罐在柜台拐角处一侧竖起的木桩子上，配制中药丸剂是免费的。往南是一个木头架子，一层一层摆满了注射类的药物，也就是针剂。纸盒子的针剂们一般很沉默，好像也没有保质期一说，只有颜色发黄了，才会废掉不用。但没有假药，也没有暴利的药，药品价格严格按照国家规定执行。

我经年打交道的东西，像一具印着我影子的石膏模，有着清楚的磨痕和轮廓。时光交错里，我总觉得自己能填充回去，结果不仅硌得我生疼，触摸上去，冰冷、锋利，一如时光破碎的茬口和棱角。

二

我现在才明白，我当时面对的中药，是从中华民族几千年的疾苦中走出来的，或者说，它与人类的苦难是孪生兄弟。

药房北墙，是一组高大的深红色配以亮闪闪铜拉手的药橱子，中药特有的气息在药房中弥散。麻黄、桂枝、杏仁、甘草、黄芩、黄连、黄柏、米壳……这些动植物的精灵，此时都在药橱子里养神。平时一个个像书房中静修的书生，只等医生望闻问切一番后一纸令下，它们立刻变成冲锋陷阵的武士，跃马提刀与病魔厮杀，君臣佐使各自行使着自己的职责。有些中药快刀快马，暂时在药橱子里栖身，匆匆来去；更多的中药像被打入冷宫的妃子，沉默在岁月中，等待召唤。这些草药的去留和患者的病有关，也和医生的用药习惯有关，当然也与老乡们舍不得花钱看病有关。有的医生爱用温补的，有的爱用扶正祛邪的，也有的爱用祛湿的，等等，辨证施治，生杀予夺，他们是患者的救世主，是草药的君王。

长得像《天龙八部》里的慕容复的王医生爱用楝子。院子里那棵歪斜斜的楝子树立下了功劳，霜降后，叶子落净了，楝子一嘟噜一嘟噜地挂满枝头，宋医生就举着长长的带铁钩的木杆子勾，我们忙不迭地捡着，好像他勾下来的不是苦楝子，而是一串串汁液饱满的葡萄。不知道这院子里怎么生出来的楝子树，楝子树北方很少见，我那时候仅见过这一棵，斜斜地长在干涸土井边。它的面目固然早已模糊，但我知道它还长在我心里的。

后来到石家庄工作，有一天发现了成排的楝子树。那是个冬天，风不大，成熟的楝子掉了一地。人们并不知道这是一味草药，随意地踩过来踩过去。

治疗疮痈，台阶下那棵皂角树当仁不让成了主角，外用内服少不了它，那些圆鼓鼓的皂角籽，那些鹿角一样的刺，和其他的草药一样，有着人间的“特别”滋味，人在“特别”时候，它能扶正祛邪，显现出草木的神奇性。传统中医讲究急则治标，缓则治本，或者标本兼治，但在很多急性病面前束手无策，西医倒可以刀到病除，但人体的重要器官被切除，很多功能会受限，二者一直争议不断。所以我还是建议慢性病患者用中药调理。但是值得怀疑的是如今中草药的药性，速成的菜园式种植，肯定不如沐风饮露自然生成的草药药性好，可是如今要去哪里找寻野生的草药呢？

药橱子上的药名字很可爱，刘寄奴、女贞子、合欢、川木香、广木香、肉豆蔻、草豆蔻……它们从《诗经》《本草纲目》、田野、民间传说里走来，在我眼里不仅有故事，也有造化的神奇；它们不仅是祖宗的珍贵遗产，也是上天给予人类的馈赠。中草药的熏染让我对植物也生发了兴趣。桂皮是药材，也可以做煮肉的调料，它更让我想到江南水乡的丹桂，它细密的花朵盛着一兜兜蜜。女贞子，是一个贞洁烈妇，我一直在梦里仰望她。那年在徐州的狮子山，我对着一棵有着修长身躯、油光光叶子、一串串袖珍葡萄样果实的树发呆，它的树叶繁茂，掉下一团团紫色的“小葡萄”，树的轮廓下浸着一层油似的。原来这就是女贞子，它的另一个名字叫蜡虫树，那些“油”就是蜡烛的原材料蜡虫的排泄物，女贞子是蜡虫的寄生树。这些植物可真有趣。中草药的触角一端连着我，一端伸向七彩的世界。我回顾我的文学生涯，中医药有着很大作用，中药丰富了我的认知世界，是我文学路上取之不竭的素材，寒、凉、温、热，四性皆有，酸、苦、甘、辛、咸，五味俱全。

有一味中药叫米壳，它其实就是“大烟葫芦”，罂粟的果实。药用能治疗腹痛、痢疾，镇咳，还能解毒。米壳外观像一个略长的微型石榴，它浅褐色的干枯果皮上，交叉地划着棱形痕迹，拿起一个晃晃，沙沙作响。宋医生说，这些划痕是采大烟时划的口子。“罂粟花殷红，千叶簇，朵甚巨而密，丰艳不减丹药。”我从徐霞客的这些描述里，看到罂粟花的美，就想见识到在风中摇曳的美丽的罂粟花。我打开了一个罂粟壳，它细密的种子鱼子一样，哗啦啦，一下子溢出了我的手心。谷雨时节，我偷偷地把它种在院子里，盼着它开出艳丽的花，我倒没想到让它结果，我知道这是国家不允许的。我的担心和期望都是多余的，这堆种子喝足了水却半根芽都没发。我问宋医生，他笑眯眯地说：“傻丫头，这都是处理过的，种不活的呀。”老人家的眼都笑弯了。

在《诗经》中美丽着的茵陈，乡医院的院子里就有。三月天，潴龙河畔沙尘不断，茵陈也长得土头土脑的，倒有一个清新的味道。南方人用来蒸糯米团子，北方人也用来泡酒，茵陈酒。宋医生总是在早起采来，放到窗台上。我看到了也会采来放到宋医生晾晒的茵陈里。到了四月，院子东头的金银花铆足了劲疯长，茵陈仿佛一夜就变大变美了，它伸展了腰肢，从灰姑娘变美少女。珠儿也让我感到了胎动。透过玻璃窗，梧桐树上一簇簇的大粉花在沙尘中摇曳，我抚摸着肚子感到一分源自生命的美好。

六月天，小雨大雨连阴雨，凡间万物都湿淋淋的。但凡有个晴天，农家院子里会晾晒一家老少的衣物、粮食，药房的宋医生总是不断地忙活，炒制刚从安国买来的中药材，翻晒久存的草药。茵陈、荆芥、款冬花、胡颓子、酸枣仁都晾在医院的窗台上。我喜欢中药味，至今都喜欢，这是老祖宗留下来的智慧的味道。能沉醉于药香里，做一个能解除病人痛苦的人，是我前世修来的福分。

一年一年，茵陈变成蒿子了，宋医生还没改变临时工的身份。老人家不容易，久病成医，一直在乡医院干临时工，其实整个乡医院也没有几个正式工，也没有几个人有职称。可是宋医生不能再等了，他都快六十岁了。合同中缴纳保险的最低年限是十五年。他一直在等，主治医生比他小，转正了，药房的崔大夫比他更是小了好多，也转正了，他还在等。要知道，在二十世纪九十年代做临时工，也是一件很悲哀的事情。也许，是药房里的中药让他踏实。这一点我始终没有搞明白。

三

那年正月底，突然下了一场半尺厚的大雪，由于气温高了，雪积得并不瓷实，一踩下去就是一个深深的脚印，棉鞋被雪水浸湿，钻心地凉。当时需要给零到八岁的孩子普服预防小儿脊髓灰质炎病毒的糖丸，乡医院偌大的院子，只留三个人值班，其余的都下乡。

当时，疫苗还没有严格的冷链运输要求。上级防疫站给发过几个冷藏包，在冬天冷藏包几乎成为摆设。医院的冰箱里储存着狂犬疫苗、乙肝疫苗和一些季节性的防疫针剂，以及预防小儿脊髓灰质炎病毒的糖丸。

大概是二十世纪九十年代或许还早一些，我曾跟随下乡打“百白破”三联针，这个药是二十毫升混悬制剂，具体一支药给几个孩子用，我模糊了。很多孩子打完针后感染，屁股都化脓了。医院立刻上报了上级主管部门，及时停止用药，避免了更大范围的感染事故。几年后，偶然发现邻家女孩的左上臂肌肉萎缩。姑姑，这就是我小时候你打预防针打的呀。女孩笑着说。我吃了一惊，本能地回想，联系她的年龄，我确定是那批疫苗的问题。但我的内心还是充满自责。

相对来说，那时候的药物还算是安全的。前年发生了狂犬疫苗事件，这是令人震惊的。二十世纪末人们的免疫意识不强，预防针多在学校进行。偶有例外。榆林村死了一位老人，死前没任何病，被小狗咬了嘴上方的人中部位，当时没在意，突然高烧不退，几天后就去世了。或许不是狂犬病，只是一般的外伤感染导致败血症也说不定。老太太出殡时，白花花一片，哭声凄惨。埋完老太太，乡医院的狂犬疫苗一下子断货了，榆林村给老太太送葬的人，脱掉孝衣，成群结队赶来打狂犬疫苗。一例死亡，唤醒了人们的防疫意识，这是我记忆中仅有的一次。换言之，也就是说疫苗一旦出现问题，后果不堪设想。

前年的疫苗问题和屡屡发生的医患纠纷，让我想起很多从前的事。

这些记忆有时候灰蒙蒙的，有着模糊的轮廓，有时候又清晰如画，它们交叉又切割，让我的叙述呈现混沌状态，品来却有五味子的味道。

四

六月的天孩子的脸。几场暴雨变成连阴雨，街上到处都是水，水倒灌到低洼的乡医院。我发愁了，我已怀孕六个月，这样大的水，外面还有两个需要输液的病人呢。一个是医院不远处的刘伯伯，一个是集市边的李阜民爷爷，李爷爷还是我父亲的老师呢。两个都是食道癌卧床不起，每天就凭着几瓶营养液维持着生命。村子里的老人命运大都这样，那时候，医保是想都没想过的事情，无疾而终是最好的结局，倘若患了不治之症，诸如食道癌之类，就等着“吃秋不吃麦，或者吃麦不吃秋”，再难听点就是在家等死。没有多少收入，没有城镇职工的看病报销，老农民们就守着口薄棺材，躺在炕上，压着最后一口气……我急得在医院的台阶上来回转了好几圈。当时医院的人都身兼数职，我是专职护士，我的同伴既要忙药房的工作，还兼职出纳。这两个癌症晚期病人，本来就处于营养衰竭期，血管瘪着，一般人都扎不上，每次都是我挺着大肚子慢慢走过去。患者一家对我的信赖，也是我工作的动力。

怀孕的人很怪，平时很喜欢吃韭菜饺子包子馅饼，可是现在却闻不得一丝儿韭菜味。每到集日，我都想捏着鼻子不呼吸了，省得吐得翻江倒海。李爷爷家紧挨着集市，卖韭菜的摊位一个挨着一个，好像这个世界都是韭菜的天地。每次输完液，我都强忍着，小步跑到集市的尽头，狂吐一番。古人说，医者父母心。我把自己当成了患者的家人，医院里的医生们都这样做。不管风霜雨雪还是深更半夜，只要需要出诊，二话不说背上那个毛了边儿写着“为人民服务”的出诊箱，就赶赴患者的家。微薄的收入，并不影响医生们治病救人的心情。望闻问切之后，常常是几个药片，一支针剂，或者几味中药组成的一个方剂解决问题。为了能给老乡们省下几个钱，医生们没少动心思。针灸免费，针灸能解决的，就不给老乡拿吃的药。一顿贴饼子熬菜，几颗枣、一把豆角是老乡们的回馈。

李爷爷的儿子蹚着水过来接我，手里预备了一根结结实实的枣木棍子。他背着几瓶液体，深一脚浅一脚地探路，左手拉着我。我在后面用枣木棍支撑着前行。李叔叔眼里含着泪。一家人对我千恩万谢，说要有闪失可怎么对得起我。可这也是我的本分啊。我没有本事救人命，但可以延长患者的生命。

我怀着珠儿很吃力，中秋节跟着婆婆公公下地收秋，割了几棵翻个个儿才见到一棵的豆子，回来就蹲不下了。腿疼了好几天。好在这批手术是在十月份的二十四号，我坚持着做完了几十例。二十六号白天还坚持检验，晚上就开始尿频，我开始还不知道是要生了。爱人当天晚上还去鲍墟高中下围棋，半夜里就被我的呻吟吵醒。

疼得糊涂了，也就不再知道疼。曙光初照时我当了妈妈。那个爱围棋如命的男人，迅速转换了角色。放下棋盘世界里的经纬，白天把珠儿抱在怀中，晚上蜷缩在皮革沙发上守着我们娘俩儿。我喜欢吃姜，生完孩子，我的宿舍里刀剁姜的声音开始持续不断……

生了珠儿三天后，同事来宿舍和我商量，有个月子里的孩子输液别人都扎不上，问我能不能给扎一针。我看看我的珠儿，她忽闪着长长的眼睫毛翘着小嘴在笑。我说抱进来吧。说也神了，身体虚弱的我居然还能一针见血，我自己也不知道是怎么做到的。

五

当时粮食很不值钱，种棉花好歹有点收入，可是哪有想的那么容易。

那时候的棉铃虫很猖狂。种棉花几乎要天天打药，棉铃虫都有了抗药性，天天喷药都死不了，喷药的人却在高温天气下被农药熏倒了。常常在中午，或者下午三四点钟，有拖拉机停在医院里，几个人抬着一个有机磷中毒的人冲到诊室。

大多数人能抢救过来，有的人却再也没睁开眼，那时候人命比庄稼还不值钱。这大概也是宿命，生就庄稼人不种地咋办。农民和城市人中间有一条难以逾越的鸿沟。

那年夏天，医院死了一个人，才二十多岁，喷农药中毒。一盒一盒的阿托品，一瓶一瓶的液体输到他的身体里，却没有效果。那些水置换不来他的命，他死了。一双还不太懂事的小儿女大哭着喊爸爸，一对白发老人呼天抢地，哭得死去活来。我听说，几天后，逝者父亲用棉花夹子把一块地的棉花都拔了。那些正在盛开的粉色、黄色花朵，很快在阳光下凋零。那位老人丢弃棉花夹子，一屁股坐在长满野草的地头，负重的牛一般喘息。不远处，一座旧坟茔里赫然出现一座顶着五颜六色花圈的新坟，老榆树上不知趣的乌鸦，哑着嗓子时不时叫唤几声。死亡的气息在本该蓬勃的田野蔓延。

烈烈阳光下，周围的棉花地里，喷雾器还在不停地喷洒农药，刺鼻的味道让人窒息。那些棉花花简直就是一朵朵罂粟，诱惑着人们冒死去耕种和培植，那浅薄的欲望里，绝不是为着精神的愉悦和享有，仅仅是来维持土地上贫困的生存。

我在乡医院整天干着治病救人的工作。但是，我却救不了我的母亲。

女儿出生后一直由我母亲带着，女儿两周的时候，我们一家人围坐在电灯下摘棉花桃。这些秋后还没有龇嘴儿的僵桃，在北风的吹拂下，露出了白花花的芯子。虽然不如头喷二喷的棉花白，絮子短劲儿也小，但多少也能换点小钱，也有的人家絮了褥子或被子。农民们一个汗珠摔八瓣，来钱不易，不敢糟蹋东西。娘摘着摘着，突然有点含糊不清地说，给我撕点卫生纸，我最近吐痰总有血。我心里一惊，母亲说得没错，白白的卫生纸上一小口黑黢黢的浓痰，一个鲜红的血点灿然在痰里面。我的心难受地挣扎了好几下，我赶紧稳住心神，对娘说，咱们明天去县医院看看吧。母亲说，今年总觉得气短，咳嗽起来尿裤子，现在活不忙了，看看就看看。我一晚上没怎么睡觉，也不敢翻身，怕惊醒娘。痰中带血不是个好兆头。可是我压根也不敢把母亲和肺癌患者联系到一起啊。是我大意了，平常母亲的咳嗽声音很高亢，痰并不多。娘经常感冒，一到冬天就慢性支气管炎发作，头一年乡医院药房进了增加人体免疫力的丙种球蛋白，我就给母亲买来打了，似乎效果不错。今年一入冬，又给娘打了一支，母亲总怀疑丙种球蛋白不是一个厂子出的，她说不如去年管事儿。我压根也不敢想问题出在了哪里，是母亲操劳过度，长期一个人喷农药在棉花地里劳作的缘故？还是水或者食物的原因？

邻村建了造纸厂，乡亲们觉得造纸厂那些水白白溜走太可惜，纷纷引到自己的麦田里。没想到麦苗都枯死了。可是这些工业废水排放、渗漏问题一直拖了好几年才解决。

母亲走的时候是伏天，连续下了三天雨，天出奇地凉快，我却得了一场病。当我带病站在医院的药橱子面前，闻着这些中药的气息，我拉开抽斗，用手抚摸这些祖宗遗留下来的宝贝，呼唤着“沙参、玉竹、麦冬、瓜蒌、川贝……”它们都是母亲病后吃的药，我的眼泪又流下来。

那年村里和母亲一起走了好几个人，并不是那些药不能救他们的命，我觉得现实是农民没有钱和癌症抗衡。我曾带母亲去北京求医，患者家属里流传着一句话，我至今记忆犹新：“榨干榨净，人财两空。”这是说癌症，也是说医院。

六

夜色里，墙角的蟋蟀无忧无虑拉着它的音乐小锯齿，突然会被后院乡政府繁杂的跑步声打断，“一二三四”喊声震天，村子里的狗也叫成一片。跑步的男人们，都是因为超生。乡镇干部找不到计划外怀孕的女人，就把这些男人抓到乡政府，等待那些女人自己回来做引产，或者来交罚款。计划生育办公室的几个复员军人，有的是精力，熬鹰一样对待这些庄稼汉子。

“生男生女一个样”，在农村还是一句空口号。虽然国家有政策，但是千百年因袭的传统观念一下子无法扭转。男人们都希望后继有人，老人们也希望香火不断。这就苦了那些女人，男权主义作祟，来做结扎手术的几乎都是女人，有的因为害怕，眼睛哭得像个灌了水的棉花桃。偶尔有个男人做结扎，也会被村里人笑话“绝种”，成了“老公”。在我老家，谁都知道，“老公”就是太监的意思。

没有儿子的女人学得聪明了，怀了孕，出大价钱去外地做B超，只要是女孩子就自己跑到大队要求到县医院做引产，这个以借计划外怀孕的口，免费做引产手术，直到生出儿子为止。我在妇科实习的时候，大月份引产是常见的手术。那些年轻的母亲，或是被乡计生办强行送来，或者是知道怀的女孩子要聪明来做引产。科主任边操作便给我们讲解。碘酊消毒、酒精脱碘、找准子宫与胎盘的距离，注射雷夫诺尔。数小时后，一个个还带着母亲体温的孩子就生下来了，这些无辜的小生命有时候还微微有气息。产床上，那些无可奈何的母亲，恨不得把一辈子的泪水流完。

可是一些计划外的孩子侥幸地生下来了，现在都到了该成家的时候。

如今，走在村子里，和珠儿同龄的男孩子太多了，可是却看不到几个女孩子。有男孩子的人家都犯难，孩子找不到媳妇。我上次回家，邻居家儿子结婚呢，媳妇是花十万块钱从印尼买回来的。邻家的儿子很腼腆，和他站在一起磕头的新媳妇长得高头大马的，脸上涂着铜钱厚的脂粉，一手拿着手机，大嘴巴抹得红红的吱吱哇哇不停，一看就是见过一些世面的人。乡亲们悄悄地交头接耳，说这媳妇恐怕要改变这家的门庭了。言外之意是这样的媳妇养得住吗？是不是过一阵儿飞鹰一样无影无踪呢？

几个月后，这个印尼媳妇，果然一去不返。

尽管不靠谱，还是不断有女人们来打听娶印尼媳妇的行情。总不能看着孩子打光棍吧——这些女人说。

花落之院

鲍墟乡医院确实是红火过的。

鲍墟乡东邻沧州肃宁县，南行数十里是衡水安平，西距县城足足有三十里地。《蠡县志》载，原是名相鲍叔牙的故里，因战火成为废墟，故名“鲍墟”。到县城，要过潴龙河，干涸的河道仿佛沙子的河，步行都吃力，一脚一鞋壳沙子。很像我曾经历的这个医院的事情。

一

紫色的泡桐花，开得乌压压的，满枝满树都是，风呜呜地刮着，把花吹得四散而去。

鲍墟村大都是灰突突的平顶房，乡医院的红砖瓦房鹤立鸡群般耸立在村子北面。它高大的房间并不是百毒不侵，风来了，屋里看似平静，却悄悄地布满沙尘，几棵高大的泡桐树，既像抗风的勇士，又像风的合作者，泡桐花毫不迟疑地落下来，一个单薄的女孩徘徊在红砖房和大泡桐的间隙里。

我喜欢风和日丽的时候。苗医生的十几只小鸡，毛茸茸的，像绒球球，在芦花鸡妈妈的带领下，在院子里滚动着。如果没有患者来看病，我情愿盯着它们到天黑。

一个定岗的小医院，每个人都像颗螺丝钉，有自己准确的位置。而新来的我，好像一个可有可无的补丁。妇科的事插不上手，打针输液，老乡们情愿排队，也不愿意让我这个“实习生”做试验。苗医生动员她的亲戚朋友找我打针，风大的时候，没法回家，苗医生就留我跟着她吃午饭。

鲍墟乡医院驰名一方，看病的人多，打针输液的人也多，注射器和输液器会接济不上。我把冲洗好的注射器放到东头伙房的煤火炉子上，转身回来继续配药，完全忘记了消毒时间。一股焦煳味传来，我才想起消毒的事儿，输液器的胶皮管融化粘连在一起，玻璃注射器也黑了。苗医生对院长说，怪我！怪我，明知道注射室忙，腾不开手，没及时端下消毒锅。

苗医生原来也是临时工，转正后，摆脱了农业劳动，孩子们也都农转非，爱人是大学生，起初在外地工作，多年后才调回县里。苗医生随后考了医师资格证。我羡慕这样的生活，走的路子几乎和她一样，大学生对象，两地分居……

听当了院长的六叔讲，苗医生自小随父亲在山东行医，十七八岁背着她父亲的骨灰回乡，一身白孝衣，俏得很。正赶上村里有人死去送葬，满街筒子的人不看送葬的都扭头看她，其中有一个大学生。这个大学生为了她休学，数次被家长送到学校，后来成了她的丈夫。

苗医生是独苗，家里只有一个后娘。老太太的穿衣取暖都是她一手操持。每到冬季，苗医生请人把煤面和土拉到医院，不忙的时候就打几块蜂窝煤，几行码放整齐的蜂窝煤是乡医院秋后一景，这是她给老太太过冬取暖预备的。听说苗医生小时候受后娘的气，吃了很多苦。可是，苗医生说起后娘，一口一个“我娘……我娘……”，如果不了解实情，谁会想到她惦记的是后娘呢。

苗医生不种地，菜桌却不缺应季蔬菜。十里八乡的人几乎都得过她的济，都以和她是亲戚为荣。苗医生家有好吃的大家都跟着吃，甚至来看病的人也跟着。不忙的时候，我帮她剥长果，把长果豆腌到韭菜花里，我第一次知道长果豆可以放到韭菜花里。

苗医生人好，她龙飞凤舞的处方，是女人们的安心剂。

我刚参加工作那会儿，一个农户人家可以生两个孩子。意外怀孕的，只能到乡医院做人工流产，乡医院当时只有苗医生一名妇科医生。除了做小月份人工流产、上环，苗医生还给乡里人接生，所以，很多人都叫她姨，甚至认她当干娘。她是很多人来到世上第一眼见到的人。

干妇科，是个受人尊重的事儿，但是隔三岔五的就要结束新的生命，一个生命的终止与否，总归有很多因素，但这是苗医生命定的工作。一位大娘托我找苗医生要东西，说她知道是啥。那天，苗医生蹲在冰冷的水龙头边，哗啦啦冲洗着什么，一股血水，流了很远才变淡，是“小全人”，也就是胚胎。原来老大娘的老伴每年冬季患支气管炎，小全人是大补的。苗医生甩甩手上的水说，老百姓不容易，想吃我就给留着。

知道这事儿后，我再没碰过食堂的肉包子。

与死亡相比，还是新生让人高兴。

那个春天，泡桐树的花香满院子都是，苗医生带着我去村里一户人家接生。那个产妇叫素，比我大不了几岁，只有婆婆和她男人守着，她的公爹早遵照规矩躲了出去。素没娘，看上去更让人心疼。

素家的几只鸡，跳到礓磜上啄食槐花，洋槐树的花一嘟噜一嘟噜的，白玉一样吊了满树。阳光照在素的炕上，苇席新崭崭的，还没有过多的烟火气息。素在她男人的搀扶下一会儿在屋里走几步，一会儿佝偻着趴在炕沿上呻吟。

窗棂的方格端端正正对着土炕时，苗医生待不住了。她对素的婆婆说，孩子没人管，得回家做饭。我明白，这仅是原因之一，苗医生是在给我创造机会，让当地的老乡接受我。

素的婆婆极力挽留，苗医生说我的技术很好，是从大医院学习回来的，况且是顺产，她一会儿就回来。苗医生掀开门帘走的时候，我跟到了门口。

我忐忑着。我想，素和她的家人也是。

在素的婆婆眼里，我就是一个黄毛丫头。我有意识地把注意力转移到像镜子上，结婚照上她还一脸羞涩。视线里的产包，已成土黄色，缀满深深浅浅的水渍。

素的婆婆不高兴，也不好和我发作。好在，孩子顺利生下来了，是个头发黑黢黢五官饱满的女孩，脸形和素很像，素的婆婆眉头一下子舒展开来，一家子脸上都有欢喜色。没有侧切，但有点撕裂，我颤抖着带血的手，歪扭扭地缝了三针。这是经我手出生的最后一个孩子，也是唯一一个在乡村土炕上出生的孩子。题外话是，计划生育让孩子们金贵了，大多数人都上县医院待产。

素的女儿十二晌，她婆婆送来一篮子大百岁，一个足足有一斤重，白胖胖，暄腾腾，带着八角点的胭脂花。

苗医生的女儿霞和我一般大，眉眼和苗医生一样美，一袭白连衣裙，就像琼瑶小说中的主人公。阳光照在硕大的泡桐树叶上，树荫下明明暗暗，我和霞坐在茂盛的泡桐树下，看《窗外》《燃烧吧火鸟》《一帘幽梦》。那时尚不懂命运为何物，只是莫名地为小说中才子佳人的悲欢离合悲喜。我和霞都希望遇到一个白马王子。一家有女百家求，依苗医生的为人，很快由她做主给霞订婚了。男孩父母也在机关工作，属于门当户对，双方大人都满意。不承想，霞在工厂里恋爱，自作主张写信与男孩分手了。苗医生闻听此事，心脏病犯了，一怒之下和霞断绝了关系。

几年后，也是泡桐花开的时候，苗医生调到了外地某大医院。她走的时候，还有个插曲，两个粮站的大男人都抹了眼泪。多年后，苗医生打来电话，说，霞计划生二胎，要到省医院检查，想住到我这里，我忙不迭地答应，可以可以。

二

明哥像河北博物院中的汉代说唱俑，他的嘴唇厚厚的，短粗的身形和大泡桐很匹配。

明哥头有点大，浓密的短发好像一顶黑帽子，身材上大下小，穿上白大衣，正好遮住了腿短的缺陷。明哥来乡医院前就会打针输液，他父亲丁医生是聘请的“专家”。三十多岁的明哥，是两个女孩的父亲。我到乡医院的时候，他已经工作几年了。他家里种着几亩地，破旧自行车上常常带着一杆锃亮的锄头。

明哥来乡医院工作，是盼着转正。他父亲是盼着老了能有一份衣食无虞的退休金。

当时乡医院仅有两名正式工，一是贺院长，一是苗医生。会计六叔、司药的贾医生和丁医生都是合同制身份。合同制也是农业户口务工人员的最好结局，能够有一份比较体面的工作，退休后有稳定的收入，是乡里人的期盼。让明哥看不到希望的是，药房里还有一名五十岁左右的老人——宋大爹。宋大爹在街上的老乡医院时就是临时工，越过他，于心不忍，此前，丁医生转合同制就打破了临时工排队转正的秩序。

农忙时，明哥带着农具上班，下班不回家，直接去锄地。我尽力早出晚归，多待在医院。早起到治疗室，收拾治疗盘，端到靠近东头的伙房边，冲洗，唯恐有残留的药液，我曾经遇到过一个闻到青霉素味就晕倒的人。给注射器消毒是明哥教我的，县医院都是供应室的人收送。刚刚到新地方工作，很多老患者不认我这个新手，这个不认是指不相信，打针输液排队等着明哥也不让我操作，我很尴尬，不是我偷懒。

整天的超负荷工作让明哥看上去很不精神，眼白总是黄乎乎带着血丝。我一看到明哥黏糊糊的眼屎，就更不自在。

小孩子输液，五百毫升的液体用不了，需要倒掉一些，明哥咕嘟嘟把多余的液体倒在泡桐树下，且所剩剂量准确，有卖油翁的风范。患者家属夸奖，明哥夹着香烟，吐着一串一串的烟雾，微仰着头，厚嘴唇咧着，有点得意。

有个五十来岁的患者，人们叫他老黑秋，家在乡医院南边，顺着土坯墙头拐几个弯就是。“黄鼠狼单咬病鸡。”老黑秋干瘦干瘦的，风一吹就晃悠，还得了肺结核，每天来乡医院注射硫酸链霉素，家人为了让他养病不让干农活，所以，他有的是时间待在乡医院。给老黑秋打针对我也是考验，只要明哥在，他一准会找明哥。有一次，他在治疗室前面专门输液的西屋等明哥，眼看着我给一个又一个患者输液、起针。天快黑了，他有点着急，在得知明哥有事不来上班后，磨磨蹭蹭来到治疗室，不情愿的样子让我的自尊心很受伤。

我吸好药，等老黑秋在简陋的诊断床边褪下裤子，一股瘆人般的汗臭味冲过来，我极力忍着。我带着厌恶把注射器按下去，本来就钝的针头立刻弯了。我担心老黑秋发火，硬着头皮将药液推了进去，立时，他的臀部左上侧就起了一个鸽子蛋大的包。老黑秋龇牙咧嘴的，忍着没吭声。我拔出针，老黑秋按着棉球，触到了那个疙瘩，立马蹦了起来，看看我，气又下去了半分，咬咬牙，蹦出一句话："我还不如让我儿子给我打呢。"我以为他气急了占我便宜，眼泪吧嗒吧嗒地流下来，把后面等着注射的人吓了一跳。

促使明哥离开医院的是另一个原因。那时候，计生政策很严格，他家又生了一个丫头。县里有规定，所有的公职人员只要超生，就下放回家种地，临近学校里的民办教师因为超生已被停职。

那段时间，明哥爱抽烟，人们递烟，他就跑到大泡桐树下吸，烟圈一环套着一环，在他头上飘着，在枝丫间盘旋，直到散去。工作也不大上心了。也许明哥眷恋这份工作，也许有更多难言之隐。他的心事我不知道，或许上苍造人前就定好了各自的命运。

明哥走了，出诊去输液的事落在我一个人身上。大雨天，深一脚浅一脚的，哈气成冰的时候，积雪路滑，一个跟斗倒在墙上，头起个大包。

明哥和他父亲离职，我有责任。那年，乡医院死了一个小女孩，是在注射氨苄西林后的数小时，恰好这一针是我注射的。孩子死了，家属把孩子放到了诊室的桌子上，派出所的人来维持秩序。那几天下起了连阴雨，我躲在乡政府娟姐的宿舍不停流泪，我害怕死人。医生护士都是治病救人的，我不明白这个小孩子怎么会死了，以为会进监狱。小女孩不过两三岁，来治疗室的时候脸色苍白嘴唇青紫，显然极度缺氧，我当时还提醒她妈妈，"孩子嘴唇青紫，你别去赶集了，赶紧再让医生给看看吧！"这个扎着抓髻才十几岁的南方女人，不顾我的劝阻，带着做了皮试的孩子到集上转了一圈，还好，在十五分钟内回来了。皮试点周围没有伪足和凸起，属于阴性，我毫不迟疑，按医嘱剂量给孩子注射了氨苄西林。我以为能药到病除，没想到，可怜的小女孩死了。

患者家属找到丁医生家破口大骂，丁医生说他没责任，卫生局准备请市里的法医来鉴定。

几乎没法收场。医院这边贺院长和其他医生看皮试点也正常。贺院长对丁医生说，你既然知道孩子是急性肺炎，为什么不让转院？起码要吸氧、输液！

贺院长和同事们的安慰，让我感到没有被世界抛弃，也有了继续工作的勇气。

……

天晴了，这件事儿也终于过去了，可是乡医院元气大伤，没有几个患者来看病。贺院长调走了。好久一段时间，我都是恍惚的。

经过这件事儿，我像是渡过了一个劫难，随后，结婚生女，离开乡医院。小女孩这件事儿，我闭口不谈，像个不愿意揭开的伤疤。

院子里的泡桐树失去了几个兄弟，有一年时兴皮革面的沙发，不记得谁打起了泡桐树的主意。那些落掉枝叶的泡桐树没有再等来开花的机会，电锯吱吱，它们横陈在地上，变成木板，又在几个月后成为皮革沙发的骨架。那年春天的泡桐花少了些喧哗，就像那时门可罗雀的乡医院。

去年，突然接到一个电话，核实明哥在乡医院上班的事儿。工作人员起初说丁学明，好半天我才反应过来，是明哥呀。听说县里有政策，原来在医院做过临时工的人，可按年限申请补贴。我盼着明哥能享受到政府补贴。

三

我去看芳婶，她居然比我矮了小半头。

更让我难过的是，芳婶反应迟钝，好半天才知道是我。三年前我曾来看望她和六叔。她老伴，就是六叔。

我不愿意给芳婶挂上老年痴呆的牌子，也不情愿能说会道的芳婶因为儿子和六叔的离去而苍老。时光里的芳婶四十多岁，剪着利索的短发，衣服合身也洋气，都是她亲手裁剪缝制的。我母亲病重的那个冬天，突然下起了雪，我急着带母亲四处求医，孩子的棉衣还没有着落。芳婶找出自家的旧衣服，裁剪，絮棉花，连夜给做了一身棉衣。绿格子，黑方块，黄色芯，组合的色彩和图案，像芳婶葱茏的人生。

我母亲是一个地道的农民，没有文化，见识也少，只会做农家饭，我很多与城市有关的生活经验，都是从芳婶处得来。当芳婶用小搪瓷碗端着几片圆火腿送到屋里时，我还不知道是什么。

芳婶把豆腐切成薄薄的片，沸腾的锅里已下了芡粉，虾皮、火腿丁和豆腐片依次下到锅里，随后倒入香菜调和的香油醋，就成了豆腐脑，这也成了我的拿手好戏。

芳婶做的饭好吃。

我们盼着过节，这时候，院长六叔会慷慨地派人去集上买来鸡鱼，我们照常工作，芳婶义务将一堆鸡鱼肉菜变成可口的美食，我们吃得开心，芳婶笑得惬意。

这样的日子，随着我的离开截止。

中医讲究阴阳平衡，也许这个世界是平衡的，失去的，有补偿。母亲走后，医院就成了我的家。爱人长年在外，我对芳婶的依赖像女儿对母亲。两岁多的女儿珠儿跟着我上班，没事的时候，就在泡桐树下带孩子，来了患者，洗干净手就去忙活。芳婶帮着照看孩子。

我离开乡医院的头天晚上，芳婶送过来一桶长果油，一件胸前缀满白珍珠的绣花白羊毛衫，一辆大卡车截断了我与乡医院的联系。同事告诉我，你走后芳婶哭了。

我走的时候，是冬季，大泡桐的枝干光秃秃的，树尖上小枝密集，像老鸹窝，乡里人说是凤凰窝。

六叔当院长干了件大事儿，解决了吃水问题。乡医院很多年都借对面粮站的水吃，偌大的院子因为没水，长满野草。六叔申请到一项补贴，第一件事儿就是打井，然后着手将院子分到个人名下，种菜种花都行，不能长草。当年的大葱不辜负人，珠儿和六叔的孙女烨儿顺着葱垄玩，能听到欣喜的声音，看不到孩子。

眼看着大葱丰收，六叔家的一晚上被人偷了，只零落丢下一些不成器的。我呢，突然接到了搬家令，匆匆把我的大葱放到车上，竟然忘记给芳婶留一捆。这年的大葱变成了一根根刺，让我时时觉得不适。

我初到石家庄过得并不如意，也不好意思回去看他们，只给芳婶买过一套碎花衣裳。先是听说芳婶的儿子出车祸离世，后六叔又患癌，我不知道芳婶该多无助。

芳婶见到我扭头擦眼泪，立刻张罗着要给我做好吃的，她还当我是小姑娘，芳婶憔悴了，头发都白了。

六叔躺在床上，指着头上的纱布含糊不清地说，坤，这里凿了一个大窟窿。六叔的病起初实在肺上，头上是转移后的权宜治疗。我撑着笑脸说，六叔快好起来，咱们一起打麻将……等我再带孩子来看六叔，他已经说不出话。虚弱地躺着，身都翻不了了。

六叔一直在乡医院负责防疫和财务，贺院长和刘院长调走后，才上任院长。此前，六叔不常坐诊。小儿腹泻按摩是绝招，而六叔做这些都是义务的。六叔脾气好，每到手头不宽裕，我们就嚷嚷，六叔该发工资了。他就一摸后脑勺，哎呀！我都忘了。或者嘴馋了就说，六叔咱们该会餐了。六叔就派芳婶去采购，炖鸡炖鱼。如果是无风无雨的夏秋，饭桌就摆在大泡桐树和红砖瓦房之间的甬道上。吃完，玩麻将，输赢不大，其乐融融，这时候的乡医院更像一个家。

十年间，六叔只对我发过一次“脾气”。急性肺炎小女孩死亡之后，我好像丢了魂，整天不说话，没有病人来就诊就发呆，任废弃的棉球在治疗室随风满地乱滚。六叔边扫边说，没见过你这样的丫头，怎么干干净净一个人连卫生都不知道搞了，多大事也得过去呀。

冬天常在半夜来病人，安顿好，输上液，听到外面又有咔嗒咔嗒的声音，原来是珠儿穿着秋衣，顶着零星雪花，趿拉着我的高跟鞋来找我了。六叔下意识脱下自己的军大衣，催促我赶紧带孩子回去睡觉，他值夜班。

世上没有卖后悔药的，如果有，我不惜万金。我扎头皮针的技术在乡里小有名气，乡医院输液的人多，或许与我的技术不无关系。刚生完小孩的我，还是一针妥当。有人慕名请出诊，我推辞了。六叔出面，我也没答应。那时候，我刚失去母亲，每天做梦都是带着母亲四处求医。爱人当时正在京郑线施工，孩子几乎是我的唯一，担心孩子睡醒看不到我难过。没忘记母亲的使命，却忘了医者父母心，没考虑病孩父母的感受。

一个人的成长需要时间。

寻找一只玉镯

一

我曾经拥有过几只玉镯，它们代表了我不同的岁月痕迹。

第一只玉镯，是玛瑙的，淡紫色的，陪伴我青春洋溢的白衣天使工作，心蜜一样甜。这是我心仪的对象从上谷玛瑙产地买来的。当时他在大秦二期施工，他让玛瑙手镯陪伴我。乡医院的日月因为这个手镯，变得流光溢彩，终身难忘。这只玛瑙手镯我爱不释手，担心不小心磕了，经常摘下来，放到枕头下面。有一天，玛瑙手镯不见了，我四处寻找，以为宿舍大门敞开被人拿走了。那段日子，我像丢了魂一样蔫蔫的。等我再次见到它时，它蒙着尘，伤心地躺在竹板床底下，断成了三节。我像帮患者包扎伤口一样用胶布细心地缠起来，放到抽屉里。从老家搬到石家庄我还带着。

那时候，还不知道“君子无故，玉不去身”。只是对美，有了向往。

第二只玉镯命短，是暖气的祭品。这是我自己定义的。

为买这只玉镯，我几乎转遍了石家庄各大珠宝专柜。虽然对玉情有独钟，却迟迟没有下手，我想用基金的利润买玉镯。我对同事说：“我要等我的‘基’下一个大蛋，用这钱去买碧玉手镯。”我天天算赚多少钱，觉得玉镯离我越来越近。

基金曲线先是一路上山，到了一个制高点后突然一路下滑，按我的一支基金算，我从毛利润两万元到赔了一万多元。

旭丽姐有好几只玉镯，她几次来电话嘱咐，多看看，比较一下，千万要狠狠地砍价。我看中的碧玉手镯大都在八万左右，但我知道商场的利润太高。表弟告诉我，他同事一九九三年出差新疆，用一个月的工资三百元买了一对羊脂玉的玉镯，现在的市值，超过二〇一五年石家庄繁华地段的五套楼房。我在某大商场看到一只天价翡翠手镯，正阳绿，通体晶莹，绿得炫目，标价一千六百多万。我盯着这只玉镯琢磨了半天，我要几辈子不吃不喝才能买得起。谁又来买这么昂贵的玉镯？

我手上是一只岫岩玉的镯子，懂行的人都知道，岫玉虽然是红山文化时期的瑰宝，但按玉质和人们的喜欢度来说不值钱。

我想，人类崇尚美来自远古。再往上追溯母系氏族时，大概是先祖戴着藤条的手链和鬓上的鲜花，载歌载舞，祈求风调雨顺。

我曾远行千里去看玉猪龙，也曾写过博物院的蛙形小玉兽，它们是祖先的精神图腾。父亲爱唱京剧，梅派袅袅娜娜的音韵中，多有环佩叮当的声音。我听得痴迷，觉得女人就该有女人的美。京剧《拾玉镯》中的玉镯，还是才子佳人爱情的载体。

爱美之心，自古有之。

二

两年前，我买了一只玉镯，水头不错，半边白半边油青，油青部分飘着一抹墨绿，像王希孟的《千里江山图》。价格是我一个月的收入。两个月后，玉镯蹊跷地碎了。事情的起因我记得清清楚楚，我家房屋取暖有问题，供暖的前半月根本不热，为此，我每年都纠结。三千块的取暖费交了，不凉不热三个月。我请人帮忙清理暖气管道。我按着排水管，电泵压力突然加大，管子鲤鱼打挺一样蹿了出去。水花四散，叮当一声，我倒吸了一口凉气，手镯不见了。它断为四截，以献祭的姿态贴在冰凉的地上。

叙述这个玉镯我用了两个词，一个是“蹊跷”，一个是“献祭”。更让我品味到生活的不易。是的，因为今年我家不冷了，我没有采取任何措施，温度从往年的十六度升至二十度，甚至能达到二十二度。我欣喜又纳闷，八年没解决的问题，突然就“不药而愈”。

古人说，宝物归化，必有先兆。我佩戴第二只玉镯期间极爱落泪，受不得丁点委屈。很奇怪，手镯碎后我突然不再爱哭。这只玉镯就像情感调节剂。或许，下意识里，是觉得灾难已被玉镯带去。

第三只玉镯也是翡翠的，颜色更为靓丽。

正阳绿，占了多半圈，圈口略大，镯形有点细，它不完美，沿镯形有个长长的裂。得到它，是偶然，是安徽的张辰保兄低价转让给我的，我和他是多年的文友，早在散文论坛时就对我多有帮助。因为都喜欢文学和古玩玉器，我建了一个只有四人的“雅施达”群，主要听他们交流玉器、瓷器、银器等文物。三人经常对一件有包浆有沁色的“高古玉”争论，年代、工艺、真假。像商玉鸮、春秋龙、汉蝉，都具时代标志，我受益匪浅。军云兄收藏油灯小有成就，且坚持写油灯鉴赏文章，出文集已初具眉目。辰保兄的商玉鸮和子冈玉牌我记忆深刻。木集兄对翡翠和小物件有研究，也收藏了几件独有的好东西。捡漏，凭的不仅是眼力，更是历史文化底蕴的支撑。

工作之余，一直在寻找一只可心的玉镯。

三

有一天，我在微信朋友圈发现一款手镯，正符合我的审美，价格也相对低廉。我将玉镯照片转到“雅施达”群，三位兄长也觉得漂亮。冰糯底子，飘着墨绿色的花，一团一团，流动的云一样美。我报出价格，他们三人都沉默了，然后不约而同地提出疑问，这样的价格买不到这么好的成色。

我说，能退，不妨买下来看看。

玉镯发来的头天晚上，我做了一晚上的梦，各种款式的玉镯琳琅满目，戴在我手腕上光彩照人，一群花枝招展的女人盯着看我的玉镯……等玉镯到了，我失望至极，不仅底子不行，光泽不行，花还是墨色的。我不好意思说什么，只对着“雅施达”群打出了一行字“看的是西施，来的是东施”。

挫败感很快过去，玉镯的诱惑不减。

天长日久，我对玉镯也有了一点感觉，我还不敢说鉴赏力。木集兄甚至夸我，这两年看玉，审美有了大步提升。我暗自得意了一下，但这是需要代价的。

微信好友明先生做玉石生意，有一天他的朋友圈摆出了一款玉镯，绿很浓，也很多，属于白底青。我发到群里，都说性价比很高，可以考虑。明先生说，这只玉镯不完美，有一道纹。如果没有纹，价格会翻几倍。玉镯千里迢迢地来了，颜色和底色都没有夸张，可惜的是，那道纹我在意，我担心又是碎掉前的隐喻。明先生二话没说，给退货，并在收到玉镯的第一时间，返还了我的钱。这让我对网络交易又有了一些信心。

真真假假，好好坏坏，失望、茫然并没有击退我对美的占有欲。一直在纠结，想买一只品质过得去的玉镯，又怕重演碎的旧戏。买便宜的又不甘心。这期间，我买房子还房贷，生活的不易，促使我把向往美的念头暂时沉到心底。

四

我从小就喜欢镯子。姥姥有一对银手镯，放在躺柜上的青地蓝色缠枝莲花纹的瓷北瓜里。那时候，古董不值钱，家里的银锁，也被我们姐弟今天丢个铃铛，明天丢个铃铛，丢完了。娘在河滩捡到一只青铜扳指，戒面是一张人脸，鼻子眼挺古朴的。太原来了个远房表哥，嘴很甜，盯着娘的手，一口一个姨，娘二话没说退下来就给了这个没见过几次的外甥。后来，听说这个表哥收古董，娘有点后悔，说可能是个好东西，该给你们留着。姥姥的银镯子我偶尔戴一下，圈口姥姥给弄小了。但是只能在院子里玩，不能出大门。再后来，街上经常有收袁大头和瓷器的，姥姥把银镯子卖了，记得卖了八块钱，也许是一只也许是一对的价钱。那时候，吃饱饭是第一大事。我想，如果吃穿不愁，姥姥肯定会给我留下银镯子。而姥姥的一切，也像银镯子一样没有了影踪。

而我买玉镯也有一个情结。留给后人，世世代代的，让他们知道曾有个祖上在衣食无忧的时候，留了点念想。

那时候，并不懂得古物的好。姥姥的银镯子并不好看，颜色发乌，隐约记得上面刻着花。我现在懂得，银镯子的价值并不在银子，而是其制作工艺和附着于上的时代气息。正如威廉·布莱克所说“从一粒沙看世界，从一朵花看天堂，把永恒纳进一个时辰，把无限握在自己手心”。

与银镯子相比，阳绿玉镯美得炫目，我更钟情冰飘花玉镯的淡雅庄重。成色上乘，透明清澈，飘花如云团如苔藓，再高明的画家面对它也会自叹不如。自然之美，不可复制，我的任何溢美之词也显得苍白无力。阳绿玉镯有大唐明艳的风采，飘花恰如宋代山水画的雄浑和斯文。现在再看碧玉，那池湖水已很难打动我，它缺了涌动的气韵，少了生机。

听木集兄讲，在清代翡翠是以色彩为美。这个倒有例证，翡翠白菜闻名世界。翡翠，翡翠，黄色为翡，绿色为翠。冰种，是近年才被人关注的，冰种飘绿的玉牌，冰清玉洁，绿意蓬勃，如浓缩版的大秦岭万物劲生的山水画卷。山是山，山不是山，山还是山。三重境界交叉的意境美令我痴迷。

我喜欢玉镯，也迷上了其他玉制品。

买了龙牌，又陆续买了玉羊、玉猪、翡翠鸡小吊坠。而后，又买了一对南红料的小老鼠和兔子。当时看着喜欢，脑子一热，买了，居然还想凑成十二生肖。

我问自己算不算玩物丧志，得到了白底青的玉镯，还惦记着冰糯飘花的。可是谁又能抵挡得住美的诱惑。

五

买玉镯还有个插曲。

明先生玉镯到手的时候，我看到了那道纹，相对于玉镯的色调，其实纹是可以忽略的。可是因为有三次玉碎的经历，我还是忐忑。想起来老邻居高师傅收藏，我电话他求援。高师傅很热情，让他的朋友帮我鉴别，并根据我的要求，很快推荐了一款。这只玉镯很漂亮，是我拥有的玉镯里最好看的，在商场起码得十几万。可是，价格低得我不好意思说出口。高师傅说，放心吧！这是我多年的朋友。玉的水太深，都是因为人们不懂炒起来的，玉本身没多贵……我明白物有所值的道理，悄悄拿到质监部门检测，结果不言而喻。

玉的质地越纯越好，但与玉有关的人心却是斑驳的。

玉镯在我眼里已经不是纯粹的物质，而是一种象征。我不喜欢珠光宝气的女人，自己却一步一步在靠近这些珠宝玉器。排斥世俗，却用所谓世俗的东西包装自己。或者说，购买玉镯让我有成就感，在某种意义上，玉镯是我的清供，我希望我的人生朴素如飘花的山水。

玉镯戴在我的左腕，在某个角度特别美。仔细看，白绿相间处，有一道纹，我又有点纠结。同事说，玉哪有多少很完美的，和人一样啊，你多看它的长处。

是啊，玉给了我很多，不仅是文化的濡养。许慎云："玉，石之美者。"我觉得翡翠是石中的翘楚，贵在富有生命气息，不仅色彩美，通透亦如人之坦然，它能展示细节美，还能让我在玉的河流中沉浮，与玉万古的生命相映照。

六

为买玉镯我费尽心思，甚至买了《中国玉文化》翻阅。可惜的是，这本图文并茂的书里，并没有多少关于玉镯的叙述，只展示了两个陕西出土的唐代镶金玉镯。

在玉器雕刻史上，留名的不多，陆子刚是其一。他的"子冈牌"（或曰子刚牌）是玉雕史上的传奇。不知是嘉靖还是万历皇帝听闻陆子刚技压群芳，命他在玉扳指上雕刻"百骏图"。几天后，陆子刚呈上"百骏图"。只见玉扳指上崇山叠峦，一匹马在山谷间探出马头，另一匹马已进了城门，山岭与城门之间的路上，第三匹马正在朝着城门飞奔。陆子刚并没有《山海经》记载的"昆吾刀"，确是中国玉雕史上最负盛名的大师，他代表着一种艺术风格，也展示着一个艺人的德行，玉有五德。可惜预示着吉祥如意的玉，并没有给陆子刚带来好运。

古时候，王公贵族是玉的拥有者，并有着严格的等级区分。平民百姓与玉无缘，若说有缘见到玉的，大概是那些辛苦的匠人。

谈玉，当然离不开玉缘说和玉替人挡灾说。去年五月，我被一辆突然逆行闯来的三轮车撞至骨折。我像一个石礅子被扔了下去，从九十度角到一百八十度，仰面朝天，动弹不得，再然后被人拉起来。第三只玉镯也碎了。

虽说，明白玉替人消灾的道理，但是每次碎，也止不住难过。它们也有生命。

时隔不久，我又买了一只玉镯。我的生活似乎不能没有玉，玉有五德，我喜欢做玉一样的人。买玉的路曲折漫长，得失交错，追求玉镯，何尝不是追求完美的生活，玉镯让我明白了生命的易碎和艰难，但这份美好仍是我人生的希望和慰藉。

雷抒雁先生的《分香散玉记》我记忆深刻，看得心跳，也看得豁然开朗。不以物喜，不以物悲，是爱玉人该有的境界。

人生就是不断寻找的过程，然后到达某种境界，这是一种修行。

时光隧道里，我愿与玉镯一起修行。

二奶奶和她的旗袍

一

旗袍是二奶奶的。关于二奶奶，怎么说呢？二奶奶的样子，我有时候觉得很清晰，她的眼珠亮闪闪的，像两颗黑珍珠。有时候又很模糊，年轻的、年老的，穿红旗袍的、穿偏襟黑人造棉衣服的，常常交织在一起。我不知道是我的记忆出了问题，还是处在梦境里，以至于，我站在二奶奶原来的院子外，看着五间新房子发呆。院里的二狗子问我，愣什么呢？进来看看吧，我的新房子。我说，二奶奶的旧房子呢。二狗子哈哈笑了："二奶奶都啥年代的人了。"

嗯。二奶奶是新中国成立前跑到我们村的。二奶奶的称呼是全村人的，几乎六〇后的人都这样喊她。二奶奶的称呼是双关的，二爷行二，二奶奶不是正房。我觉得我们村的人有时候很有文化。

其实说二奶奶跑到我们村，也对，也不对。她是在解放时期自己提着一个柳条箱子奔来的。段家人不认她，她在雪地里跪了整整一夜。早起被婆婆和段二爷的原配妻子扶起来时，已经不会走路了。

段二爷失去了消息。二奶奶没有孩子。我记事的时候，她一个人住在两间低矮的小房子里。院子很大，围墙边长了好几棵枣树，院子中间一棵两三人才能合抱的大杨树，杨树上有几个喜鹊窝，屋门口左右各有一棵石榴树，每年的石榴都压低了树枝，用棍子支起来，房西头的墙上每到秋季就挂满金灿灿的瓜蒌。二奶奶这两棵石榴树，每年收很多石榴，一个个地放到四周围满软草的大缸里，却从来没见过二奶奶吃石榴。记忆中的石榴红艳艳的，有的笑开了嘴，露出里面玛瑙样的石榴籽。二奶奶瘦瘦的，总是穿一件黑色的偏襟上衣。一副弱不禁风的样子，但二奶奶识文断字，医术高明得很呢。

二奶奶院子里最靓丽的风景，是晾晒衣服，那些古旧的衣服。一件红艳艳的真丝绣花旗袍随风飘荡在阳光下，像一个美丽的少妇在阳光下徘徊。我看得着了迷，这也成了我小时候最爱来这里的原因之一。更多的人来是因为二奶奶的医术。村里四五十岁的人，都是二奶奶一手给接到人世间的。我们小时候长个口疮、闹个肚子也都是二奶奶给调理好。

我原来是很怕二奶奶的，不是她长得不好看，是因为她会打针，我怕极了打针，总是绕着她走。二奶奶也会配制很苦很苦的药给我们喝，里面就有她种的瓜蒌。大人们都喜欢二奶奶，我却怕她。尤其怕她给丢掉魂的孩子叫魂。所谓丢魂，一般指孩子受到惊吓，大哭不止，或昏睡不醒，严重者会丢掉性命。叫魂那一幕，我终生难忘，黑黢黢的煤油灯，墙上飘摇不定的树影，窗外瘆人的鸟叫，二奶奶手拿一方手帕，一个小碗，我亲眼看到二奶奶将其放满小米。二奶奶手拿倒扣的用手帕包起来的米碗，在昏睡的孩子头上，左转右转，念念有词。这时候，煤油灯似乎不起作用，二奶奶的影子映在墙上时大时小……也奇怪，孩子竟好了，朗声叫娘，香甜地吃奶，有的下地就玩耍。我很奇怪，知书达理的二奶奶怎么会“巫术”。

二奶奶的医术是祖传的，什么苍耳子、马齿苋、荆芥都被二奶奶采来，晒满一墙壁，二奶奶特意钉绳子，晾晒草药的。二奶奶用马齿苋给大人孩子治拉肚子，用瓜蒌止咳嗽。用酸石榴给那些怀孕的嫂子姑姑治馋病，那个年月不知道有多少人得到过二奶奶的馈赠。

我一直觉得二奶奶是送子观音，要不怎么会有这样多的孩子从她手里来到世上。可是，有一天二奶奶跪在大杨树下很久，别人怎么劝都不行。并发誓再也不接生。她不停地说“作孽呀！作孽……”原来，二狗子的娘死了，在生二狗子妹妹的时候。我后来学医后，猜测应该是难产大出血，这在医疗技术不发达的过去，是很容易夺去人性命的。所以古时人们都说生孩子是过鬼门关。这实在不算二奶奶的错。二奶奶自此竟还烧起了香。

二

我问二狗子，不记得二奶奶了吗？二狗子挠着后脑勺，半晌才说："我给二奶奶添了很多麻烦。"

我扑哧一声笑了，可不是。

二奶奶的金丝小枣，二狗子可没少吃。从枣花落尽开始，二奶奶家的院墙都快被他踩塌了，土墙哪禁得住他来回折腾。每次二奶奶都踮着半解放的小脚从屋子里跑出来，小祖宗，别糟蹋枣了，现在还不能吃呢。一次，二狗子他们被树上的"巴狗"蜇了，哭得脸上白一道黑一道的，二奶奶帮助抹药酒不算，还拿出一把往年的枣，才让二狗子止住了哭声。

二狗子的淘气，全村都有名。常常被老师找到家里，但是，二狗爹除了打他没有别的办法，二狗子挨打后照旧还是上树挠墙、扒瓜偷枣、掏鸟窝、追狗玩，他爹怎么打也不带哭的。他爹叫他"活祖宗"。二狗子在他爹打折第二根小木棍后，扭头对他爹说："打死了，活过来，还这样！"他爹哭笑不得，往死里打他。每次都是二奶奶拉开愤怒中的二狗子爹。

二狗子没妈，整天饥一顿饱一顿的，没少吃二奶奶的饭。六月里，每家每户都要晾晒被褥和衣服，二奶奶有一件压箱底的衣服，后来我知道那就是旗袍。高领、偏襟、喜鹊登梅图案，大红的颜色，靓丽极了，我觉得，那是我小时候见过的最好看的衣服。我做梦都想穿上这样好看的衣服呢。

没想到，被二狗子给挑到棍子上当红旗玩，他站在墙头，连喊带唱的，将旗袍耍得像个风车。从来没着急过的二奶奶脸都白了，她的声音也和往常不一样了："二狗子！二狗子！快下来，把衣服给二奶奶！……"我们围在大门口看热闹，二狗子玩得更起劲了，二奶奶追过来追过去，却拿不到自己的衣服。终于，跌倒在院子里。我们都吓哭了，二狗子才把旗袍扔下来，跑了。为这事，二狗子爹往死里打他。这次二奶奶没出来劝阻一下。二奶奶的心肝给二狗子捅了一刀，我仿佛感觉到了疼。

这件旗袍后来我穿过。是二奶奶让我穿的。当时，我正读卫生学校的培训班。从学校回到家来，我第一件事就是去二奶奶家，这已经是习惯。我晚上在二奶奶家睡觉已经好几年了。我虽然惧怕二奶奶的药汤，但是我更喜欢她干干净净的小屋子散发出的书卷气，墨香四溢的《红楼梦》，纸张已经泛黄，读时，要从后往前看，这本书，是我看过的唯一一本线装书。

我和二奶奶一起看书、说话，我学医是不是受二奶奶的影响呢，还真说不清楚。小学时，我就在二奶奶家读了《青春之歌》《苦菜花》。有一次，我读《林海雪原》，对在镜子前梳头的二奶奶说："您年轻时，像小白鸽吧？"二奶奶一愣，停下了梳子，"也有人说我像蝴蝶迷。"我端详二奶奶年轻时的照片，那是怎样的风韵，一袭三十年代的学生服、白围巾，头发是齐耳的学生头，美丽清纯，青春的气息呼之欲出，这怎么能和蝴蝶迷联系到一起呢。

二奶奶见我发愣，从用棉布包起来的柳条箱子里翻出一张照片。这张照片，二奶奶像老电影中的明星，大波浪头发，穿着那件旗袍，光彩照人。照片上的二爷，一身戎装，英气逼人，真是天生的一对。我对着照片，在二奶奶身上寻找年轻时的印记，可惜除了相貌依稀可见外，已没有一点痕迹。我在心里暗暗叹息，二爷再好，但这些年没有一丝消息，二奶奶的守候，有什么意义吗？我不敢引二奶奶伤心，听她每晚讲二爷的故事，每到这时候，二奶奶仿佛年轻了，眼里洋溢着一种神采。

有一天，二奶奶端详着照片，突然拉着我的手说："丫头，你穿上旗袍，你就像我年轻时的样子。"我的头发是天然的卷发，穿上二奶奶的旗袍，连我都不认识自己了。而二奶奶用手抚摸着旗袍，一直坐到鸡叫。

也许，这身旗袍就像二爷，始终陪伴在二奶奶身边。

三

关于二奶奶的家世，她也说过一二。我不明白她有文化，有医术，为什么会嫁给有家室的二爷。二奶奶说，当时二爷在黄埔军校读书，二奶奶家遭了变故。而二爷的才气和对二奶奶的好，也感动了二奶奶，她才以身相许。二奶奶也知道了二爷的原配非常贤惠。所以，才有了二爷失去消息后，她的独身相奔。

二奶奶最终赢得了一家人的心，二爷的母亲临死前都将“招魂”的诀窍传给了二奶奶。二奶奶说，只要能救人，做什么都行。

旗袍对于二奶奶的意义，我无法侦破。当我游走在丝绸之乡苏州时，我流连于一家家丝绸店，我想寻找一件与二奶奶旗袍相似的。我一遍一遍地抚摸丝绸柔滑的面料，它温润的温度，让我更加思念二奶奶。

旗袍于我，只是对一个人的想念。远没有二奶奶对旗袍的执着。

我生于“文革”初期。那时候，几乎所有的古旧物品都在劫难逃。二奶奶有件红旗袍人尽皆知，因为二奶奶每年都要晾晒，都要保养。村子里的年轻人，平了编簸箕的地窨子，没收了乡亲们的柳条，驱赶集市。还走入各家各户，烧毁书籍，砸碎几辈子流传下来的八仙桌、太师椅。二奶奶慌慌张张地四处寻找能藏旗袍的地方。可是小小的屋子，哪里有可藏之处。邻居三婶子说，二婶，你别怕，这些孩子哪个不是你接生的，你是他们的大恩人呢。

也不知道二奶奶是听进了三婶子的话，还是确实无处可藏。她终于把旗袍放回了柳条箱子。夜里的大杨树被风刮得哗啦啦地响。二奶奶时常坐起来，去翻看旗袍，把旗袍放入怀里。

一天早晨，树上的喜鹊惊叫起来。木栅做的门被旺财他们几个年轻人推倒了。旺财的喊声也传了进来，没想到咱村还藏着一个国民党小老婆。二奶奶浑身一震，喃喃地说：“终于来了。”

二奶奶最终保住了旗袍，代价是差点和旺财拼命。旺财被旺财爹拿铁锨赶走。

二奶奶大病了一场。

四

二十世纪八十年代，有台湾同胞回乡来，带来了二爷还活着的消息。二奶奶常常整宿整宿地不睡觉。她一遍一遍地打开箱子，一遍一遍地翻看照片，一遍一遍地抚摸她的丝绸旗袍。

清明的时候，二爷的后人从台湾回来了。上坟祭祖，看望了二奶奶。他们跪下叫二奶奶“二妈”的时候，二奶奶的眼圈红了，声音颤颤地，她试图拉起他们，却明显地无力。二奶奶的所有苦痛和忍耐仿佛一下子都释然了。段家人开始的不接纳，段二爷的一去不返，甚至没有一丝的消息。而现在，二爷还活着，这实在是天大的好消息。

二爷的儿子说，父亲身体不太好，不然会亲自回来看望二奶奶。并带给了二奶奶一封信。这封信是二奶奶的宝贝，针线笸箩，枕头下面，形影不离。信的内容，是个秘密，最后随二奶奶到了另一个世界。

二奶奶好像年轻了，日子过得有滋有味，绣花、帮人们做寿衣，这也是二奶奶的强项，村里故去的老人，哪个不是穿得体体面面，到另一个世界呢。以前，二奶奶是义务地为大家服务，后来，人们觉得老人家也不容易，逐渐地给她一些补偿，二奶奶老了，就以做寿衣为业。母亲过世后的鞋，也是二奶奶给做的，只是说什么也不要钱。

日子一天一天就过去了，二爷始终没能回得了故乡，二爷去世了。这个消息，亲人们一直瞒着她。二爷的后人回来几次，都小心翼翼地，唯恐刺激到二奶奶。二奶奶问了两次后就不再问了，只是又烧起了香，她的院子里早晚都弥漫着香的味道。

半年后，二奶奶果断地请人把院子里的大杨树伐了。大树倒下的时候，喜鹊窝也塌了。二奶奶趴在喜鹊窝边，对着空空的喜鹊窝说：“作孽呀！作孽呀……”我想起了小时候，二狗子他们用弹弓打鸟，二奶奶给受伤的鸟敷药的情景。二奶奶也是不断地重复“作孽呀！作孽……”

灭四害时，二奶奶常常叹息。

后来，吃二奶奶酸石榴的人也越来越少了。鸟少了，孩子也少了。二奶奶常常自言自语，也没有孩子来摘枣了。再后来，二奶奶把石榴树砍掉了。我问二奶奶时，她说，没人吃了，它也没用了。

治口疮的配方，二奶奶交给了村里的大夫，按摩止泻的几个穴位，也无偿地教给了诊所的护士。几本书，二奶奶送给了我。她事无巨细地安排着一切，时光仿佛静止了，这一切是多么恬静和悠闲。

二奶奶开始做自己的寿衣了。一针一线，仔仔细细的，仿佛在做嫁衣。脸上居然是喜色。我琢磨不明白，死，毕竟是人最无奈的事。

那件丝绸旗袍也老了，褶皱的部位已经出现了磨损。二奶奶一针一线地缝上，按原来的花型。乡亲们看着心酸。她却很高兴。这件旗袍，倒让我想起了《金鲤鱼的百裥裙》，虽然意义不同。金鲤鱼为儿子的婚礼，为捍卫自己的地位，做了一件一辈子没机会穿的百裥裙。二奶奶的丝绸旗袍，是二爷在他们婚前（请裁缝）给做的。它也是二爷许下的诺言吧。

大杨树原来是做棺材的，一下做了两具。一具很大，一具小巧，看得出小的是二奶奶给自己准备的。二奶奶不但没有一丝悲切，反而是喜盈盈的。她给木匠师傅烧水，拿出台湾孩子带来的茶叶，给木匠做最拿手的饭。棺材打成了，还没刷漆，二奶奶就乐哈哈地躺了进去，只是笑意未消失的脸上却淌下了两行清泪……

再一年的清明节，二奶奶郑重地问台湾的孩子，二爷的消息。

二奶奶得到二爷的确切消息后，也没哭。

两个月后，二奶奶也过世了。

村子里的人都来送葬。这个葬礼很奇特，一个人，两具棺材。雪白的旌旗迎风飞舞着，经幡居然是红色的，是那件有些褪色的红旗袍。阳光下，红色的旌旗与大红的棺材交相辉映，直刺着人们的眼睛。唢呐吹奏的乐曲，吹得山响。还是欢乐的曲调，这都是二奶奶提前订好的。坟墓就在村西的杨树林。下葬的时候，鸟儿们围在大杨树边。我不知道该悲还是该喜。

二奶奶终于和二爷相聚了。

摆渡的舅爷

在我的生命历程中，曾经有一条河，一艘渡船，还有一个摆渡的舅爷。

舅爷是奶奶的堂弟，与我家不远也不近。不远是指血缘，不近是指距离。舅爷家位于村西南，潴龙河堤下，我家则居村子的东北。舅爷是我的好舅爷，也是渡口受人尊敬的艄公。

舅爷是老把式，脚步勤快，整天乐呵呵的。离河只有一袋烟的工夫，这是舅爷说的。舅爷不用脚丈量，只用烟说话，吐纳之间，一袋烟的工夫，舅爷就到了渡船前，轻松地缆绳、上船、撑篙、把舵，一气呵成。

舅爷经年春夏都戴一顶竹编的斗笠，如果有雨，舅爷还要披上用河底茅草编的蓑衣。蓑衣下的舅爷不像年轻时高大了，因为舅爷的背驼了。声音却洪亮得狠，不减当年唱老调的样子。常常是对岸有人邀渡，舅爷就亮一嗓子——“稍等！”像戏里的人念白一样，带着长长的颤颤的尾音，只数十篙，渡船便也随着声音的起落到了对岸。

舅爷在河边摆渡，救过很多人的命，有凫水溺水的孩子，有小两口闹别扭赌气跳水的女人……舅爷有一次救了三条人命，这可有点传奇色彩了。那天，天很蓝，风有点凉，地里的庄稼大都收干净了，大堤上的柳树叶子也有点稀疏了。我坐在船头听舅爷讲古。大堤上吵吵嚷嚷的，前后跑下两个人，前面是怀了孕的二嘎媳妇，后面踉踉跄跄地跟着白头发的二嘎娘，二嘎媳妇边哭边跑，老太太边跑边喊，眨眼工夫，二嘎媳妇头也不回地跳到河里，老太太一下子瘫坐在地上，拍着大腿喊：“救命……救命啊……”舅爷不顾水凉，扔下烟袋就跳了下去，一个猛子，就把二嘎媳妇送上了岸。二嘎的家人千恩万谢，几个月后就生了一对龙凤胎，喜得二嘎娘蒸了“百岁”，带着烟酒到舅爷家致谢，进屋就跪在地上，连哭带笑地说：“兄弟呀！你可救了四条命啊，她们娘仨要没了，我这把老骨头也就扔河里了。”那一对宝贝也成了舅爷的干孙子孙女。

渡船足足有三间房子大小，平时都是两个人摆渡，挣生产队的工分，夜间和农闲时节，就剩舅爷一个人看管渡船，顺便搭载来往的乡亲。河对岸的猪草并不比河东长得好，我却喜欢到河西去打猪草，其实，我是喜欢搭乘舅爷的渡船。每次在渡船上等待，便能和舅爷说上一会话。舅爷什么都懂，天上的飞机和鸟，地上的汽车和狐狸兔子，还有孟尝君和晏婴的故事。舅爷说，晏婴坟边树下的鸟粪，踩上去软软的，很厚一层。每年河里有鱼汛，一网下去一个人都拖不上来，打两网就够全村人吃一天。秋季天上的鸟多得遮天蔽日。舅爷一说这些，眼睛都笑弯了，仿佛这是天底下最值得骄傲最开心的事情。舅爷曾经跟着渡船顺河下过白洋淀闯过天津卫呢。

我是个怪孩子，与舅爷亲近是有来由的。娘常常说，小时候我是个很难养活的孩子。很馋。瘦瘦的，顶着一颗大头菜似的脑袋。稀饭里偶尔有个小虫子，我都看得见。所以，我不吃夏天的稀饭，宁可喝凉水。瘦了难免会得病，娘就说：“黄鼬单咬病秧子鸡。”所以，时常会坐舅爷的渡船过河找先生看病。

舅爷知道我不吃稀饭，到我家来时，端起我的饭碗一气喝完，吧嗒吧嗒嘴，说：“真香啊！你瞧瞧，它吃不了我，我吃了它倒会胖。”我依旧不肯吃稀饭，但对舅爷更生了几分喜欢的心。舅爷知道我嘴刁，时常拿一些鱼虾送到我家，每次放下鱼，都会哄我玩会儿。舅爷学唱胡传魁，粗着嗓子，学阿庆嫂，尖着嗓子，脸憋得通红，我觉得好笑极了。记得那时候舅爷喊我“小宝贝”，我喊舅爷“老宝贝”。

我三四岁的时候贪吃饺子，撑病了发烧抽风，无药可治了。娘流着泪腾出了箱子，准备做我的小棺材。村里的老中医说有个偏方，要用一枚金戒指和一只白公鸡做药引子，那时候，白公鸡能找到，金戒指家里没有也找不来。

舅爷听说了，拎着白公鸡捏着金戒指就来到了我家，扔下东西就走，说“先救孩子”！那次的病，用了这药和针灸后居然好了，娘和爹视舅爷为我的救命人，我自然对舅爷更加亲近。闲暇时，渡船成了我的第二个家。常常是夜幕西垂，鸟儿归巢了，我还赖在渡船上不肯回家。

舅爷一辈子有两大嗜好，吃鱼和吸烟。吃鱼，那时候相当容易，村里人都说，潴龙河水好，草籽都变鱼，鱼过滩的时候，哗哗的，老远都能听到声音，一网下去，一个人都拉不动。大鲤鱼、草鱼、鲫鱼、白条、鲇鱼、嘎鱼、小食莲、小麦穗，还有活蹦乱跳的虾。村里人吃鱼比吃粮食还方便还多。舅爷一辈子在河上，喜欢吃鱼，怎么吃都喜欢，比如煎小鱼、清炖鱼，就是白水加酱和盐的水煮鱼，舅爷也吃得满嘴生香，让别人都有了胃口。舅爷常常笑眯眯地说“鱼是我的命”。

每当这时候，舅奶奶就会停下手里的活计，从低低的老花镜下面瞟一眼舅爷，反问一句：“那抽烟呢？摆渡呢？丫头，你问你舅爷。”

舅爷依旧笑眯眯：“那也是我的命，哈哈……”悠长快活。

舅爷喜欢吸烟。为此，不大的自留地也要种上一两畦烟，一到收获的季节，舅爷的小房子前面会挂满金灿灿的烟叶子，舅奶奶每天颤巍巍地踮着小脚翻晒。小院里溢满了烟叶子的香味，舅奶奶咳嗽着收拾着，精心地晾干，一叶一叶地揉成烟末，舅爷每天喜滋滋地装满一烟袋荷包去渡口。

我七八岁时的中秋节，跟随爹和娘去看望舅爷。舅爷高兴地捋着胡子笑，拿上月饼和一碗鱼，拉着我的手去了河边。明亮的月光下，舅爷面对着小河跪了下去，嘴里嘀嘀咕咕的，然后，把鱼和月饼扔到了河里。我当时问舅爷，为什么？舅爷说，咱孝敬河神，河神才给咱更多的鱼吃啊，傻孩子。我似懂非懂的。

舅爷整天笑呵呵的，七个儿子都要盖房娶媳妇，也没让舅爷有丁点忧愁，天天和搭船的乡亲们乐呵。渡船闲下来，舅爷便坐在船头哼上几句老调。拿出烟袋荷包反过来倒过去地看，荷包上绣着一对五彩的鸳鸯，一棵碧绿的柳树，藏蓝色的布料做了蓝色的水面，一对鸳鸯相互依偎着，着实可爱。我喜欢舅爷的烟袋荷包，每次见面都要拿过来看看，虽然那时候不知道鸳鸯的含义。然后，就见舅爷掏出烟袋，装烟叶末，两手划着火柴，用手扣着挡风，把烟点上，陶醉地吸着，鸳鸯荷包吊在烟杆上晃悠悠的。日复一日，年复一年，日子就在烟火闪烁中一闪而过，却平静安详。

不承想有一年舅爷却因抽烟闯了“祸”：正是秋收时节，河西的粮食都熟透了，每天都要经过渡船运回来，舅爷累了，吃过饭居然吸着烟睡着了，烧破了炕头的两床棉被。舅奶奶心疼得掉眼泪，边修补边骂舅爷败家子，不顾家只顾生产队里的事。要扔掉舅爷的烟袋，不许舅爷再抽烟。舅爷急了，抢过烟袋，圆瞪着眼睛，一脚踢翻了桌子：“不抽烟，妄想，除非我咽了气！”披上衣服住到了渡船上，不回家了。吃饭由小表叔送。没烟舅爷没法打发日子，烟抽得一日胜过一日。

潴龙河结冰了，我也不到河边去了。等到春暖花开，草长莺飞了，我又坐上了舅爷的渡船。发现舅爷的鸳鸯烟袋荷包不见了。问舅爷，舅爷苦笑了一下，直眨眼睛，没回答我的话，只顾抬头看着天上的水鸟飞，眼睛却湿润润的。

娘说，舅奶奶病了，痰里带血，咳嗽得尿裤子，闻不得一点烟味。县上的医生说是闻烟味太多了，没治了。舅爷留下了舅奶奶精心绣制的烟袋荷包，将烟袋撅成了两截，扔到了河里。从此舅爷不再抽烟了。常常看到舅爷低头坐着。有人搭船，舅爷的俏皮话也少了，下地的人们听不到舅爷唱老调了。

潴龙河似乎依旧，慢悠悠的载着渡船，只是显得有些沉重似的。

自从舅奶奶走后，河水也似流了眼泪，陡然少了许多。河面窄了很多，舅爷也没有原先灵活了，也许是老了的缘故。河里的水越来越少，终于载不住渡船了。渡船便搁浅在河滩，一日一日地腐旧起来。舅爷不撑船了，也没了精气神。吃饭少滋没味的，舅爷盼着来水。当年舅爷在学校监管造船仿佛还在昨天，舅爷每天瞪着眼睛看着木匠干活，每一块木头，每一颗钢钉，甚至船缝隙里嵌的一缕山麻，平时乐呵呵像一尊弥勒佛的舅爷变成了黑脸包公。河一日瘦过一日，变成了季节河，舅爷日日守候着渡船，打扫刷漆。舅爷说，水还要来的，船用得上。

这年的八月十五，舅爷买来了黄表纸，摘了院子石榴树枝头的石榴，带我来到了渡船边。渡船沉重地躺在浅浅的泥水里。舅爷点燃香烛和黄表纸，嘴里依旧嘟嘟囔囔的。但这次舅爷脸上少了笑容，舅爷磕完头，一下子扑倒在浅水里。舅爷抬起头，月光下的舅爷一脸水花，我分不清是泪花还是水渍，我听见舅爷声音哽咽着。

舅爷的期盼落空了。这条流淌了千年的小河竟然彻底干了。船一夏没经过水的滋润，竟然干裂了。又盼了一年，水还是没来。舅爷病了。六月的时候，天旱得没下一滴雨。舅爷的病越来越重，昏昏沉沉的。舅爷说想吃河里的鱼。表叔们想办法从外地淘换来了一条鱼给舅爷吃，舅爷把头一歪说，这不是咱河里的鱼，带着一股腥气，咱河里的鱼是清香清香的。舅爷剩下的日子迷迷糊糊，只要清醒就会问，河里来水了吗？

我去看舅爷时，可怜的舅爷像一具缩水的木乃伊，眼窝和两腮都深深陷了下去，我在他耳边喊舅爷，舅爷的眼睛瞬间亮了一下。我掉着眼泪说，舅爷，先生说你没病啊！你快好起来吧。舅爷慢腾腾地说，丫头，想舅爷了，就去村边看看河，看看河边的船，舅爷就在船上。隔了会舅爷问我，河里来了水没有。我无言以答。舅爷头一扭，紧紧闭上眼睛，我看见一颗浑浊、硕大的泪珠，从他被皱纹包围着的眼角滚落下来。

舅爷在日日对河水的期盼中去世。表叔们带着不理解，遵照舅爷的叮嘱，把舅爷葬在了没有河水的渡船边。舅爷入土时，潴龙河沿和大堤上站满了送行的乡亲。残阳下，众人都已散去，只有我站在空旷的河底，沙滩上布满凌乱的脚印和零落的白纸钱。我有点恍惚。舅爷的坟，孤零零的，渡船就是舅爷的墓碑。

狐狸木　皂荚树

狐狸木，好奇怪的树。看到这几个字，我仿佛看到了狐狸在墙头一角探出一张亦庄亦谐的脸，迈开细碎的脚步，摇摆着蓬松的大尾巴，得意扬扬地走着。初中时，最爱《聊斋志异》，里面的狐仙个个美若天仙，大都疾恶如仇，知恩图报。神话传说中的狐狸们则刁钻古怪。这狐狸木是不是也如狐狸的脾性？听说狐狸木的纹理好看，做木雕很漂亮。如果用狐狸木雕刻佛像或者罗汉，是佛祖般慈悲凝重，还是如五百罗汉一样的喜怒嗔怪百态俱生呢？

狐狸木是什么树，我云里雾里的。朋友发来一组图片，说酷似狐狸木。我惊喜道："这就是皂角树啊！你看树身的刺和鹿角一样。它的角肥嘟嘟的。"朋友说，看着像皂角树，但不一样。翻阅资料，找不到狐狸木。皂角树还是很高级的，雌雄异株。《本草纲目》里说，荚之树皂，故名。皂荚，通关节，利九窍，散瘀积疮块。皂角刺治风杀虫，功与荚同，但其锐利直达病所为异耳。显然，皂角树的豆荚、刺都可入药。它的树枝是山里人上好的柴火，遇到识货的雕刻家，它就变成了宝贝。关于皂角树，李时珍还有记录，大意是皂角树，树木高大，叶像槐树叶，刚长出的嫩芽可以做蔬菜，味道还不错。我想，饥馑年皂角树叶肯定救了不少人。救人于苦难，这就是皂角树的道了。

我无缘见到狐狸木，它远在吕梁山。记忆里的那棵皂角树，长在华北平原鲍墟乡医院的那排红砖瓦房的正中。它对应的那间房子有两扇对开的门，门上屋顶两头有红砖砌的方形柱子，中间隆起为三角形，上有五角星标志，其余的屋子都是单开门带玻璃窗。这棵皂角树像是这扇门的门神，不卑不亢地站在高大的泡桐树下，承接泡桐树过滤的斑驳的阳光，五月泡桐花开，粉色的花像一串串拥挤的小铃铛，春风一吹吐出甜腻腻的香气，粘在皂角树嫩嫩的树枝上。皂角树睡了一冬，醒来继续做它的犄角梦。树主干上冒出绿刺，一生二二生三，呈鹿角样刺猬样。再慢慢地变老，成为棕色。这样的刺，曾被常水叔当药材，专治久治不愈的痈疮。记得常水叔的儿子彦同将它剪下来，应该还要焙干，不然是难以碾成粉做药的。我记得这药膏浓郁的药味里夹杂着一股香油的气息。

能在人下为人，不在树下为树，这小皂角树偏偏敢于和大泡桐叫板。你高大茁壮，我弱小却倔强生长。不繁茂的树枝示威似的，到秋季也会结上几个不肥壮的豆角，或许叫豆荚更合适，北风飒飒越过屋檐扫过来，它叮叮当当、叮叮当当，与院子里那棵斜斜立在老土井边的楝子树互望着，度过清寂的时光。它身旁的大泡桐拴过牛马、停过大车，羊倌来看病，羊群撒下一地黑羊粪蛋。摩托车、三轮车、轿车带着尘土一溜烟地来去，把车辙印在树下。这乡医院不大，上至乡官，下至平头百姓，有谁能一辈子绕过医院的门槛。这棵树也算有见识，只是它不言语，遵守着自己的生存法则和密码，看着人间的世态炎凉，人情世故，命运转换。

小的时候就听说闻了皂荚会打一串喷嚏，我和同事们偷偷试过，却没觉得有啥特别，也许是树太小药力不够吧。至于当肥皂用，这不可能，皂角树在我老家很稀罕，但不知道什么原因，人家院子里没有它的影子。这棵皂角树是我三十岁前生命中的唯一。它的树干拳头粗细，顶着细碎的叶子，稀疏的几只豆荚，隐在大泡桐树下，不紧不慢地长着。总也不见它长大。我每天从宿舍到病室，和它相伴了十年。我结婚生女，它还是不慌不忙的样子。孩子淘气，我从树身上剪了宝塔样的嫩刺给孩子玩，小家伙却饶有兴趣，翘着小手指擎着，眼睛放着惊喜的光，仿佛得到一件绿色的宝贝。

常水叔在乡医院待的年头不多。以中医的身份坐诊，治痈疮有一手绝活，常常有远方慕名而来的求医者。我见到过那些瘸着腿来就医的患者，本来就不富裕的日子，加之患病多年，腿上难见本色，还带着一股子腐败的味道。那时候还是用过氧化氢冲洗，然后用镊子夹着消毒棉球探到深不见底的痈疮深处擦除脓液，再填入常水叔亲自熬制的药膏。一次两次，三天一回五天一回，直到痊愈。一个快被病腿拖垮的人终于可以正常地走动，可以种自己的一亩三分地了。这对于农家的顶梁柱来说无疑是一次新生。常水叔常说别感激我，要感激就感激这棵皂角树吧，是它救了你。一笑露出几颗金牙。一年到头，春秋两季几乎都是那身灰色中山装，钢笔插在左上衣兜，圆口布鞋，半土半洋的。他的手指白净净的，又细又长，给人切脉，寸关尺间，或跳跃，或沉稳，起初按着脉搏眯着眼睛思索，突然眼睛一亮，捉笔龙飞凤舞起来，仿佛捉住了在病人身上折腾的小怪兽，他的药方就是降服小怪兽的灵丹妙药。听说他家地里的活有婶子带着彦同和姑娘干，他是不下地的。彦同隔三岔五去县城进药，常水叔总塞给他钱买羊肉回来，听说杨奶奶爱吃羊肉饺子。常水叔是封建大男人，也是大孝子。

乡医院也有旺季和淡季，这样说似乎不妥，但是实情。农忙的时候，老农民更闹不起病，平时小病小灾都是扛着，买几毛钱的药顶一顶，有点法子，不会来医院输液。乡医院的工作人员大都半工半农的，农忙时，趁天不亮去地里忙活一阵子，到点拍打拍打身上的土，把锄竖到门后，洗洗手，开始看病或者司药。皂角树茂盛的时候，是乡医院最清闲的时候。医生们在大泡桐下皂角树边开玩笑、逗乐子。我看着孩子在树下玩或者教孩子认字，孩子脆生生地说："这个常，是常水姥爷的常！这个角，是皂角树的角。"她不说羊角的角，却把小手按到头顶竖起两根手指羊角一样。印象最清楚的是，她坐在皂角树下，刚学了"工人"两字，抬头突然看到爸爸回来了，慌忙丢下《一日一字一歌谣》，跑得跌跌撞撞的，惊喜地喊我："妈妈！妈妈！小工人回来了！"

我离开乡医院那年，常水叔也回家继续开自己的诊所。儿子彦同那时候结婚育有一子，名杨杨。常水叔人不错，但脾气有点怪，对脾气咋也好，不对脾气三句话就断了来往，有才，自负。偏偏乡医院还有其他有才的主。那时候，就有老乡说一个桩上还能拴住两头叫驴？果不其然，常水叔打道回府自己干，不等着转正吃皇粮了。我思索常水叔离职的原因，一则转工无望，二来在职人员必须终生只生一个孩子。常水叔家在村子里是小家小户，多要个孙子是他不避讳的话题。常水叔有点小狡猾，爱看《易经》，高兴了给我们看手相算命，谁家家里几棵树，大门冲哪个方向开，他门儿清。几个医生互开玩笑，他的外号叫“狐狸”。看到“狐狸木”这几个字，我第一感觉居然想到了他。

彦同看自己爹的眼神像看神，跟着回家，买了辆昌河车跑运输，那时候起步早，应该不错。没有病人时聚在皂角树边唠家常的这拨人散了。

可是，没想到在一个早春，彦同出了车祸。留下媳妇孩子还有一个未出生的孩子走了。我听到这消息，好几天睡不安生。那年乡医院分了一块菜地，我一来不大会种，二来母亲走了我身体不好总生病。平时都是彦同帮我打理，浇水啊，还给茄子喷农药。洋槐的根盘根错节，彦同掘了两铁锨深，把树根一根根截断，挖出来，风干后竟然有一大捆。这块紧靠一排洋槐树的地楞长出了好大葱，孩子们在大葱地玩耍，只听到他们笑闹，看不到人。彦同人厚道，是天不怜惜常水叔了。

那年，我去看常水叔。大门洞里的杨奶奶坐在蒲团上，将一片片金色银色的箔纸叠成一个个饱满的元宝，我心里一惊，不知道说什么才合适。彦同走百天了。他的小儿子刚出生。站在大门洞正好看到北屋窗台边有一棵红石榴树，红花开着，有小石榴晃晃悠悠挂在枝头，三四岁的杨杨拿着饽饽在院子里喂小鸡。生活还在继续。

人终究活不过一棵树，人依附着自然活，却永远也捉摸不透草木的秘密。皂角树有自己的生存秘籍，狐狸木也把握着自己纹理的秩序。自然法则，树也有道。

在饭店有一道菜，是皂角籽做的，一吃滑溜溜的，带着草木香。院里的泡桐树解了板子，每人分了几块，家里起初准备给我打嫁妆，可是开始时兴组合家具，笨重的家具都被淘汰了，就当了盖房子的脚踏板。没有大泡桐的乡医院一下子空旷起来，就在一个热辣辣的中午，这棵树下几个人七手八脚抬出来一张木头腿竹子做床板的简易床，院长急得手抖得插不上胃管，还是我一下子就弄好，然后是一瓢一瓢的凉水灌到一个年轻人的胃里，一支支阿托品滴壶，解磷定入液，年轻人被刺激得呕吐不止，满院子都是有机磷农药味……

皂角树眼睁睁地看着这个年轻人没有了呼吸，好像一个孩子突然经历了生离死别，一下子长大了。它的枝叶浓稠起来，夏日里的树荫像一把巨伞，它的刺小刺猬一样爬满了粗一点儿的树枝。

狐狸木到底因何而来？百思不得其解。吟诵《诗经・卫风・有狐》：

“有狐绥绥，在彼淇梁。心之忧矣，之子无裳。

有狐绥绥，在彼淇厉。心之忧矣，之子无带。

有狐绥绥，在彼淇侧。心之忧矣，之子无服。”

——“有狐绥绥”多美！

有洪洞的朋友特意帮我打听了狐狸木，他说当地叫屁豆树，临县临汾叫狐狸木，就是野生的皂角树。屁豆树，更是带山野味儿的名字。

原来，狐狸木果真是皂角树的兄弟，它是皂角树王遗落在山野间的调皮孩子，基因序列还是皂角树，它的宿命却让人感慨。山里人不知其珍贵，便只能是灶膛里的一根柴火，化为青烟一缕，遇到明眼人，也许会成为佛龛上的一尊佛像，享受人的供奉，获得永生。

寒号鸟的属性

此刻的寒号鸟不是意象，而是我思维里一束逆向的光。或者说，是一根卡在喉头的鱼刺，让我极度不适，却无法剔除。

这感觉存在了八年。

二〇一一年，从取暖季开始就被这根无形的鱼刺卡着，进而成为一种病症。起先是外在的不适，转为内伤，迁延成医学上棘手的疑难杂症。至于联想到寒号鸟，是对自己拖拖延延无计可施的嘲笑。

我敲下这篇文字的时候，还是取暖季，节气已是雨水。屋外阳光明媚，家里的温度是：客厅十七度，主卧十三度五。

一

二〇一一年六月份，我欢天喜地搬到新家。

新居处于市区西北角，坐在沙发上能看到抱犊寨，站在阳台，西边是绵延的太行山，楼前是正在施工中的南水北调工程，再远一点是红墙绿琉璃瓦的虚云禅林，大片的麦田刚刚收割完，浓重的绿立刻就浸润其中。西北望，是植物园巨大的摩天轮。风徐徐吹到屋子里，空调、电扇都成了摆设。周末，往北，穿过外环，是清凌凌的太平河。河水被蓝天和绿树切割成不同颜色的板块，新植的樱花开着，海棠也不示弱，河边的芦苇和蒲草长得没心没肺，蜀葵蹿了足足一丈高，不愧“一丈红”的名字，有垂钓的人三三两两地坐在马扎上，真惬意。更为开心的是，新家有一个书房，三个书橱溢满书香。双电梯，舒适便捷。

一切是那么美好，装修中发生的不愉快很快被我忽略。

福兮祸兮，真不可预测。

缴取暖费的时候，发现与村民待遇有差异，该村村民按使用面积收取，价格还低。非村民需要缴纳建筑面积的费用，标准与国标一致。在村物业公司的收费处，有人不满地质问，难道这里不是中国吗？为啥不按国家规定收费？收费的人时而低头开收据、收费，时而抬头解释几句：村里烧暖气费用高，国家不给补贴，入住率太低本身就赔钱，云云。我觉得不是针对我自己，麻利地交了。

没想到，屋子里像冰窖，在家待着需要穿棉袄或者羽绒服。我三番五次地找物业，维修的人换了一拨又一拨，由陌生到熟悉。一次又一次清洗过滤网，有时候因为有淤泥，确实有点效果。电泵循环冲洗地暖管道，也能缓解一下。我听维修人员说，可以买塑料管，连接到地暖阀门，排气，也会提高温度。于是，买来二十多米，透明塑料管里流淌的是黄泥汤子一样的水夹杂着一个连一个的气泡，嘟噜噜蠕动着，蛇一样盘踞在我的厨房，穿过客厅，进入卫生间的下水道。透明的管子很快变成土黄色，屋里的温度也没有明显改观，却充溢着一股刺鼻的柴油味。这期间，我学会了用扳手、钳子。地暖的阀门仿佛被一双魔手控制着，客厅门到客厅的墙面下部靠近踢脚线的墙面，却爆出了一串串泡泡，管物业的人说，是墙面太潮的缘故。紧接着，客厅南墙及西南角，出现一圈一圈的黄渍，尿痕一样，大块脱皮，精心挑选的壁纸，出现了霉点，并与墙体分离。我急得嘴上起泡，急也没用。屋里太冷，我再也不敢招惹风，门窗紧闭着，以保持可怜的温度。这个冬季，我接连不断地感冒，药吃了无数盒，也止不住剧烈地咳嗽。一度以为得了绝症，几次去医院胸透。

草长莺飞的时节，我的感冒咳嗽不药而愈。原来紧闭门窗差点害死我，新装的门、门套，以及窗套、新家具含有甲醛类物质，因为要保暖，一个冬天没开过一次窗户。

暗暗为自己叫屈，如果不是屋里太冷，我怎么会不开窗户透透气呢。有点窝火。

二

第二年冬季，低温闹剧继续登场，第三年犹如复制。我一次一次走进物业公司大门，里面几条见人就咆哮的土狗，见到我一声不吭，如同见到主人一样。后来，和几个负责维修的人熟悉起来，他们也很同情我，尽心帮我。但是，效果不大，触及不到根本。其中的张师傅，看到我编的杂志很喜欢，每月新刊出来都送他一本。按常理，物业和业主是对立的，我和他们居然有多年“敌人”成“朋友”的意思。大概，每个人心里都有一尊佛。

锅炉房就在物业公司大门内。最初，巨大的门常常开着，吞噬着一卡车一卡车乌金。后来，市里统一部署，烧煤的锅炉被取缔，我居住的小区也换为天然气取暖。因为距市区有点远，天然气供应是一家小公司，眼见着楼前高大的烟囱被拆掉，家里的温度还是没有升上来。有时候做着饭，突然没有了天然气。有点雪上加霜的意味。天然气供应不足，只是其中的小插曲。

两年前，又到取暖季，在供暖半月后，我再次走进物业公司。之所以这时才张罗修理，皆因为我家的暖气每年都在供暖半月后才有温度。却被告知，村委会已将供暖包给个人，给了一个电话号码。

接电话的是个年轻人，自称姓顾。我和他“博弈”多次。

起初，他客客气气，每次接电话都安排人来看看。或者冲冲过滤网，或者放放凉水，效果都不好。找的次数多了，他有点不耐烦起来。理由我也认同：西楼头，上下左右都没邻居入住，窗户密闭不好。这些主观因素，我和他都没有办法解决。

他说，也许是地暖管道有问题。

这恰是卡在我心头的鱼刺，也因为心头有暗结，从来没打过投诉电话。装修的时候，我没找大公司。当时邻居刚刚装修完，效果不错，说好接着给我家干。没承想，装修师傅有事，临时给介绍另外一个人。小伙子姓贾，个子不高，刀条脸，薄眼皮，黄头发黄眼珠子，有点兜齿，嘴很甜，一口一个姐姐，搞得别人以为真是我家亲戚。他带来两口子给铺地砖。装修工安徽人，姓胡，大眼睛，眼球往外凸，说话有点哏。两口子吃住在毛坯房里，铺着包装地砖的纸箱子，用电饭锅做饭。我寻思着，人很老实，干活肯定也实诚。每次去新家，带一些米菜或者包子给他们。甚至有点抑制不住地小巴结，下意识里，也有人心换人心的意思。

胡师傅干活有点笨拙，却不惜力气，很卖力地和水泥沙子，半跪着安地板砖，脸上常常有汗水，我着实很感动。我也是农村走出来的，深知农民不易。他们每天进行着，我下班过来转一圈，看看进度。眼见着灰乎乎的地面被漂亮地砖砌满，屋子一下子亮堂起来，我的心里就多一份喜悦，爱人出差去外地，我想给他一个惊喜。至于装修质量，我不懂。就在地板铺完将要粉刷墙面的时候，小贾老板打来一个电话。我接到电话，一下子就蒙了。他有点磕磕巴巴地说："姐，你……你别着急，过来一下，装修……出点问题。"我急问怎么了？他说："地砖颜色不一样，花了。胡师傅没注意。"这是我压根没有预料到的情况。

急慌慌赶到新房。客厅里本该一个颜色的地板砖，夹杂着三块颜色稍深的，阳光下，很刺眼。三间卧室两间都出现问题。

贾老板和胡师傅强调说，卖地板砖的人有责任。如果地板砖没问题，也不会装花了。这确实不算推卸的理由。

我手里还有一部分装修款，按合同没有问题才能兑现。

我联系了地砖店，老板风风火火来了。承诺换没问题。可是返工的钱谁出？他一口拒绝。我向来不会吵架，气得浑身发抖。还是我请来的李哥夫妻帮上了忙。卖地板砖的赔偿一千元了事。装修的不认真，也有责任，义务返工。

对于我来说，钱还是次要的，要的是装修质量和效果。我暗暗地祈求。

第二天正在开会，又有电话，这次是胡师傅。他说，赶紧过来，地暖漏水了。我一哆嗦。急急地请假，退出会场，打车到新房。这位笨手笨脚的胡师傅在换装错的地板砖时，居然把地暖弄断了，水溢了出来。因为不是供暖季，地暖管道没有压力，水从白色的 PVC 管慢慢渗出来，浸湿了周边的水泥，旁边是破碎的地板砖。如果有压力，我的新房会变成水帘洞。

楼下的邻居找上来了，让我下楼看看他家的客厅顶。雪白的灯池中间湿漉漉的，深色圈套着浅色圈。不用邻居说渗水，我也明白。好在邻居没计较，得知我家已修理了地暖，他自己用剩下的涂料粉刷了一下。

没想到，住新房这么难。

早知道这么多麻烦，我索性蜗居在六楼。买新房，是为了照顾我的腿。早期的髌骨软化，让我上下楼困难，尤其下楼，膝盖痛得厉害。我盼着住进高层楼房，电梯是治愈腿疼的“良药”。

我憧憬着，规划，按部就班买装修材料，和供货方砍价，这都是我的弱项。也幸亏对门李哥两口子帮忙。

哭解决不了问题。我联系物业，给李哥打电话，给住在附近的老乡打电话，我不知道该怎么解决这件极度棘手的事儿。小贾老板的方案是在破损处安装一个铜接嘴，不影响取暖。

那个铜接嘴明显比 PVC 管细很多，仅有小手指粗细，我担心影响取暖效果。小贾信誓旦旦，说一点事儿没有。我的“智囊团”也没有更好的办法。我不放心，看着胡师傅安装上，请来物业的人试压，所幸没出现漏水问题。我无端地认为这是一个隐患，从来没有理直气壮地找过物业公司。

清理完毕，已是夕阳西下。宽阔的客厅映入一个奇特画面，西面的抱犊寨被从天而降的瑰丽笼罩着，灰色的云与橙色形成炫目的对比，震人心魄的美。我咬咬牙，对自己说，为了这绝美的景观，房子装修麻烦点，也值得。

三

春夏秋，住在新家很惬意。楼前的南水北调工程早已竣工，从丹江口水库引来的长江水，像一匹宽窄一致没有尽头的墨绿色锦缎，西南是连绵不断的太行山。三面环水的小区，空气不仅润泽，还有一股子花草气息。孩子们望着外面的风景，说，妈妈这座房值了，外环境就值一百万。这是我买房失败的一个安慰。

我买房的时候，不算投资，但明确要买市证房。我和同事一起看中了这个小区，尤其喜欢外环境，而且开发商承诺是市证，两年或者稍迟就能办理房产证手续。直到如今，新房都变成旧房了，房产证也没下来。爱人开玩笑说，你干啥啥不行。我嘴上不服，心里早懊悔了几万遍。和我一年买房的，房价都涨了三四倍，我这里还没翻番。我安慰自己说，自己住，价高价低无所谓，其实心里还是不平衡。眼见他高楼四处起，眼见房价呼呼升，我的房子价格岿然不动。

每当朋友们谈论房价，我都笑称："我以不变应万变"。心里的滋味，只有自己知道。我怕过冬天，这不仅意味着两头不见太阳地早出晚归，而且进家没有一丝热气。为此，我备置了暖宝、电暖气、电褥子，还专门做了一个厚厚的暖袖，以抵御温度不足导致的胳膊疼。

每年进入取暖季，我在楼道里遇到邻居就打听家里的暖气热吗？暖气不热成了我冬季必犯的季节病，更是我的心病。今年供暖后的前十天，我家十三四度左右，打电话给负责暖气维修的人说：我家特别冷。他说："特别冷？零度吗？"噎得我半天说不出话。

他电话里态度虽然不好，来得倒是挺快。

他敲开门，先问："你家缴费了吗？我看看缴费收据。"

我麻利地找出收据。他看了看，说十一号啊。我不高兴地接一句"不晚吧"？这次家里没有温度的原因更可笑，居然是没打开阀门。我本来就一肚子委屈，这次终于反败为胜。说按国家规定要三倍赔偿的，也别三倍了，把十天费用退我就行。

他答应汇报给领导，也没见任何反馈。我并不是在乎二三百块钱，实在是咽不下这口气。但是，这件事又以我的失败告终。

相对于二〇一七年修暖气碰碎的玉镯，十天的费用根本不算什么。

最初，是村里的物业负责免费清理地暖。小电泵一开，管子里的水先是黄龙一样，逐渐变得像水种翡翠，暖气温度上升了一些。光脚踩在地板上，甚至能感受到暖意，土炕一样，这时候我喜欢拿一本书坐在地上看，榆木的茶几像小炕桌。我每年寄希望于清理地暖管道，但是在免费享受两次后，变为付费，这也可以接受，只要能增高一点温度。最后，锅炉承包出去，再也联系不上清理的人。

我请来爱人同事帮忙。

他安好小电泵，嘱咐我拿好排水管，将铁管部分伸到下水道里。我起初没在意，只为将会暖和些欢欣。电泵嗡嗡起来，叮叮当当，排水管来了个鲤鱼打挺，我没防备，铁管头突然脱手，水喷了一脸一地，我坐稳抓紧排水管头又按入下水道中，下意识地看地上，突然发现有半截玉镯。

刚才的叮叮当当，原来是我的玉镯碎了。这是一件很不好的事情。爱玉的人都说，玉碎是挡灾的。古人讲“破财免灾”。我把玉镯装在原来的首饰盒里。低声念阿弥陀佛。我不是佛教徒，这只不过是寻求一种自我的救赎和安慰。

大年初一，我走进了虚云禅林，虔诚地上香、祈福。我不明白，每年缴纳将近三千元的暖气费为啥不暖和？为啥我钟爱的玉镯会在修暖气时碎了？这是什么因果和逻辑？究竟是偶然还是必然？难道人生就要在美好与缺陷里徘徊……

小区外的风景令我沉醉，暖气又让我纠结，有谁能为我家的暖气把把脉？

我四处打听让家里温度高些的方法，原来很多人家温度不达标，有人说换窗户可以保温。我相信。站在窗前，常常能感受到凉意。尤其卫生间，窗户上沿的缝隙可以塞进小手指头，风呼呼的。为此，我停用了主卧的卫生间。

我决定，天气一热就换窗户。

一年挨过一年，我在暖气面前无计可施。白天把自己包裹得皮球一样，晚上躺在两床厚被里，在没有配置电褥子前，用体温暖热被褥。裹紧被子，想起学过的课文，寒号鸟在阳光明媚的时候睡懒觉，在北风呼啸、寒冷交加的夜晚发誓明天就搭窝。在课本上，寒号鸟成为做事拖拉、好吃懒做的反面教材。其实，寒号鸟不是鸟，它大名复齿鼯鼠。寒号鸟倒有个无意中为人类造福的好习惯，“千里觅食一处厕”，它的粪便是药典里的五灵脂，活血化瘀的良药。五灵脂反人参，孕妇禁用，证明寒号鸟的个性。寒号鸟有特立独行的生活状态，它住在岩壁里，不需要搭窝，无辜地被人们冤枉了好些年。

经过几个冬季的历练，我明白了一个道理，人类虽然处在地球食物链的绝对高度，但也是艰难地活着，所有的美好都不会永恒，就像玉镯上的瑕疵。当这个夏季我被一手抱着孩子一手握着方向盘的六十多岁老太太逆行冲过来撞至骨折时，我越发感觉到悲哀的存在。我卧床在家，窗户也没换。在没道理可讲的时候，我保持缄默，像寒号鸟那样，与寒冷与环境与世界妥协。

乡医院和半个夏娃

一

站在我家看虚云禅寺，它高大的后楼遮住了它院子里的仿古建筑群。仿唐的牌坊矗立在寺的东北角，这是我家到虚云禅寺的必经之路。

出家门，往南，折向东，再南，顺着水泥路，短短数百米就是虚云禅寺。它的山门正对古佛殿。在古佛殿的西侧，放置着一个大型玻璃罩，里面有一根粗过壮汉腰的老榆木，形如一条弯弓，又似一条飞跃的大鱼。挨着它，还有几根木头，两根略粗的，细的短一些数目多一些。数百年时光，令这些木头出现了很多裂痕，从粗细上能分辨梁、檩和椽子，榫卯的痕迹也依稀可辨。——古佛殿遗物：榆木平梁，柏木橼，油松檩。如果不是玻璃内的标识，还真不好分辨是哪种木材。

或许是职业缘故，我对“橼”字产生了怀疑。用于房屋等建筑上的檩条之间的木材，称为椽或椽子，椽字才是正确的写法。为此，我特意查阅了第六版《现代汉语词典》。房屋构件里没有“橼”之说法，显然是笔误。我认识“橼”字，源于《药物学》中的抗凝剂枸橼酸钠。有一味中药叫香橼，也叫枸橼，柑橘属，性温，味辛酸苦，是用于疏肝理气、健脾、和中、降逆的药。

香橼树，北方罕见。有一天，于太平河北岸，发现了几棵与众不同的大树，树身修长，树叶苍翠，树的枝头挂着几十颗略小于拳头的绿色果实。我一时猜不出是什么，看树身挺拔，叶子似柑橘。秋风是大自然的催化剂，立秋一到，寸草结籽，这绿色的果实变成了黄色，在秋风里晃晃悠悠，煞是好看。——香橼！我惊喜道。虽然此前我并没见过香橼，但它的气息，我熟悉。

因了这几棵香橼树，周末散步的时候，我总愿意绕道太平河北岸。

秋风渐紧，香橼树叶子略显稀疏的时候，枝头的香橼更诱人。有一天，突然发现，香橼少了，地上有一颗摔碎的香橼，周围爬满了小蚂蚁，路过的自行车碾在破碎的香橼上，沾染了香橼的气息，蜜蜂悄悄地飞着。四周都是它酸甜的气息，这颗香橼的命运真让人惋惜。青香橼切片入药，能解人的痛苦，成熟的香橼，颜色亮丽，香气袭人，被古人用来做香果，尤其长得如佛手一般的，乃大雅之物，是清供的上品，被文人摆在古瓷器里，置于实木案几之上。《儒林外史》中写道："……枕头边放着薰笼，床面前一架几十个香橼结成一个流苏。"寥寥数十字，构成一幅画面，奢侈也风雅。

二

用香橼对比椽子，似乎不相干，可是寺院里这个橼却像一根绳，牵出了绕在我心底多年的结。

爹说，我的祖上曾在药都安国做过医官，祖爷爷那辈开过药铺。这无非是证明我家与医药结过缘，祖上积德，我懵懵懂懂地进了医院，当时，只为了脱离农业，混口饭吃。如今，那些药香那些人事早融入我的生命里。公立医院，在一定意义上说，不是盈利的营生，对于我，是一种胜于种地的职业；往意识形态上说，是救死扶伤，治病救人，道德层面的事儿。至于我在工作中的酸甜苦辣，是是非非，那自是一言难尽的事儿。

尤其是我和贾医生的事儿。

乡医院药房的贾医生，长得一表人才，行事还有一股子书生气，活脱脱像电影《人生》里的高家林。司药算账井然有序，不忙了，就低着头擦拭药瓶子药盒子。即使在冬天，盛药品的玻璃瓶和纸盒子也没有因为烧煤火炉子蒙上灰尘。他还爱洗头，没事了，就掏出梳子梳他溜光溜光的头发。洗衣服更是勤快，每次洗完白背心，要对着太阳照一番，觉得不干净，马上再洗一次。他每天都洗衣服。用别人的话说就是，贾医生的衣服不是穿烂的，是洗烂的。我们觉得贾医生有意思，他说话慢悠悠的，无论抓药还是打算盘，都翘着小手指头，就像戏剧人物中常用的兰花指。日常里，他除了爱干净，看不出啥特别。虽然他已经三十多岁，是两个孩子的父亲，每次说话，都爱极快地伸出舌头尖舔一下嘴唇，总是一副很腼腆的样子。

香椽长在南方，乡医院里只有药用的香椽切片。泡桐、洋槐是乡医院的主角，紧邻泡桐树有一棵皂荚树，楝子树长在院子中间干枯的土井边。

乡医院有一溜子十几间北屋，两间西屋。靠东的北屋前是十几棵高大的泡桐树，枝枝杈杈上满是小蒲扇般的叶子。每到春天，风裹着沙尘，没有方向地胡乱闯，泡桐树的花在风里不声不响地开放，香气窜得满院子都是，常常和沙尘一起钻到屋子里。风不怜惜泡桐树上这些精灵一样的粉色小铃铛，扑啦啦几下子就把一串花摔到地上。贾医生隔着窗户看到，立马在头上披着白大衣冲出屋去，把花捡回来，插到灌着水的废弃的输液瓶子里。这小子有股娘们气，他又不是林黛玉。说归说笑归笑。乡医院的人就像一家人，干着分内的事儿，谁做个好吃的大伙都可以尝几口。

泡桐树叶子发黄，枯黄的草尖上有了霜，那两个摇煤球的师傅就来了。在乡下，过冬储备煤球是件大事，这也是只有机关学校医院才有的待遇。有十来天，两大堆煤和土做成了一大圈乌溜溜的煤球。贾医生和二位师傅很谈得来，给他们烧水喝，也帮着捣腾煤球。有一天，贾医生甩着袖子沉着脸进了药房，再也不肯给摇煤球的师傅烧一壶水。原来是师傅和他聊天说了粗话，这在乡里根本不算个事，也不过是劳累后聊以解乏的几句荤话而已。

那年我正谈恋爱，对象在县城给我买了一件珠丽纹连衣裙，它有着丝绸特有的靓丽颜色，亮晶晶的，提花方格闪着光泽，绸缎质地。更有着时兴的低圆领，左侧还用一朵同色布做的梅花，一颗白珍珠钉在花蕊部位，灯笼袖，收腰，配一条同花色的腰带。正值芳华的我，穿上后美得像电影明星一样。贾医生看我的眼神是欣赏，还有羡慕，并不暧昧。

有一天，我发现晾在绳上的连衣裙丢了。乡医院院子很大，三面红砖墙头不到一人高，站在台阶上，能看到街上来回走动的人，此前也没有丢过任何东西。在那时候的乡村里，这样时髦的衣服，就是有人拿回家，也没法穿出来。

我急得吃不下饭，给对象写信说丢裙子的事儿时，还止不住掉眼泪。我很喜欢这件连衣裙，不仅是它的价值足足是我一个月的工资，更因为它是相爱恋人的礼物。我挨个询问住在乡医院的同事，谁最后一个看到了我的连衣裙。大家都摇头。贾医生也说不知道，只是眼睛藏着啥秘密似的，和我说话，眼睛却躲闪什么似的望着远处。

不知道为什么，也许我丢了裙子闷闷不乐的样子，让贾医生说出了一个秘密。他趁我晚上在医院值班告诉我，他知道裙子的下落。我想，一定是我眼里喜悦的光芒又刺激了他。他又犹犹豫豫地说，但是你就当丢了，不能着急。他说话的样子像个做了坏事的大姐姐。可是拿到连衣裙，我还是愣住了，漂亮的裙子居然是两截的。我的眼泪哗啦啦流出来。贾医生慌了神，说看我穿着连衣裙特漂亮，他偷偷试了试，可是没办法脱下来，他只能从裙子腰间的接缝处剪断。连衣裙失而复得，我却难过得要命，好像又丢了一次。他靠在门上，拦着我，祈求我不要说出这件事，又塞给我二十元钱，让裁缝修补好。我不要，他追出来把钱硬塞给我。

我不想再说一句话，也不知道该说什么。

连衣裙我请同学修好了，却再也没有穿它的心情，我没办法摆脱贾医生男子之身穿着我连衣裙的影子。梦里有个穿裙子的男人，在昏黄的屋子里，对着镜子跳舞，像贾医生，又不像他，急得我冷汗不断……很长一段时间里，我被这个噩梦搅扰着，不得安生。在白天，在阳光下，贾医生也很阳光。我有一种被撕裂的感觉，这种状态，过了好久才调整过来。

连衣裙的事儿，贾医生的不可思议，都成为我的秘密。一直到现在。

三

泡桐花期过后，浓密的叶子给乡医院薄薄的墙撑起一片阴凉。屋子里的录音机放着毛阿敏的“你从哪里来？我的朋友，好像一只蝴蝶飞进我的窗口……”我坐在树下读琼瑶的小说，或者看对象从大秦二期现场的来信，每天都盼着邮递员传来的好信息。围墙里的洋槐花奢侈地开着，香味儿满院子都是，唯一的那棵楝子树却不张扬，紫色的小花藏在树的怀里，不管人的心绪，自顾自开花结籽。东面那棵金银花，从蒿草丛里挣扎着，爬到洋槐树干上，金一对银一对的结伴儿开着花。

来乡医院报到时，正是桃花盛开的季节，我青春洋溢的脸上长了几块桃花癣。乡医院的破旧我有预感，但是真正接近它还是有点意外。春风正肆虐，指挥树枝一下又一下地划着瓦片上，屋顶的小土粒钻出苇箔，掉在满是沙尘的屋子里。

诊室有平常人家两间屋子大。就诊的桌子带抽屉，把手早没了，抽拉的地方系着纱布做的拉手。迎门是一个立柜，门扇上有玻璃，盛放着换药用的器械。桌子摆在屋子靠北墙的中间，桌面上薄薄地盖着一层不均匀的细沙。那天病人不太多，两个医生面对坐着，听诊器挂在脖子上，血压计摆在桌子靠里的中间位置，体温表插在小瓶子里，处方笺被钢笔压着，以防被风吹得翘起来。桌子边是一个三人坐的长板凳，立柜、桌子和板凳都陈旧了，但显然是一套，都是酱红色，很厚实的样子。往西，有凉风吹出来。是药房取药的小窗口，水泥的窗台油乎乎的，泛着暗淡的光。靠东，是一个已经止火的砖砌的煤火炉子，火墙顺着墙爬出屋子。紧挨火墙是一张床，木头床架，竹子做成的床板，坐上去吱扭扭乱响。一根铁丝纵穿诊室，一头是垂贴在房前山的白色的确良布帘，想必为方便病人查体所设。房顶人字形，中间高，前后低，记得横梁是铁的，椽子是竹竿，苇箔。简单又简陋。关紧门，透过窗户，泡桐的枝子摇晃着，小铃铛似的花纷纷落到地上。阳光照进屋子的光柱里，满是飞舞的灰尘。

综合诊室某医生、某医生，妇科是葛姨，药房三个人，有宋医生、贾医生，还有院长太太。注射室是一位哥哥，一位姐姐，这医院属我年轻。这所乡医院虽然位置偏僻，但是却很红火，当时坐诊的某医生以擅长小儿科闻名乡里，效益相对于其他医院不错。所以，我来这所乡医院费了一些周折。

这个小小的集体单位，虽然医疗设备配置不行，却内外妇儿俱全，麻雀一样。医生们都是多面手。

西屋专门输液，四壁黑乎乎的。几张床早失去了木本色，黑黢黢的，看上去就令人生厌。就是这样的床，也躺着三五个输液的大人孩子。狭小黑暗的屋子，是让贫穷的乡间老少心安的地方。我每天早起打扫尘土，泼水，再喷上来苏水消毒，也遮味儿。

相对于西面的诊室，东边的宿舍是安静的，大小是诊室的一半。起初，我一个人，胆子小，也愿意早晚帮母亲做饭，没住过一天。为此院长有点不高兴，但他没责怪过我。别的医生说，你又不用管家里的庄稼，在乡医院住一晚上还给一块钱，多好啊。那时候一个月才几十块钱工资。宿舍的水泥地的表皮脱落了很大一片，床也是木架子竹板的，但显然比诊室的干净得多，还能看出木头的纹理，屋顶很高，椽子不是寻常人家的木头，是竹竿，裸露着线打的苇箔，有漏雨洇的水迹。

乡医院除了院长和葛姨是正式工，吃商品粮，其他人都是亦工亦农。贾医生本人为非农业户口，但是妻子孩子都有地，农忙时他一准会回去忙活。也许是不长年干农业活儿，贾医生看上去细皮嫩肉的。

因为我最小，资历也浅，恭恭敬敬地工作是我的本分。

每天尽量早来，冲刷注射器、输液器，然后蒸煮，开始一天的工作。我也体会到救人于水火的快乐，联想到爹说的，治病救人、祖上积德之类的话。

一九八八年，单位来了新人，我开始在医院住，我们三个小姑娘住在一间宿舍。我，爱听收音机的安，拿起书就睡觉的何。那时，我正谈恋爱。还学会了玩麻将。

医院也有淡季旺季，这说法似乎有失仁义，但确实如此，一些疾病的确有季节性。旺季时，大家忙得手忙脚乱，昏天黑地，谁的饭都有被烧煳过的时候。一旦到了淡季，觉得无聊了，一到晚上就凑在一起玩牌，贾医生也是积极分子，麻将牌呼啦啦响，输输赢赢的。我和贾医生一起工作，也一起玩牌，连衣裙的事儿好像没发生一样。

乡医院的房子，去掉尖顶，和周围的旧房子没有区别。它只是少了俗世人家一缕柴火燃起的炊烟。在乡亲们眼里，这破旧的医院其实也是佛堂，花钱不多，就能解决身上的疾苦，也是人生欲望的接纳地。这几乎敞着的大院里，也是世道人心的大舞台。

药房里都是百草的精华，每一种植物都施展着自己天然的属性，这就是自然法则，中药里的五味对应着人间的酸甜苦辣，对抗着人世间的疾苦。我总觉得每一个人也有对应的植物，或者一颗微不足道的草，或者一棵伟岸的树，有的生长在肥沃的地方，有的却在山崖夹缝中生存。

连衣裙事件，让我压抑。我告诫自己，这不过是贾医生的好奇心作祟，我要替他保守秘密。但一旦闲下来，眼前无数次幻化出他穿着我的连衣裙飞速地转啊转的身影，正面是男人的模样，背面是女人的身影。这种外男内女的双重性别取向，总是让我一头雾水莫衷一是。贾医生在中药面前很沉静，打开药抽斗，端详着，半天也不说话。

橼，香橼，像一枚穿越岁月的银针，把我记忆的碎片连缀在一起。

十月的阳光，有股沧桑的味道。就在这个季节，我的女儿要出生了。

那个早晨，贾医生空着肚子骑了二十多里颠簸的土路，通知我的母亲和婆婆。我心里着实又有点感动。

我养过一棵仙人球，它庞大的身子几乎要胀破花盆，它忘了开花，十年没开过一朵。我戏称它是“公仙人球”。

在春天，我趁杂草还没长起来，提水洇了灶台大的一块地，用铁锨深翻了，试着种过荸荠，撒过鱼子一样的罂粟种子，却都没有发芽。后来，先后种过几沟油菜，几沟紫花苜蓿，这些都是我乡医院记忆黑白底片里的暖色调。它们和泡桐花、楝籽、皂荚刺、茵陈、金银花一起构成我独有的青春岁月。

四

花开花落，我在乡医院待了十年。

诊室东窗户对面，刺长得小刺猬似的皂荚树也长大了，肥硕的皂荚在枝头晃悠着。

皂荚树、金银花、楝子树，都是这平原地区稀罕的树种，我不知道它们是怎么在这里生根的，也许是乡医院从村子中心搬出来后，哪位有心的前辈撒下的种子。乡医院的人进进出出，元老宋医生已于去年春节去世，还有谁能说得清乡医院的往事？

这个香橼，开启了一扇门。

不仅香橼，包括很多炒制的草药，都经宋医生的手成为“良药”。

宿舍东头是伙房。名义是，但不具备集体开伙的功能，各家轮流在这做一日三餐。春季宿舍止火后，生起这个砖砌的大煤火炉子，消毒，烧开水，做饭。很多时候，宋医生在这间屋子里炒制中药。草药的焦香味夹杂着焦炭味随着烟，从窗口飘出来，蹿到树梢，屋顶，又被风吹散到院子里，构成独有的医院味道。

炒杏仁前，要浸泡，然后晾晒。杏仁在水里，变胖，有的会撑开杏仁包裹的驼色外衣，露出白玉般的身体。炒制后的杏仁，身上带着黑斑点，闻起来有股杏的香苦杂糅的气息。

“唉！这杏仁。”宋医生总是边剥杏仁边感慨。

然后，接着说：“杏仁能治病，还能吃死人。”是药三分毒的道理我们都懂，但宋医生说的人和事还是让人难过。

那年吃食堂，胖墩娘饿得睡不着觉了。看着明晃晃的月亮地发愁。她把家里仅有的坛子罐子又倒腾了一遍，连一粒棒子也没有。坛子罐子都是空的，空了很久了。她还是幻想能倒腾出一把可吃的东西。

就在放坛子的角落，她居然摸索到了一把杏核。这是胖墩有力气时和小朋友玩的玩具。胖墩娘一阵惊喜，她不敢用砖砸，怕惊醒别人，就一颗一颗的用牙嗑开。

胖墩娘死了，那把杏仁要了她的命。宋医生没说胖墩娘去世的样子，只是说，一堆杏核壳凌乱地散在她脚下。现在难得见到明月，在阳台呆坐着，我常常会想起这个在明亮的月光下嗑杏核的女人。她年纪应该不大，四十岁左右。这个月光下嗑杏核充饥的女人的影子，我像亲眼看到一样清晰。

宋医生司药，但也给专门找他的人看病，有时候帮老乡配制一些丸散剂。他的理念很清楚，就是能为乡亲们省个钱就省个，从来不嫌麻烦。每次配药丸，我、安、何三人都参与，净手、蘸香油，把宋医生做好的药粉剂子放到手心，顺时针方向，碾啊碾，一会儿，一堆黑油油、大小相仿的药丸就好了。看着整齐码在纸上散发着浓郁药香的药丸，宋医生总是无声地笑，清瘦的脸庞更显慈祥。这时候，我总是联想到“慈悲”二字。那时候，我还没有具体的庙宇的概念，所有对于庙宇印象的种种，均来自老一辈人对毁去寺庙的讲述。宋医生的处方，字迹清晰，小楷的功底。剂量是常用的克，不是传统的钱。对于外来处方，老大夫的钱与克需要换算，宋医生门儿清，分毫不差。

清明时节，院子里钻出一些土乎乎的茵陈，他就手采来，晾在窗台上。不用问，这味药的价格会便宜一些。院子里结的皂荚、皂荚刺，还有苦楝子，也入药，降低了药房中草药的损耗。

六叔原来是防保科长兼会计，我离开医院时他是院长。六叔推拿按摩辅助治疗婴幼儿腹泻很拿手，常常在按摩中被幼小的孩子拉一身，带着酸腐味的绿沫沫粘在他身上也不恼。按摩推拿都不要钱，还耐心地将按摩的主要穴位教给孩子们的长辈。我女儿小时候消化不良，用这种方法也屡试不爽。

记不清为什么，原本在村子中心的集市，搬到了乡医院墙外的大路上。每到一六大集，乡医院也不得清净。那些做皮革生意的人，衣帽光鲜地在集市晃悠。乡医院那点收入，常常让人感到钱袋子捉襟见肘。

那几年，庄稼人很不容易，粮食不值钱，虫灾还严重。伏天的时候，几乎每天都有有机磷农药中毒的乡亲们来输液，突突的拖拉机一停，短不了有人被抬下来，有的一来都陷入生命危机中，没有意识，瞳孔散大，大汗淋漓，像刚刚从河里捞上来。有的太严重转院走了，也有的来不及治疗死去了。一家老老少少在医院哭得昏天黑地的。

生命本来就很脆弱，可是还有人寻死。为啥寻死，是一件说不清楚的事。种地不容易，九十年代打工的人也不多。日子不好过，情绪肯定不好，也许有人得了抑郁症吧。每家都有用不完的农药，不知道谁，也不知道哪天，咚咚喝上几口。被发现及时的，洗胃、输液，还能捡回一条命。发现晚的，可能在家就丢了性命。我的同学家境很好，妻子是民办教师，有个伶俐的儿子，为了一点值不得的小事儿，寻了短见。那时候，我在乡医院像一个停不下来的钟表，经常有中毒或者寻死的人来治疗，我插胃管的技术极为娴熟，连六叔都佩服得不得了。可是还是有一些人死去了。农药没救了庄稼，反倒害了人的性命。

还有个六十来岁的老太太，输液上瘾，不输液就说自己不舒服。突然一天她再也不来了，原来她老伴去世了，她的医药费再也没法报销。

也有打架打得头破血流来医院输液的，这边输液，那厢还有人骂骂咧咧。

我更喜欢生小孩子的人家送来大大的“百岁”，这雪白的大馒头，点着鲜艳的胭脂，里面包着甜甜的红枣。给乡医院带来一丝喜庆。

偌大的乡医院，因为没有钱打一眼机井，种不了菜，任荒草长了满院子。乡医院的工作人员也来来去去换了几茬。人的心田也仿佛长满了草。

院长为大家着想，集资从安国或者药厂进药，然后送到村子里的诊所，既省去村医进药的时间，也能增加乡医院工作人员的收入，两全其美的事儿。防疫的事儿告一段落，防疫人员为主力。药房里抽出了贾医生，往村子里送药，兼管这个机动药品批发站的财务。

看着他们每天早出晚归，药品周转得也很快，同事们都很高兴，仿佛看到了锅里多了肉，身上新添了可心的衣服……

年底的一天，六叔好像很生气，脸都变了颜色。院长临时召集大家开了一个会，开会前几天就不见了贾医生。原来贾医生早出晚归另有隐情，他借送药的机会去村子里赌博，输了自己的工资，也输了大家应得的利润。不记得当时大家怎么激动了，“贾医生媳妇要上吊。”院长说了一句话，原本如沸水的屋子，突然沉寂了。虽然贾医生输了不少，但摊在同事们身上，也不至于吃不起饭。我盘算着自己的本钱会受多大损失，对贾医生极其愤慨。怪不得他重翻旧账，要走了他几年前赔偿我裙子的二十块钱。突然间，我不再气愤，只是为他感到悲哀。

贾医生很快调走了，很多年，我和他再没有任何交集。

就在前两年，突然在同学孩子婚礼上遇到他，人不显老，很热情，说日子过得很不错，也互相问询共同的同事和熟人的情况。我们都很高兴，像分别多年的好朋友。

五

家住虚云禅寺一旁，周末我总喜欢进寺院看看，这时候人不多，有着灰袍或棕色僧袍的僧人匆匆走过，也偶有香客烧香礼佛，但是没有喧哗，整座寺院安静地无人一样。每到初一十五，求佛的人如同进医院的人一样多，我想，这大多是精神诉求的驱使。我不信佛，只是觉得这是一处安静地。古佛殿两侧的古建筑构件我看过多次，唯独这次看出了“椽”字写成了“橼”。

也曾在寺院吃斋，当时还录下小文一枚：“……我家前面不远处，就是虚云禅寺，我常常在傍晚暑气消退，或者雨后踱到寺里，不参佛，不烧香，只是四处走走，图个清静。寺院的东配房是斋堂，靠北是做斋饭的地方，常常看到几个中年女人在门口晾晒屉布。也遇到熟人约我一起吃斋。终是不敢沾佛家便宜。

“包岚姐姐写剧本需要到斋堂的现场，约好了一起在虚云禅寺吃斋。那天下着瓢泼大雨，天凉，雨不小心溅在身上，刺骨地冷。包岚姐姐背着一个大大的猪肘子来找我。阴天下雨，路又远，怕误了斋饭，姐姐只好背着大肘子进了寺院。虽然都不是佛教徒，这也成了问题，起码得尊重寺院的规定，肘子自然不能进佛堂，又不能进斋堂，两个人怀着罪过的心，像做贼一样，都不敢吱声，悄悄寄存在大门口一角。

“那天不饿，对斋饭没多大的感觉，包岚姐姐吃了两大碗，出了门，还不住地说‘好吃、好吃’！她惦记着再来吃斋，我却惦记着怎么做这肘子。

“我本俗人，还是爱吃一族，这肘子被我烧得咬一口粘嘴，香得不得了。剩下的碎肉和汤我加了白菜、海带、木耳、粉条和豆腐，炖起来，那一个香，引得佛跳墙。素斋有素斋的味，人间美食有人间烟火的味道，对于我来说，不是井水与河水的事。

“很久不吃斋了。年假可以去寺院走一遭，再吃一碗素斋，念一念旧事。”

没想到，这个“橼”字扯出来一堆旧事儿。

东侧的玻璃罩内，是明代的龙形凤形兽脊，还有晚清的垂击筒、兽吻、筒板瓦和虎头瓦当。虚云禅寺金碧辉煌，古称重胜寺，始建于后周，历史上曾几毁几建，现因一代宗师虚云大师名闻天下，我的乡医院只能算是一座小庙。功能却有相似之处，一个挽救心灵，抚平岁月的伤，一个解除肉体上的疾患，拯救生命。

橼拼接了我记忆深处的碎片，这远在家乡百公里外的虚云禅寺，竟然成为我记忆的着陆点。

宋医生是一个苦行僧，他身处破败的乡医院，堪堪是一座救人于苦难的寺庙。当我站在云冈、龙门石窟，用虔诚的眼光打量这些由人缔造的佛，他们低眉顺目慈悲的样子，一下子会让我想起我的乡医院。站在我家阳台，入目的是虚云禅寺高大的后墙，墙后有“觉悟人生　奉献人生”等几个大字。连衣裙事件，我始终没有把贾医生看作坏人，只是觉得他的行为不可思议，我想，造物主也有打瞌睡的时候。他是亚当也是夏娃。他赌博，也并非人性里的恶，实乃蛊之所为，就如我拼命想飞出上辈人用秉性盘起的茧的束缚，拼尽力气，却还是摆脱不了血脉里的必然。倏然想起那年走在潴龙河大堤上，有一只鸟从我头顶飞过，那是我从没见过的鸟，它的羽毛闪着光芒，叫声凌厉，尖厉如锋刃，划破我对天空、河、百草、树木、乡医院及一切事物美好的想象。

夕阳照在虚云禅寺翘起的飞檐上，椽子隐在殿檐下。大雄宝殿里的梵音，从红色木条窗格飘出来。

图书在版编目（CIP）数据

与鸟为邻 / 刘亚荣著. -- 北京 : 中国文史出版社, 2020.10
（跨度新美文书系）
ISBN 978-7-5205-2374-5

Ⅰ. ①与… Ⅱ. ①刘… Ⅲ. ①散文集－中国－当代 Ⅳ. ①I267

中国版本图书馆 CIP 数据核字(2020)第 195425 号

责任编辑：全秋生

出版发行：中国文史出版社
地　　址：北京市海淀区西八里庄路 69 号　　邮编：100142
电　　话：010－81136602　81136603　81136606（发行部）
传　　真：010－81136655
印　　装：廊坊市海涛印刷有限公司
经　　销：全国新华书店
开　　本：787×1092　1/16
印　　张：15.5　字数：240 千字
版　　次：2021 年 1 月北京第 1 版
印　　次：2021 年 1 月第 1 次印刷
定　　价：49.80 元